집을

쫓
는

모험

집을

쫓

는

모험

정
성갑   b.read

가
련
하
게

산
다

"가련하게 산다."

한곳에 정착하지 못하고 계속 이사를 다니는 우리 부부를 향해 팔순 노모가 남긴 말이다. 안타까움이 가득 묻어 있는 이 말은 누나들이 우리 집에 왔다 간 후 나왔다. 화장실이 밖에 있는 한옥. 소박한 생활형 한옥이라 북촌의 그것처럼 반반한 구석이라곤 없이 낡고 오래된 느낌만 강한 그 집을 다녀간 후 누나들은 엄마에게 전화를 걸어 한바탕 수다를 떤 모양이었다. 둘째 누나가 그런 저간의 사정을 전화로 들려주었고, 엄마가 내뱉은 말은 "가련하게 산다"였다. 그 말을 조금 길게 풀어보면 이렇다. "그것들은 멀쩡한 집 놔두고 왜 그러고 다니끄나이. 참말로 이해가 안 간다."

생각해보니 그 말이 맞다. 가련하게 살았다. 사연 많은 얘기를 다 듣고 나면 우리 엄마처럼 이해가 안 간다는 사람이 많을 것이다. 가련하게 된 가장 큰 대목은 역시 돈과 연결돼 있다. 우리도 한때 아파트에 살았다. 쾌적하고 안전한 그 집. 가만있어도 하루에 몇백만 원, 어떨 때는 1000만 원 넘게 올라 절로 에너지가 샘솟던 그 집. 그런데 가련하게 살 운명이었던지 그 좋은 집에 오래 살지 못했다. 희한하게 답답했다. 20평대 아파트의 거실은 너무 좁게 느껴졌다. 성격이 운명이라고, 그곳에서 만족하지 못한 나는 아파트를 떠나 서촌의 한옥으로 이사를 갔다. 그때까지만 해도 손에 쥐고 있는 것이 꽤 있었다. 소유하고 있던 아파트를 처분하지 않고 전세를 놨고, 그 전세금으로 한옥을 얻었기 때문이다.

그 한옥을 처음 봤을 때 기억이 새록새록 난다. 이곳이 서울인가 싶게 정겨운 골목을 들어가 만난 맨 안쪽 두 번째 집. 작은 철문을 열자 그 옛날 요정料亭처럼 긴 길이 20m가량 이어졌고 그 끝에 다시 나무로 만든 한옥 대문이 있었다. 그 문을 열고 들어가자 크고 어엿한 사각 마당이 선물처럼 쫙 펼쳐졌다. 50평이나 되는 집이라 탁구를 치며 스매싱을 날려도 될 만큼 마당이 컸고, 마당을 중심으로 화장실, 안방, 거실, 또 다른 방 2개가 자리 잡고 있었다.

퇴근길에 그 집에 들렀는데 마침 휘영청 밝은 달이 하늘에 떠 있었다. 연극 무대 같았다, 우리가 주인공인. 낭만적이고 아름다운 이야기가 진행되는. 답답한 마음이 뻥 뚫리는 기분이었고, 우리는 그날 바로 계약을 했다. 아내와 나 둘 다 어찌나 순수했던지 혹여라도 집주인이 전세를 거둬들일까 슈퍼에서 딸기까지 두 팩 사 들고 가 상냥하고 순수한 청년인 듯 사람 좋아 보이는 웃음을 흘렸다.

오래된 한옥이라 최소한의 공사는 해야 할 것 같았다. 그걸 구실 삼아 2년이 아닌 3년 계약을 성사시켰고 집주인 할머니도 흔쾌히 좋다고 하셨다. 나는 한껏 잘난 체하며 아내에게 말했다. "자기야, 거래는 이렇게 하는 거야. 3년 계약 성사시키는 거 봤지? 2년 금방 간다. 이렇게 3년 해두니 얼마나 좋냐. 나한테 잘해!" 3년 계약이 잘못 끼워진 단추라는 걸 그때는 몰랐다.

이사 전 집주인 할머니와 할아버지에게 미리 양해를 구한 후 공사를 했다. 마당에 덱deck을 깔고, 안방에서 화장실로 편하게 드나들 수 있도록 벽을 부수고 문을 달았다. 1000만 원가량 들었는데 덕분에 하루하루가 편하고 좋았으니 하나도 아깝지 않았다. 돈을 들여 전셋집을 고친다고 하니 엄마는 "미쳤는갑다"라며 혀를 끌끌 찼지만 괘념치 않았다.

한옥살이가 너무도 만족스러웠던 우리는 전세 계약이 3년 차에 이르렀을 때 종종 마음을 졸였다. '더 살고 싶은데 나가라고 하면 어떡하지?', '전세금은 얼마든지 올려줄 수 있으니 더 살고 싶다고 하자', '자기 집이 좋다는데 그러라고 하시지 않을까? 우리 들어올 때 젊은 사람들이 한옥 사니 좋다며 평생 살라고 하셨잖아'. 예상은 빗나갔다. 사람 좋아 보이던 할머니, 할아버지는 전세 3년 차에 접어들자마자 집을 매물로 내놨다. 아직 1년이나 더 남았는데 사람들이 집을 보러 왔다. 어떻게 이럴 수가 있지? 나중에 알고 보니 주인 내외분은 그 불편한 한옥을 예전부터 팔고 싶으셨단다. 빈집으로 있을 때보다 살림살이가 있을 때 매매하기가 더 쉬울 거라 생각하셨을 거다.

더 자세한 이야기는 뒤에 하고, 그렇게 우리는 그 집에서 쫓겨나다시피 했다. 이제 결정을 내려야 했다. 다시 길음뉴타운 아파트로 갈 것이냐, 서촌의 다른 집으로 이사할 것이냐.

우리는 결단력이 있는 사람들처럼 단호하게 "아파트는 판다!" 하고 결정했다. 그 당시 아파트값은 3년 가까이 정체기를 벗어나지 못하고 있었다. 돌아보니 거의 유일한 정체기였다. 2010~2013년 얘기다. 3억 6000만 원에 산 아파트는 그 가격에도 사겠다는 사람이 없었다. 우리가 전세를 얻은 한옥과 전세를 준 아파트가 모두 2년 계약이었으면 타이밍이 딱 맞아 좋았을 텐데 한옥에 3년을 살고 아파트를 팔려고 보니 우리 아파트에 들어온 세입자에게는 계약 기간이 1년이나 남아 있었다. 그러잖아도 아파트 가격이 하락세인데 전세까지 끼고 팔려니 더 문의가 없었다. 결국 전세가 들어 있는 채로 3억 5000만 원에 그 집을 팔았다. 그런데 이게 웬일인가. 집을 판 다음 달부터 집값이 꿈틀대기 시작했다. 4억을 넘더니 5억을 지나 6억을 돌파하고 7억을 패싱한 후 8억까지 치솟았다. 불과 3~4년 만에 일어난 일이었다. 그 세월, 한 많은 그 세월, 수시로 화가 치밀어 올랐고 얼굴에 열꽃이 피었다. 잠을 자다 깬 적도 여러 차례였다. 그렇게 우리는 가련한 신세가 되었다. 우리 아파트, 이제 다시 가질 수 없는 그 아파트를 거래한 부동산 이름은 '부자부동산'이었다. 우리 집을 산 사람은 그 부동산 이름이 두고두고 얼마나 사랑스러울까.

아파트를 팔았지만 한옥 살 돈은 안 됐던 우리는 꿩 대신 닭의 심정으로 빌라를 샀다. 서촌은 아파트가 없어 빌라가 아파트라던 부동산 사장님의 말도 제법 설득력이 있었다. 하지만 빌라는 빌라였다. 길음뉴타운 아파트가 5억 넘게 오르는 동안 빌라는 겨우 4000만 원 올랐다. 처음 빌라로 이사 갈 때 2000만 원을 들여 또 공사를 했으니 취득세와 등록세 빼고, 대출이자 비용 빼면 남는 것이 없는 거래였다. 이사 다닐 때마다 공사를 하는 우리를 보고 20년 지기인 상용이 형은 혀를 끌끌 차며 말했다. "돈이 썩었는갑다. 염병을 한다." 과하게 터프한 사람 같으니라고.

그곳에서 나름 행복하게 2년을 살았는데 스멀스멀 또다시 답답함이 밀려왔다. 그러던 차에 한옥 한 채가 다시 레이더망에 걸렸고, 우리는 그곳으로 다시 이사를 갔다. 네 번째 이사였다. 신혼 초 아파트에서 살다 돈에 눈이 멀어 아래쪽 역세권에 짓고 있던 또 다른 아파트의 분양권을 사고, 그 기간 동안 엄마 집에 얹혀살면서 온갖 파란만장한 세월을 겪고도 우리는 여전히 정신을 못 차리고 다시 이사를 감행했다. 화장실이 밖에 있는 한옥이었는데 이상하게 주저하는 마음이 들지 않았다.

두 번째 한옥에서의 시간도 느릿느릿, 아름답게 흘러갔다. 난 한옥이 맞는구나 싶었다. 이렇게 정착을 하나 생각했다. 하지만 혼자만의 생각이었다. 어느 날 부동산에 다녀온 아내가 "자기야, 내 말 들어봐" 하더니 설렘이 뚝뚝 떨어지는 목소리로 긴 설명을 이어나갔다. 배화여자대학교 후문 안쪽에 매물이 하나 나왔는데 시세보다 싸다, 잘하면 집을 지을 수도 있다며 흥분했다. 엥? 우리가 집을? 돈이 어디 있어서? 아내는 이렇게 저렇게, 여차 저차, 모든 방법을 강구하면 방안이 없을 것 같지도 않다며 나를 설득했다. 줏대가 없는 나는 "그럼 알아서 해봐" 하고 반승낙을 했다. 정말로 집을 짓고 싶었던 아내는 그때부터 우리가 가진 예금이며, 보험이며, 대출 가능한 금액을 계산하기 시작했고, 그렇게 집 짓는 모험이 시작되었다.

수많은 사연, 상황, 위기를 헤치고 마침내 우리는 협소주택을 지었다. 1층이 8평, 2층이 6평, 3층이 8평인 정말 작은 집이다. 사람들이 우리 집에 와서 가장 많이 하는 말은 "아, 귀여워". 나는 그 말이 "정말 작네요, 호호"의 다른 표현인 것만 같아 영 탐탁지 않다. 집 구경을 시켜주다가 그 말이 나오면 딱 그만두고 싶어진다. 그렇다면 나는 이 집을 사랑하는가? 사랑한다. 애착이 있다. 살아보니 꽤 쓸 만하다. 작은 집인데도 풍경이 좋아 답답하지 않다. 3층 창문으로는 저 멀리 청와대도 보인다. 그 사연 많던 '집의 모험'이 해피 엔딩으로 끝난 것 같다. 우리가 사는 데는 생각보다 큰 공간이 필요하지 않고, 공간의 크기 역시 생각보다 큰 문제가 되지 않는다.

이 책은 단독주택 예찬론이 아니다. 그저 집은 충분히 '모험할 만한 가치가 있는 존재'라는 말을 하고 싶었다. "난 역시 아파트야", "난 오히려 빌라가 좋던데?", "난 한옥이 딱이야", "한옥이 아니어도 상관없어, 마당 있는 집이면 돼!" 하고 자신에게 꼭 맞는 주거 형태를 정확하게 말하고, 또 그런 집에서 살 수 있다면 얼마나 좋은가. 웃음도, 평화도, 꿈도, 낭만도 집에서 나오는 법. 그렇게 중요한 집인데 너무 한 가지 답안만 고집하는 건 아닌지 슬쩍 옆구리를 찌르고 귀에 바람을 넣고 싶었다. '10억 원을 주고 20평대 아파트에 들어가는 건 정말 아니지 않아요?'라는 생각도 있다.

신혼 때부터 계속 이사를 다녔다. 어떤 때는 돈을 좇아, 또 어떤 때는 낭만을 좇아. 15년간 총 여섯 번 이사를 했다. 3년에 한 번씩 꼬박꼬박 이사를 다닌 셈이다. 잡지기자 시절 인터뷰이로 만난 이어령 선생이 "이야기 속에 살아라"라고 말씀하셨는데 그 말이 오랫동안 마음에 남았다. 많다면 많고 적다면 적게 이사를 다니면서 다양한 집을 경험했다. 그 마디마디 많은 이야기가 쌓였다. 돌아보면 피식 웃음이 나고, 아 그때 정말 좋았는데 싶기도 하면서 마음이 즐거워진다. 이혼할 뻔한 순간이 떠오르면서 아찔해지기도 한다. 그 '이사의 길' 위에서 경험한 크고 작은 소동과 즐거움, 괴로움에 대한 기록이 어떤 집에서 살아야 할지 고민하는 당신에게 생생한 길잡이가 된다면 좋겠다.

일본 쓰타야 서점을 론칭한 오너이자 〈지적자본론〉을 쓴 마스다 무네아키는 이 세상 모든 책은 본질적으로 '제안 덩어리'라고 했다. 이렇게 살아보라고 말하는 제안. 그런 맥락에서 보자면 이 책은 자신에게 꼭 맞는 집을 찾아 모험을 해보라고 부추기는 책이다. 아파트 말고도 다른 집이 많으니 그 집을 한번 살펴보라고 이야기하는 책이다. 물론 아파트가 본인의 라이프스타일에 꼭 맞다면 굳이 다른 집을 찾아 모험을 떠날 필요도 없다. 계속 더 다양한 아파트를 경험하는 쪽으로 방향을 정하면 된다. 하지만 아파트가 왠지 모르게 답답하다거나, 작더라도 마당이 있는 집에서 살고 싶다면 기꺼이 용기를 내볼 만하다. 그 집이 아파트에서는 경험하지 못한 또 다른 즐거움과 행복을 선사할 것이고, 당신은 자연스럽게 그중 한 곳을 그리워하게 될 것이다. 특정한 형태의 집을 그리워하고 그런 집을 갖기 위해 노력하는 것은 마침내 나 자신으로 살아가는 여정이기도 하다.

모험의 동반자이자 주동자로 함께한 아내에게 마음 깊이 애정을 표한다. 이사를 다닐 때마다 날린 돈을 따져가며 좀생이처럼 굴고, 아파트 잘못 팔았다며 끝도 없이 되새김질하는 남편임에도 한결같이 넓은 아량을 베풀어준 그녀는 '큰사람'이다. 앞으로 감행할 집의 모험도 꼭 그녀와 함께 하고 싶다.

목차

ROUND 3

최악의 투자가 된 두 번째 아파트

ROUND 4

첫 번째 한옥에서의 시간

ROUND 5

빌라를 샀다

ROUND 6

화장실이 밖에 있어도 괜찮아

ROUND 7

3층짜리 협소주택에 살아요

EPILOGUE

집을 찾는 모험은 나를 찾는 모험이기도 했다

번외 편: 집 짓기를 위한 가이드

큰 차익을 안겨준 우리의 첫 번째 아파트

아버지의 쌈짓돈 1억

인생 반려자를 만난 때는 2004년이다. 당시 내가 다니던 잡지 사에는 월례회의라는 것이 있었다. 한 달에 한 번 신입 사원을 소개하고, 강사를 초빙해 특강도 듣고, 실적과 계획도 공유 하는 자리다. 여러 명의 신입 사원 중 아내도 있었는데 귀염성 있는 얼굴에 단정한 옷차림, 차분한 말투가 매력적이었다. 그 녀밖에 안 보이고, 그녀 말밖에 안 들렸다. 집에 놀러 오는 사 람들이 어떻게 만났냐고 물으면 농담 삼아 월례회의에서 말 하던 아내 뒤로 빛이 쏟아졌다고 대답하는데 어느 정도는 사 실이다.

잡지기자였던 나는 업무 미팅을 핑계 삼아 "시간도 아낄 겸 점심을 먹으면서 이야기하면 어떨까요" 하고 메일을 보냈다. 만남은 회사 근처 2층 호프집에서 이뤄졌다. 1980년대도 아 니고 왜 그런 곳을 선택했는지. 그러고 보면 당시만 해도 나 는 영 센스가 없었던 것 같다. 김치볶음밥을 먹었던가? 그릇 이 다 비워질 무렵 무슨 용기가 났는지 "단도직입적으로 말 할게요. 그쪽이 마음에 듭니다. 사귑시다!" 하고 많지도 않은 테스토스테론을 분비하며 말했다. 그녀가 대답했다. "흔들리 지 않을 자신 있으니 시간 낭비하지 마세요." 내 말이 가관이 었다. "나는 흔들 자신 있는데요?"

그리고 1~2개월이 지났다. 별로 흔든 것 같지도 않은데 그녀 는 흔들렸고 우리는 연인이 되었다. 그로부터 정확히 1년 후 결혼식을 올렸다. 더 일찍 할 수도 있었는데 선배들이 사계절은 겪어봐야 한다고 해서였다. 봄에 괜찮다가 가을바람 불면서 이상해지는 사람이 있고, 겨울에 괜찮다가 여름에 에너지가 뿜어져 나와 부담스러워지는 사람도 있다는 것이다.

결혼 날짜를 잡자마자 우리는 신혼집을 보러 다녔다. 당시 그녀가 원한 것은 옥탑방이었다. 그때 알아봤어야 했는데….

인생은 한 번뿐이라며 남다른 경험을 중시하는 그녀는 한 집에 만족하지 못하고 계속 다른 곳으로 이사를 꿈꾸었다. 나역시 새로운 경험을 재미있어하고 그 경험을 목전에 둔 상태에서 엔도르핀이 치솟는 성격이라 다행이었다.

당시 내가 가진 예산은 딱 1억 원이었다. 아버지는 자식들 건사하는 것을 중시하던 분이었다. 내 위로 형 둘, 누나 셋이 있는데 아버지는 한 명 한 명 시집 장가보낼 때마다 각자에게 정한 몫을 분배해주셨다. 전라도 분인 그는 "재금 보낸다"라는 말을 많이 하셨는데 그건 자식을 분가시킨다는 말이다. 부모님 연세 마흔두 살에 태어난 막둥이인 나는 어릴 때부터 아버지가 형, 누나들에게 "너는 이 돈 갖고 재금 나라"라고 하시는 말을 많이 들었다. "막둥이 결혼할 때쯤에는 내가 돈이 없을 수도 있으니 그때는 느그들이 한 사람당 500만 원씩 내라" 하고 형, 누나들을 모아놓고 집단 기부를 다짐받던 순간도 떠오른다. 당시 아버지 말씀은 하늘이어서 모두 네, 네, 고분고분 따랐다.

다행히 내가 결혼할 때까지 집안 살림은 그럭저럭 나쁘지 않왔다. 아버지는 폐암과 투병하시면서도 자신이 떠난 후 재산 분배까지 매듭을 지어놓고 눈을 감으셨다. 심지어 동네에 돌아다니던 초상화가를 불러 영정 사진도 미리 준비해놓으셨다. 준비 목록에 납골당까지 들어 있었다. 집은 무조건 엄마 명의로 바꿔놓고 엄마가 돌아가시기 전까지 건드리지 말라고 하셨다. 친척 일가가 있는 곳은 전라도 무안이었는데 묏자리가 멀면 자식들 고생한다고 깨끗하게 화장하라고 당부하셨다.

이런 걸 생각하면 깨어 있는 분 같은데, 또 그건 아니었다. 아버지의 재산 배분은 딸들에게 공정하지 않았다. 그 옛날 드라마 〈아들과 딸〉처럼 남아 선호 사상이 뿌리 깊은 분이어서 아들, 딸 차별이 심했다. 나도 딸로 태어났으면 당시 자식이 없던 이모네 집으로 보내질 팔자였다고 한다. 그런 이야기를 들으면 내가 1970년대생이란 사실이 믿기지 않는다. 대하소설 〈토지〉에 나오는 사람 같고, 글을 쓰는 지금도 비현실적으로 느껴진다. 손주도 손자만 얼싸안고 손녀는 "할아버지" 하고 뛰어와도 "가라, 가"라며 밀어내 작은형수가 몇 번이나 눈물 바람을 했다. 큰형수는 아들만 둘이었다.

그런 분이니 재산 분배도 아들, 딸이 달랐다. 아버지는 "내 제사 지내줄 사람은 큰손자"라며 장손에게까지 전답을 떼어주셨다. 몇 푼 받지 못한 딸들은 해도 해도 너무 한다며 서운해했다. 막둥이 사랑도 지극했던 아버지는 내게 시골 전답 일부와 1억 원이라는 큰돈을 주셨다. "이제 나도 없는데 느그들은 시집 장가 다 갔고 막둥이도 살아야 할 것 아니냐." 아버지가 형, 누나들에게 하신 말이다. 그것이 얼마나 큰 혜택이고 사랑인지 안다. 그런 큰돈이 없었다면 나 역시 결혼을 주저했을지 모른다. 이런저런 반목과 갈등도 많았지만 끝까지 자식들을 책임지신 아버지가 고맙고 또 대단하게 느껴진다. 그렇게 1억 원을 손에 쥐고 우리는 신혼집을 구하러 이곳저곳 찾아다니기 시작했다.

왜 아파트밖에 떠오르지 않았을까

신혼집을 고르는 것은 얼마나 설레는 일인가. 얼굴만 봐도, 손만 잡아도 편안하고 행복한 감정이 몽글몽글 샘솟는 관계인 연인이 함께 살 집을 보러 다니다니. 인생에서 그만큼 달달하고 충만한 행복을 느끼는 순간은 몇 되지 않을 것이다.

오늘은 어디로 가볼까? 우리가 가장 먼저 간 곳은 한남동 ○○○○이었다. 한남대교 못 가 대로변에 근사하게 서 있는 주상 복합 아파트. 단단한 벽돌 구조라 지금도 '귀티'가 나는 그 집은 2005년엔 더 웅장했다. 우리가 본 집은 그 웅장한 집에서 두 번째로 작은 평수였다. 49m², 14평.

세상에서 가장 비싸고 큰 쇼핑을 하면서, 그 자리에 아내가 될 여자를 데리고 가면서 남자는 허세가 가득 찬다. 돈도 없으면서 이왕이면 더 크고 번듯한 물건을 사주고 싶은 것이다. 나 역시 그랬다. 현관문을 열고 들어갔는데 주방이 보이고 그 너머로 거실 겸 침실이 나오더니 그걸로 끝이었다. 빌트인 세탁기가 방 한쪽에 들어가 있는데 왠지 옹색해 보였던 기억이 난다. 주방도 작았고 화장실도 작았다. 무엇보다 창문이 거슬렸다. 주상 복합 아파트는 일반 아파트처럼 창문이 크지 않고, 한쪽 면을 거의 다 차지하는 일반 아파트와 달리 창문이 내려오다 만 것처럼 짧다. 봄날이면, 여름과 가을이면 문을 시원스레 열어젖히고 구름도 보고 하늘도 보면 좋겠다고 생각하던 나는 그 집이 영 탐탁지 않았다. 아내는 아늑하니 좋다고 했다. 옥탑방에서 살면 안 되느냐고 했던 사람이니 아늑하겠지.

크기는 작았지만 가격은 적지 않았다. 정확하게는 기억나지
않는데 2억 원 가까이 됐던 것 같다(지금으로서는 정말 귀엽
게까지 느껴지는 금액이다. 한국의 아파트값은 어떻게 이리
끝없이 뛸 수 있는지 놀라울 따름이다). 지인들은 아파트 자
체를 보지 말고 애 낳을 걸 생각해서 주변 환경이며 교통, 학
군까지 따져보라고 조언했다. 이를테면 나무를 보지 말고 숲
을 보라는 거였는데 경험치가 부족한 나는 계속 나무만 쳐다
봤다. 게다가 당시에는 아이를 낳을지 말지 확신도 없었다.
별 감동이 없는 듯한 나를 보고 부동산 사장님은 하나 더 큰
평수가 있다고 제안했고, 그곳까지 살펴봤지만 감흥이 없긴
마찬가지였다. 가진 돈도 넉넉하지 않으면서 집은 더 컸으면
했던 거다.

두 번째로 찾아간 곳은 금호동 ○○아파트였다. 둘러본 매물
은 23평. 가격도 2억이 훌쩍 넘었다. 이번에도 거실이 심하게
좁게 느껴졌다. 살림살이가 공간 구석구석 빼곡하게 들어차
있어 더 그렇게 보였다. 집을 살 때는 눈앞의 '현실'을 보지 말
고 짐을 다 뺀 상태를 상상하라는데, 쉽지 않았다. 집을 사는
건 난생처음이니 말처럼 쉬울 리가 없었다.

부자로 살지도 않으면서 왜 이렇게 답답하다는 말을 입에
달고 사는지 생각해보니 시골 태생이기 때문인 것 같다. 시골
집은 마당이 얼마나 넓은가. 우리 집 역시 마당이 집보다 3배

쯤 넓었다. 산으로 들로 쏘다니며 유년기를 보낸 내게 아파트는 처음부터 마음이 가는 주거 형태가 아니었다. 창밖으로 맞은편의 아파트를 보고 있으면, 바닥에 누워 천장을 올려다보고 있으면 금방 답답한 마음이 들어 밖으로 나가곤 했는데 밖으로 나가도 답답한 건 마찬가지였다. 돌아다녀 봐야 아파트 단지였던 것이다.

이런 기질에도 불구하고 왜 나는 아파트밖에 생각하지 못했을까. 전세로 들어갈 단독주택도 있고 협소주택도 있고 한옥도 있고 아내 말처럼 옥탑방도 있었는데 주술에 걸린 사람처럼 아파트밖에 생각하지 못했다. 아파트가 집의 전부인 줄 알았다. 특히 신혼부부라면 응당 아파트에 살아야 한다고 생각했다. 사두면 계속 오르는 투자 수단으로서 아파트의 위상이 워낙 높았던 이유도 있을 텐데 가끔 억울하다. 그때 세상엔 다양한 집이 있고, 다양한 집에서 사는 사람들을 주변에서 쉽게 볼 수 있었다면 좀 더 많은 옵션을 손에 쥐고 집의 모험을 즐겼을 텐데 하는 생각이 드는 것이다. 아파트를 못 얻으면, 아파트가 아닌 빌라나 단독주택에서 신혼 생활을 시작하면 뭔가 '루저'가 된 듯한 사회적 분위기에 나 역시 젖어 있던 듯하다.

살다 보면 '이렇게 사고의 폭이 좁아서야…' 할 때가 있다. 아파트가 가장 많이 보이고, 아파트가 돈이 된다는 소리가 가장 많이 들리고, 아파트에 사는 사람이 가장 많으니 무의식적으로 평균적 삶을 좇게 되었다. 평균적으로 사는 것에 대한 희망과 그렇게 살지 못하는 것에 대한 두려움은 생각보다 큰 것이어서 내가 어떤 성향인지, 어떤 주거 형태가 맞는지 전혀 생각하지 못했다. 그러고 보면 우리는 정작 중요한 것에 충분한 시간을 쓰지 못하고 사는 것 같다. 집에 대한 생각도 그중 하나. 세상에서 제일 비싼 물건인데 진지하게 고민해본 적이 한 번도 없다니, 가끔은 놀랍기도 하다.

남은 건 승리뿐, 길음뉴타운에 신혼집을 차리다

집 찾기의 여정은 길음뉴타운으로 이어졌다. 오랫동안 강북에 살았기 때문에 지하철로 몇 정거장이면 닿는 그곳은 심리적으로 전혀 거리낌이 없었다. 편안했다. 혼자 살고 계신 엄마 집과 가깝다는 것도 마음에 들었다. 평소 효자도 아니면서 왜 이럴 때는 그런 생각이 드는지. 본가와 처가를 한 달에 한 번씩 번갈아 가자는 이야기도 했는데 가까우면 좋겠다는 생각도 있었다.

우리가 신혼집을 구하던 2005년, 길음뉴타운은 핫한 동네였다. 이명박 전 대통령은 강남·강북 균형 발전과 주거 환경 개선을 기치로 내세우며 길음뉴타운과 은평뉴타운, 왕십리뉴타운을 시범 뉴타운으로 지정했다. 쏟아부은 시 재정만 1500억 원이 넘었다. 들어서는 아파트 단지만 12개. 래미안, 푸르지오, 센트레빌, 이편한세상 등 브랜드 아파트가 속속 구역을 정비하고 공사를 시작하고 있었다. 뉴타운은 매혹적인 이름이었다. 뉴 라이프를 시작하는 내게도 딱인 듯했다. 사람들이 집이 어디냐고 물으면 꼭 길음뉴타운이라고 했다. 옆 사람이 알은체하며 "성갑이 길음동 아파트에 살아요" 하면 "길음동 아파트 아니고 길음뉴타운!" 하고 정정해주었다.

길음역에 내리면 초입부터 부동산 업소가 깔려 있다시피 했다. 창문에는 매매, 전세 정보를 담은 A4 용지가 빼곡하게 붙어 있었다. 억, 억, 억. 그중 한 곳에 들어갔는데 뉴타운에 있는 부동산이라 그런가 사장님도 젊고 세련됐던 기억이 난다.

그는 길음뉴타운은 뜰 일만 남았다고 했다. 앞으로 그 동네가 어떻게 바뀔지 벽에 붙은 커다란 지도를 짚어가며 설명해주는데 눈이 돌아갈 수밖에 없었다. 1단지 래미안은 이미 완공됐고, 2단지 푸르지오도 끝. 역세권 쪽으로 8단지와 9단지 래미안, 그 이후 롯데캐슬까지 들어오면 그야말로 번듯한 '미니 신도시'가 된다는 설명이었다.

그날 들은 단어들은 하나같이 크고 밝은 것이었다. 대단지, 대형 개발, 개발 호재, 시범 사업. 롯데캐슬이라는 단어도 얼마나 반짝반짝하던지. 팰리스, 서밋, 캐슬 같은 아파트 브랜드가 너무 적나라하고 직접적이라 참 별로다, 라고 생각했는데 우리 동네(길음뉴타운은 이미 우리 동네가 되어 있었다)에 들어온다고 생각하니 나쁘지 않았다. 뉴타운 사업이 잘 진행돼 모든 브랜드의 아파트가 다 들어오면 좋겠다 싶었다. 내가 흔들리고 있다는 걸 직감했는지 부동산 사장님은 계속 바람을 넣었다. 한국에서 돈을 버는 방법은 아파트밖에 없다, 달리 부동산 불패라는 말이 나오느냐, 나도 회사 다니다가 나와서 부동산 업소를 하고 있는데 돈 많이 벌었다, 아파트가 두 채다, 처음에는 다 작은 걸로 시작하는 거다, 그리고 계속 옮겨라, 나 부자 된 것 보고 우리 친척 중에서도 부동산 공부하는 사람이 많다. 실제 그 업소에는 친척이라는 여성 한 분이 독립하기 전 배우는 중이라며 앉아 있었다.

예산이 1억 원이라고 말하자 그는 딱 좋은 물건이 있다고 했다. 길음뉴타운 저 꼭대기에 있는 ○단지. 매매가는 2억 500만 원. 1억 500만 원만 대출받으면 끝. 2+2=4처럼 간단한 수식 같았다. 1억 원 대출이라니, 새가슴인 나는 그 돈을 빌리고 괜찮을까 하는 생각만 드는데 사장님은 아파트 담보대출은 금액도 잘 나오고 지금리 시대이니 좋은 기회라고 했다. 집단대출을 이용하면 금리가 싸진다는 설명도 잊지 않았다.

사장님은 본인 차를 타고 올라가자며 '애마'를 가져왔다. 그랜저. 그가 더 성공한 사람처럼 보였다. 도착해 둘러본 아파트는 마음에 쏙 들었다. 복도식 구조에 2층이었지만 필로티가 높아 4~5층 같았고, 거실 창문 밖으로 배드민턴장이 보여 답답하지 않았다. 거실 구조도 흡족했다. 소파 놓는 부분의 라인이 30cm가량 뒤로 파여 있어 지금껏 본 어떤 거실보다 더 넓어 보였다. 베란다도 넓었다. 나중에 인터넷을 검색해보니 그 아파트 브랜드는 베란다를 넓게 빼는 것으로 유명했다. 각 아파트 브랜드별로 평균 베란다 너비를 계산해 보여주는 기사였는데, 이런 기사도 있구나 싶었다.

무식하면 용감하다고, 우리는 그 집을 계약했다. 맞벌이를 하고 있었으니 월 40만 원 정도의 이자는 충분히 감당할 수 있을 것 같았다. 무조건 뜬다는데, 남은 건 승리뿐이라는데 외면할 이유가 없었다. 신혼을 '자가自家'로 시작한다는, 능력 있는 남편의 모습을 보여주고 싶다는 욕구도 한몫했다. 그때까지만 해도 그 아파트에서 내내, 영영 행복할 줄 알았다.

아파트에 살아서 뿌듯했던 순간들

나는 남의 눈을 많이 의식하는 편이다. 나 같은 사람이 많을 거라 생각한다. 그러니 〈나는 나로 살기로 했다〉 같은 책이 베스트셀러가 되는 걸 거다. 남의 눈을 의식하며 사는 것도 나로 사는 것이겠지만, 평생 미성숙한 인간인 채로 죽겠구나 하는 마음이 드는 것도 사실이다.

체면을 중시하는 성격은 아무래도 아버지 피다. 아버지는 그야말로 '폼생폼사'였다. 여름에는 백구두에 모시옷을 입고 다니셨고, 환갑 때는 우이동에 있는 요정 같은 산장을 빌려 큰 잔치를 했다. 아들은 파란색, 딸은 분홍색으로 한복을 맞춰 입고 노래도 불렀다. 손님 접대 잘하라는 것이 아버지의 당부였다.

아버지는 전라도 무안에서 쌍둥이로 태어나셨는데 안타깝게도 동생이었다. 태어난 시간은 몇 분 차이 나지 않았는데 부모의 관심과 사랑, 기대와 돈은 차이가 컸다. 그 옛날, 이 나라의 모든 장남은 집안의 기둥. 할아버지와 겸상을 하는 특권 계층이었고 쌈짓돈의 수혜가 가장 큰 존재였다.

아버지 가족도 마찬가지였다. 고봉밥은 물론이고 할아버지, 할머니가 갖고 있던 전답도 거의 큰아버지 차지였다고 한다. 그런 차별과 서러움이 싫어 아버지는 일찍이 서울로 올라와 기를 쓰고 돈을 벌었다. 자수성가형 가장이었는데 아주 큰 부자는 되지 못했다. 서울에 집을 사뒀으면 엄청나게 큰 부자가 됐을 텐데 내 논, 내 밭 못 갖는 것이 한이 돼 돈만 생기면 시골에 전답을 샀기 때문이다. 그 논과 땅은 아버지가 돌아가실 때 자식들에게 분배됐는데 아이러니하게도 큰아들에게 가장 많은 몫이 주어졌다. 나도 아들인지라 작은형과 전답을 물려받았다. 하지만 그 땅이 '돈'이 될 확률은 낮아 보인다. 아버지가 돌아가신 15년 전이나 지금이나 가격 차이가 거의 없다. 작은형에게 들으니 가격을 더 낮게 불러도 사는 사람이 없단다.

아버지는 주변 사람들에게 선뜻 돈도 잘 빌려줬다. 본인 형편이 나쁘지 않아 누군가에게 도움을 줄 수 있다는 사실을 좋아라 하셨다. 떼인 적도 많아 말년에는 법원에 출입하시느라 귀한 시간을 허비했다.

아버지의 피를 받아 나 역시 체면을 중시했고 남의 눈도 많이 의식했다. 그런 내게 신혼집으로 구한 아파트는 자랑의 대상이었다. 처갓집 식구들과 친척들을 다 모셔놓고 집들이를 할 때는 절로 어깨에 힘이 들어갔다. "몇 단지 몇 동 쪽으로 들어오시면 주차할 수 있어요", "두세 대까지는 편히 대실 수 있을 겁니다" 하고 안내할 때는 그 집이 내 궁궐이라도 되는 양 뿌듯한 마음이 들었다. 주차 차단기가 삐 소리를 내며 자동으로 올라갈 때, 사방으로 깨끗한 벽면과 욕조가 자리한 화장실을 볼 때 성공한 사람이 된 것 같았다. 내 첫 아파트는 저층의 ○○○호. 지인이 먹거리를 보내준다며 주소를 물을 때, 원고료를 받기 위해 주소를 적을 때 ○○○호인 것이 꺼림칙했다. 세속적이게도 1301호나 1802호면 훨씬 폼이 났을 텐데 말이지, 하고 생각한 것이다. 두 번째 아파트는 12층이었는데 높은 층수가 아니었다면 선뜻 분양권을 사지 않았을 것이다. 거실이 넓은 그 아파트에서 우리는 행복했다. 신혼이었으니 매 순간 달달함이 흘렀다. 지하철역에서 만나 손을 잡고 집까지 걸어갔고 샤워도 같이 했다. 맛있는 것을 먹으러 다녔고 주말에는 만화책을 빌려 종일 뒹굴뒹굴했다. 저녁에는 아이스크림 하나씩 물고 동네 한 바퀴 돌며 이런저런 이야기를 했다. 그때 바라본 아파트 단지는 썩 괜찮았다. 커다란 나무들이 건물과 건물 사이에 우뚝 솟아 있고, 위쪽으로 올라가면 수영장도 있었다. 마을버스가 다니는 도로 내리막길에 경비실이 있었는데 그곳에 불이 켜져 있으면 안심이 되었다. 깨끗하고, 아늑하고, 안전한 공간. 왜 사람들이 아파트, 아파트 하는지 알 것 같았다.

마냥, 모든 것이 좋았던 아파트의 시간은 1년을 지나 2년을 넘고 3년 차에 접어들면서 점점 시들해졌다. 당시만 해도 무엇이 좋지 않다고 콕 집어 말할 수는 없지만 어딘가 모르게 찌뿌드드한 느낌이 있었다. 가장 큰 마음은 답답함. 두꺼운 철문을 닫으면 안전하고 고요한 우리만의 아지트로 들어가는 구조였지만 늦은 귀갓길, 우뚝 솟은 아파트를 올려다보면 나도 저곳에 산다는 뿌듯한 느낌과 저 수많은 네모 박스 중 한 곳으로 찾아 들어가야 하는구나 하는 생각이 동시에 들었다.

내가 주체가 되어서 느끼는 행복과 뿌듯함도 크지 않았다. 겨울이면 경비 아저씨가 눈을 치워주고, 동대표들이 이렇게 저렇게 살림을 해 소액의 배당금도 만들어준다. 조경 전문가들이 조성한 정원은 매년 더 울창해지고 주차장도 늘 깨끗하게 유지된다. 편리함과 뿌듯함이 컸지만 내가 몸과 마음을 써 직접 얻은 것은 적었다. 한결같이 안온하고 편리하며 깨끗하게 관리되는 집. 계절에 따라, 날씨에 따라 확확 달라지는 집의 감각이라는 것을 느끼기 힘들었다. 뭐랄까, 심심했다. 산책하는 것을 즐기고 계속 몸을 놀려야 하는 내게 아파트는 그저 너무 편한 곳이었다, 딱히 내가 할 것이 많지 않은. 아마도 첫 아파트를 미련 없이 팔 수 있었던 이유는 그런 생각과 아쉬움이 마음 한구석에 자리 잡고 있었기 때문일 것이다.

3년 만에 1억이 오르다니

아파트에 살 때는 시세를 꿰뚫고 있었다. 알아보고 싶지 않아도 자연스럽게 알게 된다. 집으로 들어오기까지 아파트 단지에 부동산만 10여 개, 지하철역부터 세면 20개도 넘을 것이다. 업소마다 창문 안쪽으로 매물 정보를 붙여놓으니 우리 집은 얼마나 하나, 얼마나 올랐나 하는 마음으로 들여다보게 된다. 철학자 최진석 선생이 기웃거리며 살지 말라고 했는데 기웃거릴 수밖에 없는 구조. 꾸준히 오르던 우리 아파트값은 어느새 3억을 넘어가고 있었다. 3년 만에 1억이 오르다니. 한창때에 비하면 아무것도 아니지만 당시로서는, 연봉이라고 해봐야 얼마 되지도 않는 신입 사원이 느끼기에는 놀라운 금액이고 상승 폭이었다. 1억 원을 저축한다고 치면 그 큰 돈을 언제 모으나 하는 아득한 느낌이 들었다.

정말로 저 가격을 받을 수 있는지 궁금했을까? 나도 모르게 부동산 업소 문을 열고 들어가 "지금 팔면 얼마나 받을 수 있을까요?" 하고 물었다. 동과 호수, 베란다 확장 여부, 거실 창문의 방향, 층수에 대한 체크가 이뤄졌다. "3억은 받을 수 있어요. 얼마에 내놓으시려고요?"

그날 밤 집에 들어가 그런 이야기를 아내에게 했다. 돈에 별로 관심이 없는 그녀였지만 놀라는 눈치였다. 그리고 "지금 팔자" 하고 즉흥적으로 결정을 내렸다. 그때 진득하게 앞으로 더 오를 수 있어, 하고 냉철하게 판단하고 계속 아파트에 살았으면 우리 삶은 어떻게 됐을까? 하지만 우리는 그리 이성적인 편이 못 됐고 1억 원을 벌었다는 만족과 희열에 몽글몽글 기대감이 가득한 채로 희망 매매가를 이야기했다. 우리 집은 예쁘고, 2층이지만 앞쪽이 훤히 트여 있어 답답하지 않고 등등 좋은 것들만 떠올랐다. 나름 좋은 집이니 3억 1000만 원을 불러보자고 했다. 그 가격에 팔린다고만 하면 3년 만에 1억 500만 원을 벌게 되는 셈. 1년 수익은 약 3500만 원, 매월 291만 6666원을 번다는 계산이 나왔다. 입꼬리가 올라가고 기분이 좋아졌다.

주말, 우리는 부동산 두 곳에 아파트를 내놨다. 그중 한 곳에서 나눈 대화가 기억난다.

"얼마에 파시려고요?"

나는 양보하지 않겠다는 듯 힘 주어 말했다.

"3억 1000만 원요!"

"한번 해봅시다."

그냥 던진 말이었는데 "에이, 안 돼요"도 아니고 "해봅시다!" 하는 답변이 신선했다. "그런 가격은 로열 층만 가능해요"라는 부연도 있었지만 전반적으로 해볼 만하다는 분위기였다. 매매가가 확정되고 나니 이런저런 사담이 오갔다.

며칠 뒤 그 집은 3억 1000만 원에 팔렸다. 나 같으면 다만 몇백만 원이라도 깎아보려고 애를 쓸 텐데 매수자는 그런 말을 한마디도 입에 올리지 않았다. 엉겁결에 아파트를 판 우리는 다음 보금자리를 생각해야 했다. 아내에게는 바로 말하지 않았지만 내 머릿속에는 이미 다음 스텝이 정해져 있었다. 저 아래 새로 짓고 있는 래미안 아파트 분양권을 사는 것. 지금 살고 있는 아파트보다 더 유명한 브랜드이니 이번에 눈 깜짝할 사이에 벌게 된 1억 500만 원보다 더 큰 돈을 쥘 수 있을 거라 생각했다. 이번에는 꼭 저층이 아닌 로열 층을 사야지 마음먹었다.

잔금을 치르기까지 우리에게 주어진 시간은 약 두 달. 그 안에 어디서 어떻게 살지 결정해야 했는데 한 번 달콤한 수익을 맛보니 집에 대한 상상력은 더 좁아져, 아니 아파트를 향한 맹목적 믿음이 더 강해져 당연히 아파트를 생각했다. 대한민국의 수많은 사람처럼 준비운동을 마치고 본격적으로 '아파트 레이스'에 뛰어들 태세를 갖춘 것이다.

더 큰 돈을 벌기 위한 무리수

돈이 뭘까. 한마디로 생존이다. 돈이 없으면 나와 가족, 일상의 행복을 지킬 수 없다. 대부분의 사람은 큰돈을 손에 쥐기가 힘들다. 그런데 가만 앉아서 대출금만 꼬박꼬박 내고 있으면 몇 년 만에 몇 억이 오르는 아파트는 세상에서 가장 쉽게 돈을 버는 수단 같았다.

돈이 없으면 우아하게 살 수 없다. 〈폰 쇤부르크 씨의 우아하게 가난해지는 법〉이란 책이 있다. 폰 쇤부르크는 구조조정으로 언론사에서 퇴직당한 기자. 그가 쓴 위 제목의 책은 돈 없어도 나를 지키고 우아하게 사는 생각과 태도에 관한 글이다. 해박한 문화인류학적 지식, 송곳 같은 통찰이 빛을 발해 재미있게 읽었는데 중간중간 '응? 이렇게 사는 것은 우아하지 않은데?'라는 생각도 들었다. 비싼 와인을 마시지 않아도 되고, 돈을 아꼈다가 휴가지에서 펑펑 쓰는 것을 자제하고, 공기 탁한 헬스클럽에서 차례를 기다렸다가 운동하기보다 집에서 팔굽혀펴기를 하고, 공원에서 신선한 공기를 마시면 된다는 제안. 어떤 맥락과 메시지인지 알지만 전적으로 동의하기는 힘들었다. 더 즐거워지고, 새로 시작하기 위해 우리에겐 가끔 와인이 필요하고, 잠시 돈 걱정 붙들어 매고 마음 편히 비싼 것, 맛있는 것 먹으러 해외여행도 가야 한다. 최신 기구가 있는 헬스클럽에서 폼 나게 운동하는 시간도 필요하다. 때론 그런 사치가 우리를 다시 건강하게, 열심히 살게 한다.

우아한 삶은 안정적 경제 상태가 뒷받침되어야 한다. 가끔 생각한다. 70세 넘은 할아버지가 되어서도 스시가 먹고 싶으면 마음 편히 먹고, 예술의전당이나 세종문화회관에서 열리는 클래식 음악 공연에 갈 수 있으면 좋겠다고. 영화 <아무르>의 노부부처럼 편한 옷차림으로 오늘 본 공연에 대해 이야기를 나눌 수 있으면 좋겠다고. 더 이상은 바라지도 않고 딱 그 정도만 되면 좋겠다고. 그런데 소비할 때마다 통장 잔고가 신경 쓰인다면 그건 우아하지 않다. 우아함에는 일단 불안이 없어야 하는데 현대인의 주된 큰 불안은 역시 돈에서 시작된다. 나 역시 그랬다. 좋은 음악, 공연, 미술, 책, 건축을 일상으로 접하는 잡지기자로 살아 좋으면서도 마음 한구석은 늘 불안했다. 예순까지 정년이 보장되는 직업도 아니고, 어느 날 회사를 그만두면 어떻게 먹고살아야 한단 말인가. 바야흐로 원하는 삶을 찾아 퇴사하는 것이 큰 흐름이 됐지만 그때만 해도 직장을 잃으면 낭떠러지로 떨어진다는 생각이 컸다. 벌 때 벌어야 하고, 어떻게든 스스로 안전장치를 만들어놔야 한다고 생각했다. 한국에서 아파트값이 끝도 없이 오르는 이유는 믿을 건 아파트밖에 없어 수많은 사람이 그 집에 매달리기 때문이다. 당장 회사를 그만두어도, 어쩌다 노인이 되어도 먹고사는 데 걱정이 없는 사회가 되지 않는 한 아파트값은 잡힐 것 같지 않다.

그런 생각을 하던 사람에게 가만히 앉아 1억 500만 원을 벌게 해준 아파트는 신통한 존재였다. 이렇게 몇 번을 사고팔면 금방 부자가 될 수 있을 것 같았다. 아파트도 비싸게 팔았겠다, 이제 본격적으로 새로운 아파트 사냥에 나서야 할 때. 길음동을 벗어나 더 크고 더 좋은 입지의 아파트를 알아볼 수도 있었을 텐데 성공의 기억에 함몰돼 다른 곳은 아예 떠오르지도 않았다. 도무지 뿌리치기 힘든 것이 '성공의 기억'이라는데, 맞는 말이다. 길음뉴타운만이 희망의 땅이고, 그곳만이 약속의 땅 같았다. 또 열심히 부동산을 들락날락했다. 당시 여러 브랜드의 아파트가 올라가고 있었는데 지하철과 가까운, 지금 사는 집보다 더 아래쪽에 짓고 있는 래미안 아파트에 대한 전망이 특히 장밋빛이었다. 2008년 상황이었다.

"지금 3억 6000만 원에 사죠? 4억 7000만 원까지 가요. 잘하면 4억 8000만 원까지도 가. 5억은 솔직히 힘들고 4억 7000만~4억 8000만 원은 확실해."

"○○ 브랜드에서도 제일 신경 쓰는 곳이 여기 ○단지예요. 길음뉴타운의 상징 같은 곳이 되는 거지. 지하철역에서도 가깝고 학교 부지도 근방에 있어서 제일 좋은 단지가 될 거예요."

"약간 오르막이긴 한데 도로 상가 뒤쪽으로 입주민 전용 에스컬레이터까지 생길 거예요. 얼마나 편해. 다리 아플 일도 없죠. 에스컬레이터, 엘리베이터 갈아타면 되니까. 시설 투자를 많이 하는 곳이에요. 조경도 잘할 거라고 하더라고."

"파신 아파트는 이미 몇 년 됐잖아요. 아파트는 새것일수록 가격이 높고 가격 상승률도 높아요. 돈 벌려면 계속 이사를 다녀야 해. 한곳에 망부석처럼 앉아 있으면 돈 못 벌어요."

돈, 돈, 돈. 더 큰 돈. 더 많이 벌 수 있는 돈. 확실한 돈. 약속된 돈. 많이 오를 것이고 투자가치가 확실한 곳이라니 마음이 흔들리지 않을 수 없었다. 한 부동산 사장님은 "나도 이미 분양권을 하나 사놨다"라며 책상 서랍에서 분양권 서류를 꺼내 보여주었다. 화룡점정. 더 이상 고민할 필요가 없었다. 그런데 가만, 우리가 아파트를 팔고 대출금을 갚은 후 손에 쥔 돈이 약 2억. 그런데 약 2년 후에 입주하는 새 아파트의 분양권은 3억 6000만 원. 어쩌지? 어떻게 한다? 4억 8000만 원까지 간다는데. 3억 6000만 원에 사면 또 1억 2000만 원을 금세 벌 수 있다는데 그걸 어떻게 포기하란 말이야. 방법이 없을까? 그래, 엄마 집이 있었지. 거기 들어가서 눈 딱 감고 2년만 살자. 중도금 내면서 저축도 열심히 하자. 입주할 때 또 대출받으면 되지 뭐. 우리는 위험한 도박을 감행했다. 무리수였지만 내겐 돈밖에 보이지 않았다. 그 화려하고 번듯한 아파트 단지에서 내 집은 가장 작은 평수 하나였지만 그때는 그런 생각은 하지도 않았다. 그저 돈만 머릿속에 가득 찼다.

실물도 보지 않고 집을 사다니

나는 배포가 큰 사람이 아니다. 어떨 때는 시장통을 지나다가 개떡이나 가래떡이 먹음직스럽게 보여 침이 고여도 통장 잔고가 시원찮을 때는 에이 참자, 하고 단념한다. 그러면서도 또 큰돈은 잘 쓴다. 새 아파트 분양권을 사기 위해서는 1억 6000만 원이 더 필요했지만 3년간 모은 적금을 깨고 담보대출을 받으면 얼추 맞출 수 있을 것 같았다.

돈 쥐고 아파트 고르는 재미에 빠진 나는 뻔질나게 부동산을 들락거리다가 소탈하고 진실해 보이는 내외분이 운영하는 곳으로 마음을 정했다. 같은 말을 반복하는 습관이 있어 어떨 때는 사람을 질리게 하는 나는 일생일대의 쇼핑을 앞두고 "정말 오를까요?", "들어온다는 초등학교는 정말 들어올까요?", "집값이 오를 만한 다른 호재는 또 뭐 없나요?" 계속해서 물었는데 그 사장님들은 한 번도 귀찮다거나 못 말린다는 기색 없이 친절하게 대답해주셨다. 동향同鄕이기도 했다. 구수한 전라도 사투리를 쓰시는데 남 같지 않았다. 사모님은 언뜻 작은누나를 닮은 것도 같았다. "부동산이 어떻게 될지는 아무도 모르지만…" 하고 겸손하게 설명하시는 것도 마음에 들었다. "부동산이 어떻게 될지는 아무도 모르지만…" 뒤에 나온 말은 "전망은 밝습니다"였다.

분양권으로 나온 매물을 몇 개 살펴보았다. 우리 예산에 가능한 곳은 오르막에 있는 동이었다. 이번에는 확실히 평지로 가고 싶었는데 어쩔 수 없었다. 이럴 때 어떤 사람은 대출을 더 많이 받아 평지, 소위 '로열 동'을 택한다. 아파트 투자는 어쩌면 그렇게 통이 큰 사람들의 리그인지 모른다. 어떻게든 돈을 그러모아 겨우겨우 한 채 마련하는 서민은 상대적으로 입지가 떨어지는 곳을 고를 수밖에 없고, 그만큼 수익도 적다. 적당한 때에 아파트를 '버릴 수' 있다면 수익이 남겠지만 30평대, 40평대로 넓혀가겠다고 마음먹으면 늘 빚에 쪼들리는 소시민의 굴레를 벗어나기 힘들다. 다른 동네의 아파트도 오르고 집을 넓혀가려면 또 그만큼 빚을 져야 하기 때문이다. 위험 부담을 무릅쓰고 더 큰 돈을 대출받아 평수를 넓혀가거나 한 채를 추가로 구매하거나 해야 하는데 배짱이 없는 사람에게 그 구조는 계속해서 아파트값만 목매고 바라보도록 만든다. 20평대 아파트 한 채, 30평대 아파트 한 채에 나의 오늘이 속박될 수도 있겠다는 생각을 그때도 종종 했었다.

그럼에도 나는 분양권을 샀다. 미래도 불안한데 1억이라도 더 벌어야 한다는 조급함이 있었다. 계약서에 도장을 찍고 집에 조감도를 들고 온 다음 날부터 매일 그것만 쳐다봤다. 여러 개의 동이 어떻게 자리하고, 정원과 놀이터는 어디에 조성되는지를 한눈에 보여주는 브로슈어. 우리 동 앞이 뻥 뚫리면 좋으련만 20평대 아파트에서 그런 위치를 기대하긴 어렵다. 다행히 전면에 있는 동이 비스듬히 비켜나 있어 시야를 100% 가리지는 않았다. 자를 가져와서 볼펜으로 우리 집과 앞 동의 방향을 몇 번이나 체크했는지 모른다. 당시에는 그 비스듬

한 각도가 이 집의 모든 가치였다. 더 트이면 사는 동안에도 좋고, 가격도 더 오를 테니까. 거의 매일 앞 동과의 이격 정도를 가늠하고 각도를 체크하면서 "자기야, 앞쪽으로 조금 뚫리는데 와서 한번 봐봐. 그치?", "이 정도만 돼도 덜 답답하지 않을까?", "아, 앞이 조금만 더 뚫리면 좋겠다"라는 말을 백번도 넘게 했다. 그럴 때 맞장구 좀 쳐주면 좋으련만 아내는 "그만해"라고 건조하게 말했다. 안쓰럽다는 투였다.

돌아보니 그런 생각이 든다. 분양권이라는 건 뭘까. 반듯한 공간에 들어갈 수 있는 권리를 큰돈을 주고 미리 약속받는 것. 눈과 몸으로 확인할 수 있는 것보다 머릿속 숫자로 확인하는 것이 훨씬 많은 것. 입주할 때가 되면 가격이 오를 거라는, 프리미엄을 주더라도 투자를 해야 한다는 자기최면에 빠져 1~2년간 가난을 기꺼이 감수하는 일. 다른 한쪽에서는 '얼마나 오를까? 많이 오르겠지?' 기대를 하고 나도 곧 새 아파트에 들어간다는 만족과 희열로 자신을 달래는 일. 그러면서도 마음 한쪽에서는 '가격이 안 오르면 어쩌나', '잘 지어야 할 텐데' 하는 걱정과 불안을 세트로 구매하는 것. 그런데 그 큰 결정을 실물도 보지 않고 하는 것. 호텔 숙박비를 결제하는 것도 아니고 적어도 몇 년을 살 집인데 그 집에서 어떻게 살지, 어떤 라이프스타일로 살아갈지는 전혀 생각해보지 않았다. 그리고 그 대가로 마침내 그 집에 입주하게 됐을 때 나는 크게 실망한 나머지 오랫동안 그 집에 정을 붙이지 못했다.

돈에 눈이 멀어 동거를 시작하다

더 큰 돈을 꿈꾸며 엄마 집으로

"자, 자, 촛불 끕시다. 서로 양보하고 위하며 잘 살아봅시다!"

첫 아파트를 팔고, 그 돈으로 다시 새 아파트 분양권을 산 후 우리는 엄마 집으로 들어갔다. 단독주택에 살던 엄마는 아버지가 돌아가신 후 혼자 그 넓은 집에 살 필요가 뭐 있냐며 집을 처분하고 인근에 새로 지은 30평대 빌라로 이사했다. 방 3개에 화장실 2개인 전형적인 구조. 귀고리를 단 듯 모조 보석을 주렁주렁 늘어뜨린 조명등, 풀잎색 벽지… 우리 취향에 맞는 것은 하나도 없었지만 달리 도리가 없었고, 새로 지은 곳이니 깔끔하다는 것은 마음에 들었다.

방 3개 중 우리는 두 번째로 큰 방에 들어갔다. 안방을 워낙 크게 빼 우리 방은 신혼 때 산 침대 하나, 책장 하나 놓으면 끝일 만큼 작았다. 요즘 그곳에 한 번씩 가면 이 좁은 방에서 어떻게 살았나 싶다. 그게 다 돈의 힘이었다. 가진 돈이 아니라 가질 수 있을 거라 생각한 돈. 어떻게 살아? 하는 생각은 별로 하지 않았고 잘 버텨보자! 하고 파이팅을 외쳤다. 약간의 설렘도 있었다. 어쨌든 또 다른 삶의 시작이고, 새로운 챕터가 열리는 순간에는 옅은 흥분과 기대감이 동반되니까. 걱정스러운 마음도 들었지만 애써 쾌활한 몸짓과 말로 그런 기분은 잠시 접어두었다.

엄마 집에 들어간다고 했을 때 형과 누나들은 "잘했다"라고 했다. 혼자 사시는 팔순 노모 곁에 귀여운 막둥이 가족이 들어가니 엄마도 덜 심심하시고 아프실 때 간호라도 할 수 있으니 잘됐다고. 아내도 전혀 불만이 없었다. 간섭 따위 1%도 없는 엄마의 무덤덤한, 어쩌면 '쿨'하다고까지 할 수 있는 성격을 익히 알고 있었기 때문이다. 아파트에 신혼살림을 차렸지만 엄마는 그곳에 딱 한 번 오셨다. 가족 모두 초대해 식사한 날. 그 뒤로는 아예 올 생각을 하지 않으셨다. "느그들끼리 잘 살믄 되지 뭣 허러 뻔질나게 간다냐"가 그분 생각이었다. 며느리에게 수시로 전화를 걸어 "막둥이 밥은 잘 챙겨주고 있냐?", "별일 없냐?" 소리 한 번을 안 하셨다. 사랑받는 어른의 매너를 선천적으로 타고난 양반처럼 늘 적당한 거리를 두었다. 그런 엄마였으니 아내도 함께 사는 것에 반감이 없었다.

그 집에서 왠지 행복할 것 같았던 것이, 당시 우리에겐 이제 막 태어나 아장아장 걷는 첫째 딸 유이가 있었기 때문이다. 엄마는 "옛날부터 애 있는 집에 웃음 난다"라고 했다며, "그라제 내 새끼", "맞제 우리 똥강아지" 하며 케이크 옆에서 뒹굴뒹굴하는 유이의 엉덩이를 톡톡 쳤다. 혼자 적적하게 지내던 엄마도 우리와 산다니 마음이 좋은 것 같았다. 아들 내외가 망해서 들어온 것도 아니고, 아파트 분양권을 사놓고 1년 10개월 정도만 있다 가는 것이니 반대할 이유도 없었으리라. 그건 우리도 마찬가지. '우리 집'으로 다시 돌아갈 날을 확정받고 시작한 동거이니 그 기간만 잘 버텨보자, 못 할 게 뭐 있느냐 하는 마음이었다.

엄마는 이모들이며 동네 친구들이 어쩌다 막둥이네랑 살게 됐냐고 물으면 "신혼 때 살던 아파트를 팔고 또 새로운 아파트 분양권을 사놓고 지어질 때까정 여기서 산다"라고 말씀 하셨다. 여기서 중요한 단어는 '또 새로운'. 나로서도 듣기 싫은 말은 아니었다. 사회에 나간 지도 얼마 안 된 것 같은데 벌써 번듯한 집을 두 채나 사고판 젊은 아빠의 향기가 났다.

삼시 세끼의 고단함과 아내의 유혹

엄마 집에서 보낸 시간은 무탈하게 흐르지 않았다. 처음에는 삼한사온처럼 냉기류가 4~5일에 한 번씩 만들어지더니 세월이 쌓여갈수록 점점 더 자주 일상에 균열이 생겼다. 당시 아내는 회사를 그만두고 집에 있는 시간이 많았다. 엄마도 아침에 산책을 다녀오고는 특별한 일이 없으면 외출하지 않고 집에 계셨다. 오롯이 혼자 있지 못하는 시간은 사람을 점점 예민하게 했다. 그리고 끼니. 엄마는 며느리가 집에 있으니 으레 때가 되면 밥을 차리겠거니 했고, 아내는 꼬박꼬박 삼시 세끼를 차려야 한다는 피로감과 부담을 토로했다. 약속이 있어 외출하더라도 그 끼니가 마음에 걸려 식사 시간에 맞춰 들어와야 했다. 엄마의 식사 시간은 우리와 영 딴판이었다. 새벽 3시면 일어나 거실을 몇 바퀴 돌다가 6시 전에 아침을 대충 해결하고 산으로 학교 운동장으로 나가 운동을 한다. 점심은 12시. 워낙 일찍 일어나셨으니 낮에 한숨 주무신다. 그리고 저녁은 오후 5시. 6시 넘어 퇴근해 집에 오면 7시가 다 되는 나와도 시간이 안 맞아 함께 식사하는 날이 거의 없었다. 그러니 아내 입장에서는 저녁을 거의 매일 두 번 차리는 셈이었다.

물론 엄마는 죄가 없다. 왜 밥을 안 차리냐고, 때가 지났다고 불호령한 적도 없다. 허기가 지면 손수 차려 드시는 날도 많았다. 그런데 그 소리가, 혼자 드시고 있다는 그 생각이 아내를 힘들게 했다. 신경 써서 음식을 해 밥상을 차려내고 나면 "맛있다"라는 말을 기대하게 되는데 돌아온 대답은 "막둥이

밥은 챙겨놨냐?"였다. 아내는 어머니에게 본인은 그저 아들의 끼니를 챙기는 사람인 것 같다고, 어머니는 당신밖에 모른다고 서운해했다.

계속 끼니를 신경 써야 하는 그 고통, 이제 알 것 같다. 나는 회사를 그만뒀고 아내는 사업을 시작해 바쁘니 내가 애들 밥상 차려주는 날이 많은데 코로나19 사태 때문에 거의 매일 끼니를 차리고 있자니 오늘은 또 뭘 먹여야 하나 괴롭다. 영화 〈워낭소리〉에서 주인공 할머니가 그랬다. "내 새끼들 입에 먹을 거 들어가는 것하고 마른 논바닥에 물 들어갈 때만큼 오질 때가 없다." 물론 내 새끼들 잘 먹는 건 좋지만 문제는 너무 잘 먹고 너무 수시로 배고파한다는 것이다. 아침 차려놓고 잠시 일하다 보면 쪼르르 달려와 "아빠 배고파" 한다. 오후 5시에 태권도 학원에서 돌아오자마자 하는 말, "아빠 배고파". 내 새끼인데도 불구하고 "뭐야, 방금 밥 먹었잖아!" 버럭할 때가 많다.

엄마와 살던 그때 TV에서는 드라마 〈아내의 유혹〉이 한창이었다. 점 하나 찍고 다른 여자로 변신해 전남편을 유혹한다는, 두 번 다시 없을 내용의 드라마. 엄마 역시 그 드라마에 빠졌는데 귀가 예전 같지 않으니 드라마만 시작되면 볼륨을 키웠고, 화염을 방사하는 듯한 신애리_{김서형 분}의 고성은 거실을 쩌렁쩌렁 울렸다. 문제는 엄마가 이제 막 돌이 지난 유이를 가슴팍에 안고 드라마를 보셨다는 것. 자기가 뭘 안다고 유이마저 집중해서 드라마를 봤고 아내는 "애 교육에 안 좋을 것 같아. 계속 악만 쓰는 것도 걸리고…" 하면서 안절부절못했다. 엄마에게 "소리 조금만 줄여서 보시면 어떠냐?" 하고 얘기했지만 볼륨은 어느새 제자리로 돌아가 있곤 했다.

그런 식이었다. 완전히 다른 두 라이프스타일이 계속 충돌하는 일상. 동시대를 살지만 엄마의 세계와 아내의 세계는 완전히 다른 것이었다. 그건 누구의 잘못도 아니다. 그런 갈등과 반목이 반복되면서 집은 더 이상 예전의 우리가 누리던 '스위트 홈'이 아니었다. 마감 막바지, 회사에서 일주일간 야근을 하는 시간이 마음 편했다. 돈을 좇은 대가가 일상 깊이 파고들어 크고 작은 문제를 일으킬 줄은 미처 몰랐다. 엄마와 아내 사이에서 중재하느라 바빴고, 그것이 잘 안 돼 나 역시 괴로웠는데 그건 처음부터 내가 해결할 수 있는 문제가 아니었다. 그 괴로움을 직접 경험해보지 않았기 때문이다. 직접 경험하지 않으면 층층이 균열을 낸 미세한 감정과 그림자를 이해할 수 없고 온전히 공감하는 데도 한계가 있다. 그 일만 생각하는 시간도 짧고 해결 의지도 약할 수밖에 없다. 양쪽을 왔다 갔다 하며 신경 쓰는 것처럼 하다가도 밤이면 잘 잔다.

돈은 많은 것을 얻게도 하지만 많은 것을 잃게도 한다. 사소한 대화와 마음으로 유지되는 관계에서 특히 그렇다. 현재의 시간을 돈에 양보하면서 우리의 소소하지만 행복했던 일상은 점점 퇴색되거나 사라졌고 차츰 건조한 시간이 많아졌다.

엄마가 춤을 추러 다니기 시작했다

한 공간에 아침부터 저녁까지 함께 있는 것은 아내에게도 엄마에게도 서로 힘든 일이었다. 아내는 비가 오나 눈이 오나 유이를 들쳐 업고 집을 나갔다. 아침밥을 차려드리고 점심도 간략히 준비해놓고 외출했다가 저녁 식사 무렵에 들어왔다. 차라리 화끈하게 끼니를 챙겨드리지 않았으면 둘 다 편했을지도 모르겠지만 아내는 그렇게까지 할 수 있는 세대가 아니었다. 그 무렵 엄마도 자주 외출했다. 본인이 나가면 며느리가 혼자 있을 수 있으니 그때라도 소파에서 두 다리 펴고 TV도 보고 마음 편히 낮잠도 자라는 배려였을 것이다.

주말이었던가. 하루는 집에 있는데 엄마가 외출 준비를 했다. 침대에 정성스레 다림질한 흰색 바지와 빨간색 꽃무늬 셔츠가 살포시 놓여 있었다. 흰색과 빨간색의 대비가 강렬했다. 욕실에서 씻고 나온 엄마는 그 옷을 입고 립스틱도 정성스레 발랐다. 그런 엄마를 보고 있자니 장난기가 발동했다.

"엄마 연애해? 그래, 잘 생각했어. 제발 좀 하셔. 살랑살랑 연애하믄 얼마나 좋아. 어떤 아저씨야?"

엄마가 말했다.

"칵 염병할 놈. 이 나이에 내가 미쳤냐. 너는 어쯔 그렇게 철이 없냐."

엄마는 욕을 잘했다. 그렇다고 욕을 달고 사시는 건 아니고 화가 나거나 어처구니없는 일이 생기면 종종 염병을 한다, 간나구 같은 놈(전라도 특유의 욕인데 간에 붙었다 쓸개에 붙었다 하는 간사한 놈이란 얘기부터 간나새끼의 변형이라는 얘기까지 다양한 설이 있다) 같은 센 욕이 튀어나온다.

단장을 마친 엄마는 끝내 연애한다며 본인을 놀리는 막내의 실없는 농담을 들으며 집을 나섰다. 엄마가 나간 후 아내와 나는 "엄마 아무래도 수상한데?", "저렇게까지 꽃단장하실 분이 아닌데?"라며 TV를 봤다. 그리고 20분쯤 후, 휴대폰이 울렸다. 엄마 전화기였다. 급하게 나가시느라 전화기를 못 챙기신 모양이었다. 박강성(가명)이란 이름이 떴다.

"여보세요?"

"……."

"여보세요? 박강성 선생님?"

"아, 음음. 아들인가 보네. 혹시 엄마 나가셨어요? 오늘 만나기로 했는데 어쩌나, 내가 급한 일이 생겨서 못 나가게 됐는데…."

"아이고, 그러세요. 어머니가 휴대폰을 안 가지고 가셔서 말씀을 전해드릴 수도 없고… 어떻게 해야 하나. 안 오시면 무슨 일이 생겼나 보다 하고 곧 오시지 않을까요?"

전화를 끊고 나니 살며시 웃음이 났다. 엄마는 우리 몰래 연애를 하고 있었던 것이다. "이 나이에 미쳤다고 생판 모르는 남자 만나서 속옷 빨고 사냐"라고 하셨던 양반이…. 30분 후 엄마가 돌아왔다. 얼굴에 화기火氣가 서려 있었다.

"엄마, 박강성 할아버지가 전화하셨던데? 오늘 일 있어서 못

나온다고. 엄마 연애하는 거 맞네."

다 들켰다고, 더 이상 숨길 것도 없다고 생각하셨는지 엄마는 한바탕 거친 욕을 쏟아냈다.

"지미, %$ㅆ$놈, 사람을 뭘로 보고, 그 간나구 같은 새끼가!"

냉수를 마시고 얼추 속이 진정된 엄마에게 자초지종을 들으니 이랬다. 심심하기도 하고 집에 계속 있기도 뭐해 동네 춤선생한테 몇 달간 춤을 배웠다, 5000원만 주면 손도 잡아주고 춤도 가르쳐주는 곳이 있다, 박강성 씨는 거기서 만난 할배인데 오늘 밥을 먹기로 했다, 진지한 사이는 아니다. 드라마 〈서울의 달〉이 떠올랐다. 한석규, 최민식, 채시라가 주인공인. 거기서 한석규가 '제비'로 나오는데 동네 춤 교습소의 모습도 언뜻언뜻 등장했다. "우리 엄마, 우리 덕분에 춤도 배우고 좋네." 넉살을 부리는 내게 엄마는 눈을 흘겼다.

각자 살길을 찾고, 크고 작은 소동을 치르고, 이 생활이 언제 끝날까 아득해졌다가 또 웃기도 하면서 시간이 흘렀다. 그동안 나는 꼬박꼬박 아파트 중도금을 입금했고 대출이자도 빠짐없이 납입했다. '이렇게 사는 게 맞나?' 싶었지만 주변을 돌아보면 다 그렇게 살고 있었다. 분양권을 사서 아파트 입주를 기다리고 있는 것만으로도, 젊은 나이에 아파트를 장만했다는 것만으로도 부러운 시선을 받았다.

1년 8개월간의 사랑과 전쟁

엄마 집에 들어간 이후 사계절이 바뀌고 다시 세 계절이 지났다. 우리는 갈등과 반목, 좌절과 불행에 점점 무뎌졌다. 부부 관계도 급격히 식었다. 미래를 위해 오늘을 희생하는 것이 얼마나 어리석은 짓인지 알게 됐다. '미래를 위해'라는 전제 자체가 틀린 것이었다. 오늘이 망가지면 도미노처럼 내일도 망가진다는 걸 몰랐다. 오늘을 망치는 것, 망치는 오늘이 쌓이는 것, 그건 미래를 잃는 것이기도 했다.

스웨덴 사람들이 삶의 가치로 삼는 라곰lagom의 핵심과 정신에 관해 이케아 대표가 들려준 강의를 들은 적이 있다. 너무 많지도 적지도 않은, 딱 적당한 상태가 중요하다는 말. 강연 말미에 그가 이렇게 덧붙였다. "금요일 저녁에는 많은 가정에서 요리를 하지 않고 피자 같은 인스턴트식품을 시켜 먹어요. 다 같이 둘러앉아 피자에 맥주를 마시며 영화를 보거나 드라마를 보거나 게임을 하지요. 음식을 만들고 설거지를 하느라 시간을 보내는 대신 다 같이 어울리는 시간에 가치를 부여하는 겁니다."

그의 말을 듣고 느끼는 바가 있어 "앞으로는 금요일에 요리 금지!"라고 슬로건을 외쳤으나 월요일부터 목요일까지 계속 힘들고 피곤하다 보니 금요일 하루만 따로 떼내 행복하기가 쉽지 않았다. 그때만 해도 지금처럼 '워라밸work-life balance'이 사회적 어젠다로 인식될 때가 아니라서 회사 생활은 빡빡했고 야근도 잦았다. 그러다 보니 "오늘은 금요일! 즐겁게 보내봅시다" 하고 기분을 내기가 어려웠다. "영화고 뭐고 대충 밥 먹고 자자" 하는 날이 많았다. 금요일은 홀로 떨어져 있는 날이 아니고 월, 화, 수, 목과 연결된 그저 똑같은 하루였다. 스웨덴 사람들의 금요일이 즐거울 수 있는 건 월요일부터 목요일까지의 삶이 소소한 즐거움과 함께 안정적으로 흐르기 때문이 아닐까 싶었다.

오래 기다린 끝에 마침내 입주하는 날이 다가와도 그리 기쁘지 않았던 건 이미 하루하루가 별로였기 때문이다. 새 아파트로 들어가면 다 좋아지지 않을까 하는 기대와 새 집에 들어간다 한들 달라지는 게 없을 거라는 직감이 동시에 드는 나날이었다. 행복이 가득한 집 대신 가격이 오르는 집을 선택한 결과였다.

얻은 것이 전혀 없었던 것은 아니다. 엄마를 모신다는 것이 우리의 그릇으로는 감당할 수 없는 일이라는 걸 알았다. 나와 아내는 개별적이고 온전한 자유가 소중한 사람들이었고, 그런 일상이 제약받을 때 행복하지 않은 사람들이었다. 합가의 삶과 일상에 대해 잘 알지도 못하면서 무작정 '잘 지낼 수 있어!' 하고 큰소리 친 지난날이 부끄러웠다.

지금, 우리는 엄마와 잘 지낸다. 다시 적당한 거리가 생겼기 때문이다. 적당한 거리를 두는 것이 가장 필요한 관계는 어쩌면 가족일지도 모르겠다. 한번 가까워지면 너무 많은 분량의 시간과 공간, 생각과 일상을 공유해야 하는 관계이기 때문이다.

좋은 지인도 얻었다. 당시에는 블로그를 하는 사람이 많았다. 아내 역시 쓰고 읽는 것으로 위안을 얻곤 했다. 그러다 만난 이가 수유동에 사는 '빨강 콜라'였다. 사진을 잘 찍고, 글도 잘 쓰고, 살림과 인테리어 감각도 있는 두 사람은 금세 친해졌고 지금은 함께 살림 가게를 운영하는 동업자가 되었다. 좋아해주는 분이 많아 가정 경제에도 큰 보탬이 된다. 만약 아내가 살림 가게를 시작하지 않았더라면 내가 회사를 그만두는 일도 없었을 것이다.

엄마와 동거하던 시절 우리의 작은 방에는 내가 잡지기자로 일할 때 루이 비통에서 받은 책갈피 2개가 벽지에 압정으로 꽂혀 있었다. 눈꽃 같기도 하고 보석 같기도 한 루이 비통 특유의 모노그램 패턴이 정교하게 음각된 얇고 작은 황동 판이었다. 엄마 집으로 들어간 날 아내는 짐을 다 풀고 마지막에 그 황동 판 두 장을 침대 머리맡에 꽂았다. 예쁘게 잘 살아보겠다는 다짐의 표식 같은 것이었을까. 그 표식은 우리가 짐을 뺀 뒤에도 오랫동안 그 자리에 꽂혀 있었는데 한 번씩 엄마 집에 가 그것들을 보고 있으면 아내가 얼마나 힘들었을까 싶으면서 애처로운 감정이 밀려온다.

최악의 투자가 된 두 번째 아파트

기다리고

기다리던

새

집으로

"축하합니다. 오랜 공사를 끝내고 ○월 ○일부터 ○월 ○일까지 입주를 시작합니다. 귀하의 아파트 사전 점검 일자는 ○월 ○일입니다."

대학 합격 통지서만큼 설레고 벅찬 소식이 아파트 입주 안내 소식일 거다. 감회가 남달랐다. 군대에 있을 때도 엄마 집에 살았을 때만큼 시간이 느리게, 힘들게 가진 않았다. 사실 군대에서 고생하는 기간은 정해져 있다. 이병 6개월. 일병 작대기 하나만 달아도 "이제 너도 이곳에 온 지 6개월이나 됐고, '쫄따구'도 들어왔으니…" 하고 어느 정도 자유와 권한을 준다. 상병, 병장들과도 나름 전우애가 쌓여 돈독한 사이가 되기도 한다. 그런데 고부 갈등, 그 사이에 낀 남편과 아들의 역할은 정말이지 쉽지 않았다.

드디어 사전 점검 당일. 차를 끌고 입주할 아파트로 갔다. 마무리 공사가 한창이었다. 여기저기서 공사 소리가 들리고 흙먼지가 일었다. 그런 어수선한 분위기에서도 아파트는 여봐란 듯이 위용을 드러내고 있었다. 관리 사무소에 들어섰다. 이름과 동, 호수를 확인한 후 안내 직원이 직접 집까지 우리를 안내했다. 휴양지에 가서 숙소 키를 건네받고 직원의 안내로 정원과 수영장을 가로질러 우리가 머물 방으로 가는 것보다도 설레고 기대되는 시간. 큼지막한 돌로 울타리를 쌓아 만든 분수, 하늘 높이 뻗은 소나무를 중심으로 단정하게 조성해놓은 정원과 놀이터를 보는 기분이 흐뭇했다. 아내와의 좋지 않았던 관계도 이제 끝이다, 잘 견뎠다, 드디어 새로운 시간이 열린다, 행복할 일만 남았다, 하고 새삼 마음을 다잡았다.

우리 동은 무려 26층이었다. 우리 집이 아니고 우리 집이 들어선 동. 엘리베이터에 타인과 탔을 때 소위 로열 층 버튼을 누르는 뿌듯함을 느끼고 싶었는데 우리 집은 12층. 이 정도면 높은 층이라고 생각했는데 26층까지 일렬로 도열한 버튼을 보니 중간 높이도 안 되는 층수였다.

남과 비교를 많이 하고, 남의 시선도 많이 의식하는 나 같은 사람에게 아파트는 그리 좋은 집이 아니다. 매 순간 자동적으로 비교를 하게 되기 때문이다. 아파트에 딸린 수영장에서 사람을 알게 돼 안면을 트면 이내 몇 동에 사는지 알게 되고, 그곳이 30평대인지 40평대인지도 파악되는 삶. 출근 시간대에 함께 엘리베이터를 타고 지하 주차장으로 내려가는 탓에 옆집, 윗집 남자와 여자가 무슨 차를 타는지도 자연스럽게 알게 되는 삶. 아파트에서의 삶은 그 비교의 힘과 욕망으로 움직이는 곳이다. 소설가 김연수가 "비밀이 없는 삶은 가난한 삶"이라는 맥락의 얘기를 한 적이 있는데 아파트는 적어도 그가 어느 정도의 경제력이 있는 사람인지에 관해서는 비밀을 지켜주지 않는다.

아파트 층수를 누르는 순간부터, 내가 누른 12라는 숫자 위에 더 많은 숫자가 빼곡해 김이 샜기 때문일까. 마침내 우리 집 문을 열었는데 가장 먼저 든 생각은 '어? 거실이 왜 이렇게 좁아?'였다. 이전 아파트가 23평, 이곳이 25평. 2평이나 크니 거실도 더 넓겠지 수도 없이 생각하고 그 2평을 머릿속으로 가늠하며 2평 차이면 결코 작은 게 아니야 하고 어림했는데 육안상으로는 23평 거실보다도 작아 보였다. 그리고 거실 쪽 전망. 아파트 조감도를 펼쳐놓고 수도 없이 바라보고 따져본 그 그림. 두근대는 마음으로 베란다 쪽을 봤는데 역시 보이는 건 전면을 가득 채운 아파트였다.

이런 결과를 나는 이미 예상하고 있었다. 분양권을 사놓고 브로슈어를 받아와 아파트 배치도를 들여다봤을 때 이미 그걸 알고 있었다. 앞쪽으로 조금만 더 뚫려라, 조금만 더 뚫려라 하는 것은 나의 부질없는 주문이었다. 사람의 마음은 간사해 '이럴 줄 알고 있었잖아' 하고 현실을 받아들이고 나니 바로 차선의 위안이 눈에 들어왔다. 전면의 아파트가 다행히 100% 앞을 가로막지는 않았는데 그 옆으로 난 작은 내리막 길, 그 주변의 나무들, 그리고 아래에 들어선 놀이터와 정원이 그것이었다. '이 정도면 괜찮아.' 다시 마음을 다잡았다. 가장 작은 방까지 총 3개의 방을 둘러보고 주방을 살피고 앞뒤 베란다를 구경하고 끝. 사전 점검은 생각보다 빨리 끝났다. 안내해준 직원이 "축하드립니다. 좋지요?" 등등의 말을 한 것 같은데 자세히 기억나지 않는다.

집은 깨끗했고, 단지에 들어서 집으로 향하는 길은 근사했다. 에어컨도 천장에 매립되어 있었다. 거실과 안방 두 곳에

나. 오르막에 위치해 뒤 베란다 창문으로는 구름과 하늘도 시원하게 보였다. 그런데 이상하게 너무 좋거나 너무 설레거나 하지 않았다. 뭐랄까. 내 집은 그곳에서 그저 작은 큐브 하나에 불과했다. 그 고생을 하고 다시 20평대 아파트. 겨우겨우 2평 넓혔는데 오히려 더 비좁은 집으로 온 것 같은 기분. 평소 반복해서 자문하던 그 질문이 떠올랐다. '내가 30평대 아파트를 가질 날이 올까?', '30평대는 몇 억이 더 비싼데?', '그럼 나는 20평대 아파트에서만 살다가 인생 끝나는 거 아닐까?'.

자가예요? 전세예요?

엄마와 헤어지는 날 엄마는 눈물을 훔치셨다. 힘들고 서운한 마음도 많았지만 함께해 좋은 순간도 많았다. 힘든 시간을 거치는 동안 눅진한 기억이 쌓였고, 마침내 결승선에 도달해 서로 각자의 방향으로 가게 되는 날 우리가 느낀 감정은 소소한 상처까지도 다 껴안은, 그저 큰 형태의 정情이었다.

"엄마, 자주 올게. 그동안 우리 엄마 고생 많았네" 하고 잠시 진한 포옹을 한 후 길음뉴타운으로 향했다. 이번에는 푸르지오가 아닌 래미안. 베란다 쪽 창문이 열리고 커다란 사다리차가 놓이고 우리는 마침내 입주를 했다. 하루에도 아파트 단지 이곳저곳에서 많은 세대가 이사를 했다. 하루가 다르게 위용을 갖춰가는 아파트 단지를 확인한 택시 기사분들은 "여기가 옛날에는 달동네 같은 곳이었는데 아주 천지개벽을 했네" 하면서 감탄했다.

밤 10시가 넘어서까지 이삿짐을 풀고 있을 때였다. 벨 소리가 나 '누구지?' 하는 마음으로 문을 열어주었다.

"옆집에 사는 사람인데요."

"아, 네."

인사를 나누려나 보다 하고 생각했다.

"저 혹시 질문이 있는데… 자가예요? 전세예요?"

"네?"

당황해서 말을 이을 수가 없었다. 너무 두괄식이었나 싶었던지 옆집 여자는 부연 설명을 했다.

"제가 아파트 동대표로 활동하게 될 것 같은데 자가시면 아파트 동호회 같은 사이트에 들어가서 글도 남겨주시고, 안건에 대해서 찬반 투표도 해주시면 좋을 것 같아서요. 전세는 자기 집도 아닌데 그럴 필요는 없고…. 분양받으신 거예요? 분양권을 사신 거예요? 아니면 전세?"

호구조사를 끝낸 그녀는 강렬한 인상을 남기고 돌아갔다. 그런 사람이 우리 옆집에 산다는 게 싫었다. 우리는 그녀의 질문이 폭력적이라고 느꼈다. 오지랖은 귀여운 구석이라도 있지만 다짜고짜 전세인지 자가인지 묻는 것은 무례한 행동이었다. 만약 우리가 전세로 들어간 거였다면 어땠을까? '아, 그렇군요. 그럼 됐습니다' 하고 돌아갔을까? 그렇게 돌아가고 나면 당사자는 기분이 얼마나 언짢을까.

한 달이나 지났을까? 입주가 진척되고 각 동별로 동대표를 뽑는 선거가 진행됐다. 국가에서 진행하는 선거를 제외하고 지금껏 내가 겪은 가장 큰 규모의 선거였다. 지하 주차장에서 엘리베이터를 타려고 기다리는데 옆집 그녀의 사진도 큼지막한 포스터에 찍혀 있었다. 정장을 입고 의자에 앉아 찍은 사진 옆으로는 학력이며 약력이 빼곡하게 적혀 있었다. 그 옆으로는 경쟁자들의 포스터가 나란히 붙어 있었다.

한창 재개발이 진행되고 그 속도에 탄력이 붙어 일이 척척 진행되는 곳은 아파트값 상승에 대한 사람들의 기대와 열기가 노골적으로 드러나는 곳이다. 지하철역에서 아파트 단지로 올라가는 길까지 도로 양쪽에 있는, 저마다 다량의 매물을 확보한 부동산이 도열하듯 자리를 잡고 있었고 큼지막한 글씨로 쓴 입주 축하 플래카드가 펄럭였다. 잘 정돈돼 편안하고 안락한 분위기 대신 소란스럽고 들썩이는 공기가 도처에 가득했다. 얼마나 오를까? 하는 기대감과 빨리 깨끗하게 정리가 됐으면 좋겠다는 바람이 동시에 드는 나날이었다.

뭐야! 왜 안 오르는 거야?

아파트 가격은 오르지 않았다. '금방 탄력이 붙겠지?' 하는 내 기대는 점점 좌절과 체념으로 바뀌어갔다. 2010년이었다. 2008년에 불어닥친 외환 위기가 본격적으로 산업 전반에 영향을 미치면서 아파트값은 하락과 정체를 벗어나지 못했다.

경실련과 KB부동산 아파트 가격 추이 통계를 보면 늘 완만하거나 가파른 상승세를 보이던 서울의 아파트값은 2009년부터 2012년까지 하락장에 갇힌다. 위로 치솟던 그래프가 무거운 돌덩이를 받아든 듯 낭창하게 꺼져 있다. 나는 정확히 그 시기에 아파트에 입주했고, 정확히 하락세가 멈추고 마침내 반등하기 직전에 아파트를 팔았다. 괜찮다, 아무렇지 않다 수시로 주문을 외우고 또 실제로도 괜찮은 것 같은 심정일 때도 많은데 그건 착각 혹은 자기최면이다. 더 높은 곳을 향해 수직 상승하는 가파른 선의 그래프를 보고 있으면 가슴이 답답해지고 큼지막한 불씨 몇 개가 가슴에 툭툭 떨어진 것처럼 화기가 피어오른다. 한국에서 아파트값이 떨어진 때는 내가 경험한 그 3~4년이 유일한 것 같은데 그런 상황을 되돌아보면 참 운도 없지 싶다.

아, 한국에서 아파트란 정말 무엇일까? 결혼한 후 단 한 번도 부동산 뉴스는 요란하지 않았던 적이 없다. 끝없이 집값을 잡기 위한 정책이 쏟아졌고, 막상 효과가 나기 시작하면 이번에는 부양책이 고개를 들었다. 이렇게 가다가는 중산층이 붕괴한다, 대출받아 내 집 마련의 꿈을 이룬 많은 서민이 고통을 받는다는 것이 논리였다. 오르면 내리려고 난리를 치고, 내리면 올리려고 안간힘을 썼다. 정부의 정책과 부동산 뉴스에서 '집'은 거의 100% 아파트를 말했다. 서민의 꿈이 곧 아파트였다. 그런데 그 꿈은 점점 아득한 것이 되어간다. KB부동산 리브온에서 2020년 초에 발표한 서울 아파트 중위 가격 주택 매매가격을 순서대로 나열했을 때 중간에 있는 가격 추이를 보면 2017년 5월 6억 원이던 지표는 올해 1월 9억 원을 넘는다. 2년 반만에 3억 원 넘게 오른 것이다. 서울 아파트 평균 실거래가 추이를 봐도 놀랍다. 2017년 상반기 금액은 5억 8524만 원, 2019년 하반기 금액은 8억 2376만 원. 집값이 오르면서 패닉바잉^{공황} 구매하는 사람도 많고, 이런 상황이 되면서 집값이 다시 오르는 구조라는데 나는 그 돈을 주고 아파트를 구입할 수 있는 사람이 이렇게 많다는 사실이 놀라울 따름이다.

앞에서도 썼지만, 내가 첫 아파트를 구매할 때 가격은 2억 500만 원. 아버지가 보태준 1억 원이 종잣돈이 되었다. 자기 노년을 꾸리기도 힘든데 선뜻 1억 원을 마련해주시다니 정말이지 감사한 마음이다. 그렇다고 그 1억 원이 아주 현실 불가능한, 몇몇 상류층에게만 허락된 엄청나게 큰 금액인가 하면 그건 아니다. 그런데 지금은 서울의 소형 아파트 가격이 8억 원을 넘는다. 부모가 1억 원을 보태준다고 해도, 아니 5억 원을 보태준다고 해도 쉽게 살 수 없다. 결혼을 포기하는 세대가 많아질 수밖에 없다. 그렇게 점점 부모와 자식은 '각자도

생'의 삶으로 내몰린다. 어쩌면 자식들은 부모를 아파트를 사줄 수 있는 부자 부모와 언감생심 꿈도 못 꾸는 가난한 부모로 양분해 생각할지도 모른다. 우리는 후자에 속할 확률이 100%다. 부디 우리 아이들이 아파트가 아닌 다른 집도 기꺼이 선택지에 올려두고 즐겁게 첫 집을 찾았으면 좋겠다.

새 아파트로 이주한 지 6개월이 지나도 가격은 변동이 없었다. 집값이 오르지 않으니 집에서 보내는 시간마저 덩달아 별로였다. 첫 번째 아파트는 아침마다 상승 폭을 확인하는 재미가 있었다. 어느 날은 300만 원, 또 어느 날은 70만 원, 그러다 또 어느 날은 600만 원. 가격 상승을 의미하는 빨간 삼각형 보는 재미가 쏠쏠했다. 그 빨간색은 생명의 피요, 수혈의 상징이었다. 뇌가 더 기분 좋게 움직이고, 심장이 쿵쾅 뛰는 것 같았다. 그래, 이런 게 사는 재미지. 잘 샀어. 참 잘 샀어. 내일은 또 얼마가 오르려나. 취득세, 등록세 빼고 이사 비용 빼도 저 가격이면 얼마가 남는 거지? 혼자 주판을 두드리다 보면 절로 행복해져 회사 생활도, 가정 생활도 더 즐겁게 할 수 있었다.

그런데 이번에는 도통 가격이 오르지 않으니 억울한 마음이 들었다. 집에도 영 정이 가지 않았다. 어떻게 입주한 아파트인데 하는 생각만 반복해서 떠올랐다. 아트 작품을 살 때 컬렉터들이 가장 많이 하는 질문이 "사두면 오를까요?"다. 잡지사에 다닐 때 '즐거운 아트 컬렉션'을 주제로 갤러리 대표들을 인터뷰한 적이 있다. 그들이 한결같이 강조한 말은 "순수하게 작품을 좋아해서 사야지 가격 상승을 기대하고 구입하면 안 된다. 가격이 오르지 않으면 작품마저 싫어지고 결국에는 처치 곤란이 된다. 그런데 작품을 좋아하는 마음이 크면 가격과 상관없이 수시로 들여다보고 행복을 느낀다"라는 것이었다. 내가 그 아파트를 산 이유는 확실했다. 돈 때문이었다. 그런데 가격이 오르지 않으니 집에 애정이 생기지 않았다. 아파트로 누군가는 돈을 벌고 또 누군가는 돈을 잃는다. 그 모습을 생각하면 거대한 룰렛 판에 수백만 명이 둘러앉아 있는 것 같은 그림이 떠오른다. 값비싼 옷을 입고 밑천이 두둑한 사람은 정부의 정책과 대응을 관조하듯 즐기면서 투자할 때와 구경할 때를 여유롭게 조율하고, 얇은 지갑에 가진 돈을 '몰빵'하다시피 한 사람은 이리저리 휘둘리다 손을 털고 일어난다. 다행히 지금은 손을 털고 일어나는 사람이 없고 거의 다 돈을 버는 것 같지만 집값이 하락장에 들어서면 최대치로 대출받아 집을 장만한 사람들은 약한 바람에도 휘청거릴 수밖에 없다. '개미'는 주식 시장에만 있는 것이 아니고 부동산 시장에도 있는데 나 역시 그저 몸집이 약한 한 마리 개미였다. 낭만을 좇아, 내게 맞는 집을 탐험하기 위해 한옥으로 이사한 것처럼 말하곤 하는데 마음 저 밑바닥을 들여다보면 가격이 오르지 않는 아파트에서 별다른 즐거움을 느끼지 못한 것이 실질적 계기가 아니었나 싶다.

대단지 아파트의 공허와 외로움

실망은 점점 체념으로 바뀌었다. 주말에는 집에 있지 않고 밖으로 나다녔다. 답답하다는 것이 이유였다. 나중에 한옥으로 이사해 생각해보니 집에 있는 시간이 그리 많지도 않은데 왜 우린 그렇게 비싼 돈을 주고 아파트를 샀을까. 큰돈을 들여 아파트를 사놓고 툭하면 밖으로 나가다니, 모순이었다. 한편 그렇기 때문에 아파트를 사야 하는 것 아닐까 하는 생각도 들었다. 한국에서의 삶은 치열하고 집에 마음 편히 머무르며 '집의 시간'을 누리지 못하는 것 역시 비슷하니 가격이라도 안정적으로 올라야 하는 것이다. 집에 있을 때 가장 중요한 것은 마당을 쓸 필요도, 수도가 얼지 않을까 신경 쓸 필요도 없는 편안함과 아늑함이고.

하지만 나는 그런 편안함과 아늑함이 맞지 않았다. 지하철역에서 나와 아파트로 올라갈 때도, 주말에 집에 있을 때도, 거실에 누워 창문 너머로 하늘을 올려다볼 때도 왠지 모르게 가슴이 답답했다. 돌아보면 그저 나의 결과 맞지 않았던 것 같다. 경치 좋은 절에 가는 시간이 좋고, 아침 산책을 하면 행복하고, 산 중턱에 있는 집이라도 텃밭과 마당이 딸려 있으면 매일 오르락내리락하기는 힘들겠다 싶으면서도 그 소박한 자유로움과 탁 트인 구조가 좋아 또 금세 '이 정도는 충분히 오를 수 있지 않을까?' 하는 마음이 드는 사람이 나다.

래미안 아파트 시절의 시간은 딱히 기억나는 것이 많지 않은데 이 기억은 또렷하게 남아 있다.

그날도 답답해 집을 나와 우리 동 앞에 조성된 정원에 자리를 잡았다. 둥근 테이블과 의자 4개가 놓인 공간. 초여름답게 볕이 좋았고 초목이 싱그러웠다. 몇 분을 앉아 있자니 몸도 마음도 노곤해져 점점 힘이 빠지면서 늘어지는 자세가 됐고 고개도 옆으로 기울었다. 그런데 그런 채로 편안하게 눈을 감고 까무룩 잠들지는 못했다. 누가 올 수도 있다는 생각, 저 위에서 누군가가 보고 있을 수도 있다는 생각 때문에 마음이 편하지 않았다. 잘 꾸민 크고 근사한 정원이 있는 곳이었지만 온전히 자유로운 시간을 누리기는 힘든, 뭔가 모를 공허함과 외로움이 있었다. 마음이 불편하니 그곳에 오래 앉아 있지 못하고 곧 집으로 들어갔다.

사람도 도자기 그릇과 비슷하다는 생각을 한다. 어떤 그릇은 불과 물에 두루 강하고, 어떤 그릇은 1000℃가 넘으면 더 이상 버티지 못하고 깨져버린다. 각자가 좋아하는 토양과 바람, 불과 물이 다른 건 도자기나 사람이나 매한가지다. 저마다 '그릇'이 있다고 하는 것도 그래서 나온 말이 아닐까 싶다. 불교, 도교, 천주교, 기독교 할 것 없이 이 세상 모든 종교의 궁극적 목적인 깨달음은 '너 자신을 알라!'인데, 내가 어떤 그릇인지 아는 것은 집을 선택할 때도 중요한 문제인 듯싶다. 돌아보니 나란 그릇은 받아들일 수 있는 것이 한정된 크기가 작은 그릇이고, 콘크리트 집보다는 나무 집 안에 있을 때 행복하게 숨을 쉬는 그릇이었다.

아파트 입주는 몇 달에 걸쳐 점진적으로 이뤄졌다. 밤에 바깥에서 보면 불 켜진 집들이 하나둘 늘어났다. 지하철을 타는 사람도 3~4배 많아졌다. 발 디딜 여유가 있어 앞으로 타면 좋으련만 이미 사람들이 빈틈없이 들어차 몸을 뒤로 하고 양손을 문 위에 고정한 채 있는 힘껏 엉덩이를 들이밀면서 타는 수밖에 없었다. 막무가내로 밀어붙이다 보면 뒤쪽에서는 '아', '아악' 고함 소리가 들리곤 했다. 이미 타고 있던 사람과 새로 타는 사람들 간 실랑이도 벌어졌다. "아저씨, 그렇게 밀면 어떡해요!", "죄송합니다"로 끝나는 대화는 양반이었다. 간혹 "그럼 어쩌라는 거냐! 나라고 밀고 싶어서 미는 거냐"라며 고성이 오갔다. 두 손을 어떻게, 어디에 둬야 할지 곤란한 적도 많았다. 사람들 틈에 샌드위치처럼 끼여 팔을 올린 것도, 내린 것도 아닌 어정쩡한 자세로 이런 생각을 했다. '사람이 가장 적은 지하철은 몇 호선일까? 3호선? 분당선이려나? 그곳은 더 많으려나?'

재미있는 공간이 많은 집이 좋은 집

"생각해봐요. 아침 6시 30분에서 7시 30분 사이에 다들 출근 준비를 한다고 쳐요. 침실에서 일어나면 화장실에서 볼일을 보겠지요. 아파트는 화장실 위치가 똑같으니까 1층부터 25층까지 그 시간에 모두가 똑같이 화장실 변기에 앉아 있는 거예요. 그런 생각을 하면 기분이 좀 이상하지 않아요?"

당시 재직 중이던 잡지사에서 '단독주택 잘 짓는 건축가'를 주제로 인터뷰하면서 여러 건축가를 만났다. 그중 한 명이 인터뷰 중 이런 말을 했는데, 이 말이 파편처럼 뇌리에 박혀 떠나지 않았다. 아파트 생활이 즐거웠으면 흘려들었을 텐데 뭔가 그곳을 떠날 만한 구실을 찾고 있었기 때문인지 그 말이 제법 그럴듯하게 들렸다.

아침에 출근 준비를 하며 변기에 앉을 때마다 그 말이 생생하게 떠올랐다. '윗집 사람도 지금 변기에 앉아 있겠지? 아랫집 사람도? 그 아랫집, 그 아래, 아래, 아랫집도 마찬가지겠지?' 생각이 꼬리에 꼬리를 물면서 불현듯 아파트라는 공간이 기이하게 느껴졌다. 한국에서 아파트와 연립주택을 포함한 공동주택에 사는 사람의 비율은 68%에 이른다. 저마다 다른 라이프스타일을 추구하고, 주장하고, 자랑하는 시대지만 전 국민의 과반수가 훨씬 넘는 사람이 공동주택에 사는 것이다. 잡지 기사에서도, 광고에서도, 리빙 브랜드와 주거 프로젝트에서도 라이프스타일이란 단어가 핵심처럼 들어가는데 정작 라이프스타일이라는 그림에서 가장 크고 중요한 부분인 집은 다양하지 않은 역설. 건축가와 잘 꾸며놓은 단독주택을 취재할 일이 많다 보니 아파트 일색인 한국의 주거 문화를 꼬집는 말을 지속적으로 들었고, 그런 경험이 쌓이다 보니 아파트라는 답안에 점점 금이 가기 시작했다.

재미있는 것은 내게 그런 말을 했던 건축가 대부분 아직도 아파트에 산다는 것이다. 처음에는 '뭐지?' 하고 배신감이 들었지만 이제 그러려니 한다. 바쁜 부모를 둔 탓에 아이들끼리 있는 시간이 많은데 안전성 측면에서 아파트만 한 곳이 없다는 설명을 들으면 그건 그렇지 하고 수긍을 할 수밖에 없다. 주중에 너무 피곤하고 힘들어 주말만이라도 이런저런 걱정 없이 편히 살고 싶다는 이야기에도. 인터뷰를 할 때 이런 내용도 말씀해주시지, 그러면 두 번째 아파트를 서둘러 팔지는 않았을 텐데 하는 볼멘소리가 목구멍까지 차오르지만 삼킨다. 이미 엎질러진 물이고, 중요한 건 나와 아파트 라이프가 맞지 않는다는 것이다.

아파트를 팔 때 남들과 다르게 살아 피해 아닌 피해를 봤다. 아파트를 팔려고 하면 꼭 받는 질문이 "베란다는 확장하셨죠?"다. 확신에 찬, 당연히 했을 걸 아는데 혹시나 해서 물어본다는 뉘앙스다. "안 했어요"라고 말하면 "그럼 최소 1000만 원은 빠질 텐데" 하는 답변이 돌아왔다.

우리는 래미안에 살 때도, 훗날 빌라로 이사했을 때도 베란다 확장 공사를 하지 않았다. 각각의 공간은 저마다 역할이 있고, 그 역할 구분이 집을 더 쓸모 있고 즐겁게 한다고 믿었기 때문이다. 베란다에서 꽃을 키울 수 있고, 차를 마실 수도 있고, 하다못해 빨래를 너는 공간으로도 활용할 수 있는데 베란다를 확장하지 않은 집을 찾는 사람은 늘 소수였다. 베란다 공간 확장으로 더 넓어진 거실만 생각하는데 그만큼 잃는 부분도 많다. 그곳이 베란다였기 때문에 어울리는 일, 이를테면 마룻바닥과는 다른 차가운 촉감을 발바닥으로 느끼며 창문을 열고 잠시 바람을 쐬거나 세상을 구경하는 그런 시간은 거실과는 어울리지 않는다. 베란다에 발을 딛는 순간 다른 공간에 들어온 느낌이 드는데, 그런 무의식적 환기는 일상에서 알게 모르게 '숨구멍' 역할을 한다.

'건축가의 집'이란 토크 프로그램을 진행하며 건축가들에게 어떤 집이 좋은 집인지 물었다. '본인의 라이프스타일에 맞는 집'이란 답변이 가장 많았다. 가장 기억에 남는 답변은 '재미있는 공간이 많은 집'. 다락방, 툇마루, 덱, 야외 욕조, 옥상 같은 공간이 있으면 일상이 다채로워진다는 의미였다. 베란다 역시 '재미있는' 공간이 될 수 있다.

이번에 집을 지으면서 후회하는 것 중 하나가 옥상을 만들지 않은 일이다. 워낙 면적이 작아 옥상을 따로 만들 공간도 애매하고 누수 등 문제가 발생할 소지가 많아 옥상은 만들지 않는 것으로 쉽게 결정해버렸는데 재미있는 공간을 하나 놓친 것 같아 아쉽다.

가끔 생각한다. 내게 아파트 라이프는 무미건조하기만 한 시간이었나? 분명 좋은 순간도 많았을 텐데 기억을 못 하는 건가? 사진첩이라도 훑어볼 요량으로 네이버 클라우드를 열어보지만 그때 찍은 사진은 한옥과 빌라에 살며 남긴 사진과 비교하면 현격히 적다. 그나마 집이 아닌 집 밖에서 찍은 게 대부분이다. 휴대폰 카메라가 지금처럼 좋지도, 저변화되지도 않은 이유도 있겠지만 재미있는 공간이 많지 않은 것도 그 이유가 아닐까 싶다. 시간과 공간은 한 몸. 공간이 재미있지 않으면 재미있는 시간도 만들어지지 않는다.

열매상회의 불발

아내가 아파트에 정을 붙이지 못하는 시간이 생각보다 길어졌다. 내상內傷은 깊고, 후유증은 길었다. 그러다 아내가 잠시 생기를 찾는 순간이 있었다. 아파트 단지에서 마을버스를 타려면 뒷길로 나와야 하는데 그곳에 있는 작은 부동산에 '임대'라고 쓴 종이가 붙어 있었고, 평소 작은 가게를 좋아하는 그녀는 그곳에 들어가 임대료를 물어본 모양이었다. 퇴근 후 귀가한 내게 아내는 생기 가득한 얼굴로 말했다.

"자기야, 과일 사면 꼭 검은 비닐봉지에 담아주잖아. 어떨 때는 사과나 참외를 한 알만 사고 싶은데 바구니에 4~5개씩 들어 있어 그럴 수가 없고. 원하는 과일을 한 알씩만 편하게 사도 되고, 또 깔끔한 종이 봉투나 흰 봉지에 담아주면 좋을 것 같지 않아? 천 가방을 따로 만들어도 되고, 한쪽에는 꽃 한두 종류 떼다가 팔기도 하고, 팔고 남은 과일은 잼을 만들어 파는 거야. 좋겠지? 너무 좋겠지?"

너무는커녕 좋겠다는 생각도 들지 않았다. '뭐야, 결국 과일 장사를 하겠다는 거네? 만만치 않을 텐데. 과일은 어디서 떼올 것이며 재고는 어쩔 건데?' 하는 마음이었다. 하지만 오랜만에 환한 얼굴을 하고 있는 아내를 낙담시킬 수 없어 "그래! 한 번 더 꼼꼼히 알아봐!" 하고 멋진 남편 코스프레를 했다.

다음 날 아내는 구청에까지 전화를 해 저간의 내용을 설명하고 가게에서 잼을 만들려면 어떻게 해야 하는지 물었다. 식음료 매장을 내려면 관련 시설을 점검받아야 했고, 아내는 그

부분까지 염두에 두며 구체적으로 계획을 짰다. "가게 이름도 너무 멋 부린 게 많아. 그런 이름은 오래 못 가고 금방 질려. 공간도 너무 힘을 준 곳은 편안한 느낌이 없고. 열매상회. 얼마나 좋아? 잘해볼 거야!" 생각해보면 아내는 늘 공간에 관심이 많았다. 하고 싶은 것도, 이루고 싶은 것도 많았는데 늘 자신만의 기준과 그림이 있었다. 그것은 트렌드를 앞선 경우가 많았고, 그런 사실을 알기에 그녀가 뭔가를 한다고 하면 '그래? 재미있겠다' 하는 마음이 들고 즐거운 마음으로 따라갈 수 있었다.

아내의 꿈은 이루어지지 않았다. 계약금 100만 원까지 걸고 세부 기획까지 정리해가며 의지를 불태웠는데 가게 주인이 자기가 쓰겠다며 임대를 철회했다. 그날 아내가 어찌나 실망하던지…. 못된 마음이지만 그녀가 안타까우면서도 내심 '잘됐어!' 하는 마음도 있었다. 학교를 마치고 애들이 집에도 못 들어가고 가게에서 시간을 보낼 거라고 생각하니 짠한 마음이 들었다. 배우자의 행복이 큰 자산이고 돈도 벌게 되는 기반이 되는 것인데, '그걸로 얼마나 벌겠어?' 하는 마음이 든 것도 사실이었다.

그 후로 아내는 그 아파트 단지에서 마음이 완전히 떠난 듯했다. 작은 언덕이라도 스스로 만들어 마음을 붙이고 몸을 기댈 요량이었는데 그런 계획이 수포로 돌아간 것이다. 그리고 몇 달 후 서촌을 알게 된 그녀는 그곳 카페에 아르바이트 자리를 구했다. 서촌에 집을 구하려면 주말에 와서 대충 보는 것으로는 안 된다, 매물이나 전세가 나와도 금방 주인을 찾아가니 원하는 집을 내 것으로 만들려면 주둔지가 필요하다, 자주 보고 수시로 왔다 갔다 하며 괜찮은 매물이 있는지 살펴봐야 한다는 지인들의 충고를 행동으로 옮긴 것이다.

무슨 이유 때문인지 나는 결혼 생활을 유지하려는 의지가 여성 쪽이 더 강하다고 생각한다. 여성이 더 용기 있는 것 같다. 어떻게든 관계를 개선하고 싶은 마음에 부부 상담 클리닉을 노크하는 쪽은 남성이 아닌 여성인 경우가 많다. 유교 사회의 오랜 유전자 때문인지, 줄 세우기를 통해 다른 남성들과 비교되는 문화에 노출되는 경우가 많고 그 과정에서 상처와 좌절, 분노를 경험한 횟수가 많기 때문인지 남성은 체면을 중시하고 그것이 무너지는 걸 못 견디는 것 같다. 나 역시 그렇다. 부부 관계가 잘못돼 다른 사람 앞에 앉아 있다는 것 자체만으로 자존심을 구겼다고 생각한다. 그러니 배우자가 뭐라도 하고 싶다고 하면, 이사를 가고 싶다고 하면 그 말의 무게를 가늠해봐야 한다. 나 역시 그리 속이 깊은 사람은 아니지만 만약 아내가 집을 옮기고 싶다고 하면 그것이 어떤 의미인지 되새겨봐야 한다고 생각은 한다.

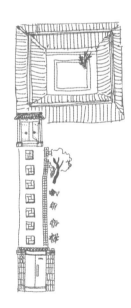

ROUND 4

첫
번
째

한
옥
에
서
의

시
간

50평 마당집 전세 계약하던 날

이사를 간다는 마음만으로 우리의 일상은 조금씩 회복되었다. 자발적 이사는 일종의 포맷이 아닐지. 좋지 않은 기억과 힘들었던 시간을 잊고 새로운 일상을 위해 리셋 버튼을 누르는 일.

회사에서 일하고 있는데 아내에게 전화가 왔다. 정말 예쁜 한옥이 있는데, 본인은 마음에 쏙 드니 퇴근하고 같이 둘러보자는 내용이었다. 몽글몽글한 기대감이 휴대폰 너머로까지 전해져 나 역시 설레었다. 어떤 곳인데? 어디쯤인데? 많이 낡았어? 가격은? 소소한 질문이 꼬리에 꼬리를 물고 이어졌다.

경복궁역에서 내려 아내와 부동산 사장님을 만나 그 집으로 찾아가는 길. 내가 알던 일상과 모든 것이 달라 보였다. 삶의 무대가 바뀐다고 생각하니 가벼운 흥분이 저 밑에서부터 일었다. 반듯하고 세련된 흰색 단층 카페 '오후'를 지나고, 소박한 외관의 '누하목재'를 지나고, '청운자동차공업사'를 지나 골목으로 들어섰다. 사람들이 서촌이라 부르는 동네. 거리는 아름드리 벗나무로 환했다.

굽이굽이 골목에서 턴을 몇 번 하고 마침내 끝자락에서 만난 작은 철문. 철문을 열고 들어가니 20m가량 폭이 좁고 긴 진입로가 오솔길처럼 나 있는데 한쪽에 화단을 만들어 감나무며 크고 작은 꽃을 심어놓았다. 그리고 그 끝에서 한옥 나무 대문이 다시 한번 우리를 반겼다. 다른 집들과 같은 라인에 집을 지을 수 없었던지 도로변에 철문이 있고 샛길 같은 진입로를 지나 마침내 '진짜' 집이 나타나는 구조였다.

삐걱거리는 나무 문을 열고 안으로 들어서니 커다란 사각 마당이 나타났다. 마당을 중심으로 안방과 건넌방, 옷방이 'ㅁ'자로 단정하게 자리 잡은 집. 건넌방 기와 너머로는 배화여자대학교 담벼락과 체육관 지붕만 우뚝해 프라이버시가 완전히 보장되는 위치였다. 이미 어둠이 짙게 내린 시간, 그리고 그 시간 안에 들어선 조용하고 어둡고 낡고 차분한 집. 달빛이 스며들듯 희미하게 마당과 거실 쪽 창문으로 떨어졌는데 마치 작은 연극 무대를 보는 것 같았다.

50평이나 되는 집이었으니 거실과 주방, 안방, 건넌방 모두 널찍널찍했다. 집주인 할아버지는 이제 불편해서 못 살겠다며 우리가 도로 하나 건너 '강남'이라고 부르는 경희궁자이 옆쪽 주상 복합 아파트로 이사를 가신다고 했다. 신혼집을 고를 때도, 엄마와 1년 8개월을 살다 두 번째 아파트에 입주할 때도 거실이 좀 더 넓었으면 하고 바라던 나는 그 시원한 개방감과 달빛 내린 따뜻한 기운에 매료돼 마음이 기울고 말았다.

이렇게 좋은 집의 전세가가 1억 5000만 원인 이유는 불편함때문이었다. 아귀가 맞지 않아 겨울에는 미닫이문 틈새로 황소바람이 들어오고, 보일러는 구식이라 화장실 뒷문을 열고나가 한 번씩 물을 따라줘야 했다. 건넌방은 습기가 많아서 장마철에는 장판이 들뜨기 일쑤. 그런 불편함을 집주인과 부동산 사장님이 말해주기도 하고 눈에 뻔히 보이는데도 나는 그것이 아무렇지 않았다. 지나치게 감상적이고 감성적인 성향 때문이리라. 그저 너른 마당과 타인의 시선이나 잣대로부터 자유로운 일상, 그리고 마당 위로 뜬 달을 올려다볼 수 있으면 됐다 싶었다. 어둑하고 차가운 공기도 좋았다.

마음을 정한 우리는 할아버지를 쫄래쫄래 따라가 할머니가 계신 곳까지 갔다. 할아버지는 모든 결정권이 할머니에게 있다면서 운영하시는 스포츠 관련 상점으로 우리를 안내했다. 혹여라도 '계약을 안 하겠다면 어떡하지?' 조바심이 난 나는 가는 길에 슈퍼에 들러 딸기까지 두 팩 샀다. 할머니는 우리를 가만 보더니 집 고쳐 산다니 좋은데 나갈 때 그 돈을 돌려달라고 하면 안 된다며 그 내용을 계약서에 명시하는 조건으로 전세를 주겠다고 했다. 한 수 배우는 기분이었다. 어딘가 모르게 손해 보는 기분이 들어 "저희가 공사를 좀 할 텐데 그럼 계약 기간을 4년으로 해주세요"라고 말했다. 거의 설득되는 분위기였는데 옆에 있던 할머니 딸이 "무슨 전세를 4년이나 해요. 엄마 4년은 너무 길어요. 안 돼"라고 해 3년으로 합의를 봤다. 그것도 좋아서 나는 돌아오는 길에 아내에게 "내가 흥정하는 것 봤지? 1년 더 마음 편히 살 수 있으니 얼마나 좋냐!" 하고 잘난 척을 했다. 그때는 몰랐다. 그 가벼운 흥정 하나가, 그 나불거린 입이 우리에게 아주 큰 손해를 끼치게 될 거라는 걸.

이야기 속에 살아라

이사하던 날이 생각난다. 한옥으로 하는 이사는 아파트에서 하는 것과는 달랐다. 뭐랄까. 시골집으로 이사를 가는 것처럼 정겨운 기분이랄까. 지금껏 여러 번 이사를 했는데 그때 만난 이삿짐 센터 분들이 최고였다. 골목 끝까지 짐이 들어가야 해 쉬운 동선이 아니었음에도 인상 한 번 찌푸리지 않았다. 넉살 좋게 누하목재에서 손수레를 빌려 짐을 날랐고, 종이를 아래쪽에 접어 넣으며 옷장 높이까지 하나하나 다 맞춰주셨다. 주방 살림을 정리해주시던 아주머니는 접시 하나, 냄비 하나까지 아예 자리를 잡으라며 서두르지 않고 차분차분 정리를 했다. 날씨가 좋아 마당으로 햇빛이 풍성하게 쏟아져 들어오는 날이었다. 아주머니는 "이렇게 널찍하고 좋은 집이 있네요. 좋으시겠어요" 하고 말했다. 그런 말을 들으면 또 왜 그렇게 기분이 좋은지 신이 나서 물으며 아이스크림을 계속 사다 드렸다.

지금 생각하면 무식해서 용감할 수 있었다. 한옥살이에 대해 조금이라도 정보가 있었다면 오히려 선뜻 결정을 못 했을 것 같다. 한옥이 얼마나 추운지, 택배를 받는 것은 또 얼마나 불편한지, 비 오고 눈 내리는 날 신경 쓸 게 얼마나 많고 사는 동안 얼마나 바지런히 몸을 움직여야 하는지 들은 바가 많았다면 우리는 그렇게 선뜻, 호인들처럼 전세 계약서에 도장을 찍지 못했을 것이다.

당시 내가 꽂혀 있던 말은 "이야기 속에 살아라"였다. 잡지

〈럭셔리〉에서 일할 때였다. 모든 인터뷰이에게 "어떻게 사는 것이 럭셔리하게 사는 걸까요?"라는 질문을 했는데 이어령 선생의 답변은 이것이었다. "이야기 속에 살아라." 그 내용을 갈무리하자면 이렇다. "이야기 속에 살아라. 주변에 얼마나 많은 이야깃거리가 있느냐 하는 것이 럭셔리한 삶이냐 아니냐를 판단하는 기준이다. 타인 지향적 삶을 살지 말아야 한다. 요즘은 새로 지은 최고급 아파트를 선호하는 이가 많은데, 포르말린 냄새가 나는 집은 럭셔리한 집이 아니다. 나는 불행한데 남들이 행복하겠다고 하니까 행복한 것 같은 착각에 빠진다. 남의 시선을 의식하는 순간 럭셔리한 삶도 멀어진다."

쿵. 귀가 얇은 내게 그 말은 유독 묵직하게 와닿았고 아내가 한옥으로 가자고 했을 때도, 시간이 흘러 집을 지어보자고 했을 때도 "그래 좋아, 이야기 속에 사는 거야. 흐흐" 했다. 어떤 말은 듣자마자 마음속 깊이 뿌리를 내린다. 그리고 평생에 걸쳐 영향을 끼치기도 한다.

당시 이어령 선생과의 인터뷰는 내 일상까지 바꾸어놓았다. 선생이 또 하신 말씀이 있다. "럭셔리는 궁핍함이 아니므로 최소한의 부를 필요로 하지만 부자라고 해서 모두 럭셔리한 삶을 사는 것은 아니다. 제아무리 부자라도 마음의 여유와 환상이 없는 삶은 럭셔리하지 않다. 롤스로이스, 벤츠 같은 고급 차를 탄다고 한들 빨리 이동하는 것이 목적이라면 럭셔리는 사라진다. 빈티지 자동차라도 국도를 타고 여유 있게 드라이브를 즐기는 것이 훨씬 고급스러운 것이다. 대기업의 CEO 역시 마찬가지다. 이동 중에도 쉴 새 없이 시계를 보고, 리포트를 체크하고, 통화를 하는 것은 럭셔리와 거리가 멀다. 아침 공기를 깊이 마시는 여유, 해가 뜨고 달이 기우는 것을 보는 마음의 여유는 럭셔리의 또 다른 조건이다. 우리나라는 리빙living과 라이프life의 개념 구분이 모호한데, 이는 럭셔리 한 삶을 평가하는 데 매우 중요하다. 리빙은 그야말로 먹고 자는 '수단의 삶'이고, 라이프는 춤을 추고 산책을 하는 것처 럼 그 자체로 '목적이 되는 삶'이다. 럭셔리한 삶은 물론 라이 프 쪽에 있다."

그 이야기를 듣고 나는 어지간하면 국도를 탄다. 길치라 내비 게이션이 알려주는 대로 어쩔 수 없이 고속도로를 달릴 때가 많은데, 그럴 때는 가급적 끝 차선을 탄다. 바짝 따라오는 차 를 신경 쓸 필요 없이 빨대 꽂은 바나나 우유를 홀짝이며 차 창 밖으로 펼쳐지는 풍경도 한 번씩 바라보면서 느긋하게 운 전을 하다 보면 확실히 덜 피곤하다. 여정이 즐거워진다.

선생의 저 말씀이 너무 좋아 되새기고 있던 참에 한옥을 보게 됐고, 나는 아무런 주저 없이 그곳을 택했다. 아침 공기 마시 는 여유를 누리고 해가 뜨고 달이 기우는 것도 넉넉한 마음 으로 볼 수 있을 것 같아서였다. 현실은 어땠냐고? 기대 이상 이었다!

집을 바꾼다는 것

이사를 한다는 건 고단한 일이다. 어떨 때는 화장실 가는 것도 참으며 일을 해야 하는데 이삿짐 센터를 알아보고, 이사 날짜를 잡고, 가져갈 것과 버릴 것을 분류하는 일은 바쁜 일상에 큰 짐을 하나 더 얹는 일이다. 이사를 하고 난 후 짐은 곧장 정리되냐면 그것도 아니다. 모든 것이 깔끔하게 자리를 잡으려면 짧아야 6개월이다. 회사를 다니면서 주말에나 겨우 정리할 수 있기 때문이다. 길게는 1년도 간다.

멀쩡한 아파트 놔두고 이사를 간다니 처음에는 나도 탐탁지가 않았다. 하지만 결과적으로 잘한 일이라고 생각한다. 그 집에서 모든 것이 만족스럽다면 굳이 이사해야 할 필요가 없지만 행복하지 않다면, 이건 아닌 것 같다는 생각이 계속 든다면 그곳을 떠나는 수밖에 없다. 그저 참고 기다리는 것은 일상을 조금씩 망가뜨리는 일이다.

모험의 속성 중 하나는 '재미'를 동반한다는 것이다. 길을 떠나는 여정이니 만나는 풍경도, 사람도, 마음도, 관계도 달라질 수밖에 없다. 때로 그 길 위에서 울고 싶은 일도, 화가 나는 일도, 황당한 일도 겪지만 다행히 대부분의 일은 지나고 나면 별것 아니고 그중 몇몇은 소중한 추억으로 남는다.

아내와 나는 결혼하고 얼마 안 돼서부터 한 번쯤 새로운 곳에서 살아보고 싶다는 이야기를 많이 했다. 인생은 짧고 청춘도, 신혼도 금방 지나가는데 한곳에서만 우직하게 사는 것은 재미없을 것 같았다. 당시 나는 〈도베〉라는 여행 잡지에서 기자로 일하고 있었다. 운 좋게 덴마크며 핀란드 같은 북유럽에 다녀올 기회가 있었다. 비록 출장이지만 여행하는 기분을 느낄 수 있었는데 그곳의 삶은 지금껏 내가 경험하고 알고 있던 것과는 전혀 달랐다. 한마디로 다른 세상이었다. 특히 핀란드가 그랬다. 그들이 생각하는 '뷰티풀 라이프'는 한국의 그것과 너무나 차이가 났다. 핀란드는 전 국민의 60~70%가 통나무집을 갖고 있다. 통나무집에서 보낸 주말, 이른 아침 소나기 소리에 깼는데 문 바로 앞까지 새끼 곰이 먹이를 찾으러 왔더라 등등 가슴 뭉클한(그들의 표현을 빌리자면) 에피소드는 핀란드 사람들이 직장에서, 가정에서 가장 많이 하는 이야깃거리 중 하나다. 수도 시설이 없어 호수에서 물을 길어 쓰고, 난방이 제대로 되지 않아 장작불을 때면서도 그들은 통나무집이 있어 행복해 보였다. 그리고 호수. 핀란드의 호수는 약 20만 개로 어디를 가나 깨끗하고 푸른 호수가 손금처럼 뻗어 있어 사람들은 여름이면 집 앞 호수에서 수영을 한다. 피스카르스Fiskars라고, 예술인들이 모여 사는 마을에서 본 호수는 비현실적으로 깨끗하고 맑았다. 수면 위에 하늘과 구름이 담겨 있었는데 마치 2개의 하늘을 동시에 보는 듯했다.

그곳에서는 대통령도, 농부도 통나무집과 사우나, 호수와 더불어 행복해 보였다. 그 세 가지만 있으면 다른 것은 전혀 필요치 않은 듯한 심플한 즐거움이 있었다. 취재 일정 중에 한

농부의 집에서 하룻밤 묵은 적이 있는데 그 집 역시 앞에 잔잔한 호수가 펼쳐져 있었다. 호수 너머로는 발틱해가 이어졌다. 그들은 농부 겸 축산업자로 감자밭과 양계장을 주요 생업으로 꾸리고 있었는데 정부가 모든 농가에 3주 휴가를 보장하는 덕분에 살림은 정부가 파견한 '휴가 도우미'에게 맡기고 휴양지를 찾아 떠났고, 집이 빈 틈에 우리는 그곳에서 하룻밤을 머물 수 있었다. 빈집을 렌트해주는 일종의 에어비앤비 시스템이었다.

집 앞 호수에는 나룻배가 정박해 있었다. 취재를 마치고 2시간쯤 시간이 나 그 배를 호수에 띄우고 노를 저었다. 핀란드 관광청에서 나온 가이드는 배에서 낚시를 했고 나는 넋을 잃고 주변 풍경을 바라봤다. 사위가 어두워지고 노을이 천천히 수면을 물들였다. 잠이 들었는지 백조는 꼼짝 않고 호수에 떠 있었다. 날씨는 좋았고 수면은 잔잔했다. 피라미 새끼 한 마리 낚지 못했지만 마음은 풍년이었다. 그날 밤 슈퍼에서 산 연어를 잘라 밥에 얹어 먹었다. 평소 흐물흐물한 연어를 별로 좋아하지 않는데 그곳에서 맛본 연어는 달랐다. 갓 지은 따끈한 쌀밥 위에 얹어 먹는 연어는 너무도 맛있었다. 한 점 한 점 부드럽게 잘도 넘어갔다.

그런 이야기를 하면 아내는 한번 가보고 싶다가 아니라 한번 살아보고 싶다고 했다. 자기는 언제든 회사도 그만둘 수 있다, 막상 떠나면 또 길이 생기고 다녀와서 더 잘될 수도 있다며 나를 설득했다. '그럴까?' 하는 마음이 들었지만 유이가 태어나고 먹고사느라 바쁘게 하루하루 보내면서 그 꿈은 자연스럽게 우선순위에서 멀어졌다. 아마 우리가 떠나지 못한 이유는 불안 때문이었을 것이다. '집을 팔아 그 돈을 다 싸 들고 해외로 간다? 그곳에서 일을 구하지 못하면 돈은 금방 바닥날 것이고 빈손으로 돌아오면 집값은 더 많이 올라 있을 텐데 그때는 어떻게 하지? 직장도 다시 구해야 할 텐데?' 하는 불안감. 나는 글을 쓸 수 있으니 핀란드 통신원을 하면서 여러 잡지에 글을 쓰면 되지 않겠느냐고 했지만 집이며 직장이며 손에 쥔 것들을 아무런 미련 없이 놓아버리기가 쉽지 않았다.

해외로 삶의 무대를 옮기는 것에 비하면 이사는 일도 아니었다. 마음만 먹으면 언제든 할 수 있는 작은 모험이었다. 다른 나라에서도 사는데 같은 한국 땅에서, 심지어 지하철로 1시간이면 못 가는 곳이 거의 없는 곳에서 거주지를 옮기지 못할 이유가 없었다. 많은 것이 달라지는 듯했지만 달라지지 않고 그대로 내 일상을 지탱하는 것도 많았다. 특히 내가 살던 집을 전세 주고 이사한 것이니 더없이 안전한 모험이기도 했다. 벼랑 끝에서 새로운 일을 도모할 때면 비장한 각오로 "난 잃을 게 없다"라고 말하곤 한다. 거기에 비하면 자발적 이사는 미리 걱정하고 무서워할 필요가 없는 가벼운 모험이다. 그곳에서 살아보면 어떨까 하는 기대감과 설렘에 기분이 좋아진다. 물론 걱정도 되겠지만 막상 살아보고 나와 맞지 않는다 싶으면 이전 집으로 언제든 돌아가면 되니 한 번쯤 짐을 싸 떠날 만한 나들이라고 말할 수 있을 것 같다.

한옥으로 이사를 결심하는 건 의외로 쉬웠다. 핀란드도 못 가는데, 서울에서 부산으로 가는 것도 아닌데 성북구에서 차로 20분도 안 걸리는 종로구로 왜 이사를 못 가느냐는 마음이 있었다. '마당 있는 집'에 대한 로망도 한몫했다. 우리는 별 고민 없이, 일말의 주저함 없이 이사를 준비하고 실행했다.

마
당
의

기
억

이야기 속에 살리라던 다짐은 한옥에서 자연스럽게 실현되었다. 3년. 사계절을 세 번이나 겪는 동안 실로 많은 이야기가 쌓였다. 가장 많은 이야기를 선물한 곳은 역시 마당이었다. 간혹 집을 보러 와서 마당은 쏙 빼놓고 방과 주방, 거실만 둘러보고 생각보다 작다, 역시 한옥은 좁다고 말하는 분들이 있는데 그건 잘 몰라서 하는 소리다. 마당이 있는 집과 없는 집은 너무나 다르다. 마당은 제 크기보다 몇 배의 즐거움과 이야깃거리를 선사한다. 크기가 작아도 상관없다. 작은 마당은 작은 대로, 큰 마당은 큰 대로 누리고 즐길 수 있는 것이 다르고 저마다 매력이 있다.

봄이 오면 우리는 거의 마당에서 살았다. 네모난 매트나 천을 깔고 그 위에 앉으면 소풍이 따로 없었다. 포기 상추(꼭 포기 상추여야 한다. 그 풍성하면서도 부들부들한 느낌은 홑잎 상추와는 비교할 수 없다)와 풋고추, 쌈장만 있어도 밥이 맛있었다. 어느 날은 버너를 꺼내 라면을 끓여 먹었고, 비스듬히 눕다시피 한 자세로 아이스크림을 먹었다. 배가 부른 채로 벌러덩 누워 하늘을 올려다보면 사각 지붕 위로 구름이 천천히 흘러갔다. 노르웨이에는 빙하가 아주 천천히 떠다니는 풍경이나 기차가 대자연을 몇 날 며칠이고 끝없이 달리는 영상을 보여주는 TV 프로그램이 있고 시청률도 높게 나온다는데 그 이유를 알 것 같았다. 그저 편안하게 맛보는 '베리 슬로very slow'의 시간, 역동성이라고는 없는 휴지(休止)의 시간이지만 잠시 멍하니 있다 일어나면 심신에 고요하고 맑은 기운이 차오르곤 했다.

마당에 누워 하늘을 올려다보면 일상의 속도가 그렇게까지 느리게, 자동차로 치면 시속 2km 미만으로 느릿느릿 흘러가던 때가 있었나 싶다. 구름은 초 단위로 보면 거기서 거기인 것 같지만 2분만 지나고 보면 어느새 위치가 바뀌고, 새로운 구름이 흘러 들어오고, 다른 구름과 합쳐지면서 계속 다른 모양을 만들어낸다. 느리게 움직인다고 움직이지 않는 것이 아니다.

봄은 손님이 가장 많이 찾아오는 계절이다. 마당에서 삼겹살을 많이도 구웠는데 평상시와 비교해 1.5~2배는 준비해야 중간에 고기가 떨어지지 않았다. 바깥에서 볕을 느끼며 먹는 삼겹살은 실내에서와 맛이 완전히 달랐다. 많이 먹은 것 같은데 끊임없이 잘도 들어갔다. 흡입하는 동시에 바로 소화되는 것 같았다. 언젠가는 유이의 유치원 선생님들과 원장님이 놀러오신 적이 있는데 모두 여자분이니 우리 부부까지 5명이 세 근 정도면 되겠지 하고 준비했다가 중간에 고기가 떨어져 서둘러 정육점에 다녀온 일도 있었다.

삼겹살 파티를 준비하는 시간도 즐거웠다. 마당에 작은 수돗가가 있었는데 그곳에서 맨발로 상추와 깻잎을 씻으면 기분이 좋았다. 우리끼리 저녁을 맞이할 때는 마당에서 춤을 추었다. 아내는 끝내 추지 않고 나와 유이만. 아무도 보지 않으니 아무도 보지 않는 것처럼 출 수 있었고, 막춤을 추고 나면 스트레스가 풀렸다. 그 영상을 지금도 갖고 있는데 가끔 한 번씩 보면 참 즐겁게 살았네 싶다.

여름도 사랑했다. 한옥에서는 장마철이면 처마를 따라 빙 둘러 빗물받이를 다는데 보통 함석판으로 만든다. 얇고 가벼운 금속판으로 비가 떨어지면 토도독 소리를 내며 더 경쾌하게 튕겨낸다. 비가 오는 날 방과 마루에서 창문을 열고 그 소리를 듣고 있으면 싸늘한 공기가 피부에 살포시 와닿는 동굴 초입에 들어와 있는 것 같았다. 갑자기 사위가 시커멓게 어둑해지고 장대비가 쏟아지는 날은 바닥으로 떨어진 빗물이 수돗가에서 큰 회오리를 그리며 거칠게 흘러 내려갔는데 그 모습을 보는 재미도 쏠쏠했다. 비는 보는 이의 마음에 고인다. 이런저런 사건 사고와 인간관계에서 겪는 스트레스가 잠시 고개를 숙이고 촉촉하고 차분한 상태가 된다. 그런 빗소리를 가장 생생하고 자연스럽게 들을 수 있는 곳이 한옥이다.

장마가 끝나면 본격적인 무더위가 시작됐다. 모기장을 치는 것은 여름에 누리는 즐거움 중 하나다. 어렸을 때 시골에서 경험한 일을 서울 한복판 집에서 다시 해보는 즐거움. "얼른 들어와라", "모기 들어왔잖아", "뭐야, 여기 구멍 났어" 같은 말들도 되살아났다. 열대야가 기승을 부릴 때는 마당에 모기장을 치고 잤는데 아무리 공기가 후텁지근하다지만 마당에서 자는 터라 아침에 일어나면 딱 기분 좋은 정도의 냉기에 피부가 보송보송했다.

가을과 겨울은 봄과 여름에 활짝 열어두었던 미닫이문을 꼭 꼭 닫아야 하는 시기다. 10월 말이면 벌써 집 안에 냉기가 돌아 문풍지를 붙여야 했다. 밖에서 들락거리는 한쪽 문만 남겨두고 나머지 문에 비닐을 덮어씌우고 가장자리를 졸대로 고정하는 작업도 해야 했는데 이건 아내 몫이었다. 내가 하면 왜 못이 제대로 박히지 않고 휘는지, 졸대는 왜 부러지는지 참으로 신기했다. 나는 장모님의 인품을 높이 사는데 어느 해 겨울엔가 딸이 망치와 못을 들고 추위에 곱은 손을 후후 불어가면서 그 작업을 하고 있는데도 단 한 번도 나를 도끼눈으로 쳐다보지 않으셨다. 아내가 "엄마, 이 작업을 꼭 내가 해야겠어? 정 서방은 저렇게 안에서 놀고…"라며 투덜거리자 장모님은 "정 서방은 원래 이런 것 못하잖아. 잘하는 사람이 하면 되지" 하고 말씀하셔서 나를 파안대소하게 만들었다. 꼭 우리 엄마 같았다.

가을과 겨울은 고요하고, 차분하며, 역시 추운 시간으로 채워졌다. 발열 내의를 입고 그것도 모자라 늘 양털 같은 소재의 외투를 입고 있었다. 첫해에는 답답했지만 이내 적응했다. 겨울에 겨울옷을 입는 것이 당연하게 여겨졌다. 따뜻한 어묵탕과 미역국이 더 맛있게 느껴졌다. 한 번씩 겨울 추위를 못이기고 대문 쪽에서 나무 섬유질이 펑 하고 터지는 소리가 들렸다. 눈이 내린 날에는 모두가 환호성을 지르며 마당으로 떨어지는 눈을 구경했고 아침이면 뽀드득뽀드득 기분 좋은 소리를 즐기며 눈사람을 만들었다.

수도관이 터져 몇 날 며칠 물이 안 나와 고생한 시간도, 천장에서 비가 새 가구며 집기를 다 들어내고 도배를 다시 한 날도, 보일러가 고장 나 두꺼운 이불을 있는 대로 다 꺼내 겹겹이 두르고 잔 날도 있었지만 이상하게 억울하거나 화가 나지 않았다. 지나고 나면 다 추억이 될 거라는 믿음이 있었다.

돌아보면 그 시절, 우리의 첫 한옥살이는 행복했다. 각각의 계절을, 각각의 순간을 오롯하게 즐겼다는 충만함이 넘쳤다. 더위도, 추위도, 눈도, 비도 온전히 즐겼다는 뿌듯함. 집에 있는 시간을 처음으로 만끽한 시간이었다. 아내는 그 집에 살면서 블로그에 짬짬이 올린 글을 묶어 〈마당의 기억〉이란 책을 냈다. 아파트에서는 생기지 않던 둘째도 태어났다. 정유지. 정유이의 동생. 하루하루가 편안하게 흐른 덕분에 유지도 생기지 않았나 싶다. 사건 사고도, 소동도 많았지만 그것 역시 자연스러운 것. 해결하면 될 일이고 집에 적응하는 시간이니 큰 스트레스가 되진 않았다. 우리 아이들이 한옥에 산 시간을 기억할지 모르겠지만 한옥에서 유년기를 보냈다는 사실이 앞으로 살면서 문득문득 잔잔한 기쁨으로 떠오르면 좋겠다.

다
방법이
있다

한옥 생활이 매 순간 기쁘고 즐거웠던 건 아니다. 힘들고 아찔하고 막막한 날도 많았다. 다만 아내와 나는 비교적 그런 일을 잘 넘기는 편이다.

한옥에 산다고 하면 사람들이 가장 많이 물어보는 것이 추위다. "춥지 않아요?" "추워요." 아무리 비닐을 씌워도 빈틈은 있기 마련이고, 그 빈틈은 미닫이문은 물론이고 천장에도 있으니 확실히 춥다. 겨우내 보일러를 열심히 돌려도 17℃를 못 넘는 경우가 많았다. 화장실이 밖에 있는 것보다도 추위에 취약한 설비 문제가 전세가 1억 5000만 원을 만들었을 것이다. 그런데 그렇게 춥고, 때에 따라 징글징글한 지경까지 가는 긴 겨울이 끝나고 맞이하는 봄은 "야, 봄이다!" 하고 환호성을 지를 만큼 좋았다. 겨울이 혹독할수록 봄이 찬란해진다. "아, 도대체 봄은 언제 오는 거야"라는 말을 입에 달고 산 해도 있었지만 마침내, 그리고 바야흐로 봄은 오기 마련이고 그 리듬에 점점 익숙해졌다. 때로 자연이 무자비하다지만 끝이 있게 마련이고 머지않아 따뜻한 볕을 내려주기 때문이다. 반복과 순환. 한쪽으로만 치닫는 경우는 없고, 그래서 버틸 수 있다.

치안을 걱정하는 사람도 많다. 아파트처럼 경비실이 있는 것이 아니니 위험하지는 않은지, 도둑이나 강도로부터 안전한지, 잠을 잘 때나 주말에 집에 있을 때 무섭지 않느냐고 묻는다. 이 질문에는 아니다, 걱정 말라고 이야기하기가 조심스럽다. 우리 인생에 언제 어떻게 안 좋은 일이 생길지는 아무도 모르기 때문이다. 다만 그런 불미스러운 일이 한옥에 살기 때문에 일어난다고는 생각하지 않는다. 안 좋은 일은 아파트에서도 일어날 수 있다. 옛날에는 좀도둑이 많았는데 그건 집 안에 돈을 두는 경우가 많았기 때문이 아닐까 싶다. 요즘은 대부분 카드를 쓰고, 지갑에 현금을 갖고 다니지 않으니 위험을 감수하고 남의 집에 침입할 이유가 없지 않을까? 도둑이나 강도 문제도 있을 수 있는데 이 역시 한옥이라서 위험하다고 말하긴 어렵다. 늦은 밤 골목길에 들어서면 살짝 긴장되는 것이 사실이지만 또 금방 익숙해진다.

오히려 골목에서는 더 좋은 일들이 생겼다. 유이와 유지가 골목길에서 뛰어놀 때, 눈이 온다고 팔짝팔짝 뛰며 좋아라 하고 있을 때 옆집 할아버지와 아주머니가 귀엽다고 고구마며 사과, 쌀과자를 주는 날이 많았다. 어느 날은 삶은 브로콜리를 준 적도 있다. 삭막한 사회지만 골목 안에서라도 그런 정을 느끼며 살 수 있어서 좋았다. 그런 정과 정서가 내 아이를 좀 더 좋은 사람으로 만들 거라는 생각도 들었다.

그리고 주차. 애초에 널찍한 부지에 주차 공간을 확보해 새로 짓는 한옥이 아닌 이상 주차할 데는 99% 없다고 보면 된다. 서촌은 더욱 그렇다. 대부분 골목길 안쪽에 자리하고 있어 차가 진입하는 것이 아예 불가능하다. 한옥에 살면서 내게 주차는 큰 문제가 아니었다. 원래 운전을 즐기는 편이 아닌 데다 산책을 좋아하는 편이라 월 주차권을 구입해 걸어서

15분 정도 소요되는 근처 오피스텔 지하에 차를 대고 올 때도 싫지 않았다. 되레 잠시 바람을 쐬며 걸을 수 있어서 좋았다. 종로구에서 거주자 우선 주차구역을 선정해 한옥 거주자에게 가점까지 주며 한옥살이를 장려하지만 경쟁률이 높은지 자리를 배당받은 적은 없다.

택배 문제는 싱겁게 해결됐다. 가벼운 건 철문 안으로 휙 던지면 마당 안쪽으로 툭 떨어졌고, 고구마나 쌀처럼 무게와 부피가 있는 박스는 밖에 있는 음식물 쓰레기통 아래에 놓고 다시 쓰레기통을 올려놓으면 괜찮았다. 간혹 중요한 물건은 옆집 할머니, 할아버지에게 부탁했고 참외나 감자를 사 들고 가 감사 인사를 드리고 찾아왔다.

"주차가 좀 힘들면 어때요, 좀 추운 것도 괜찮습니다, 벌레도 있지만 득시글하지는 않아요, 참을 만합니다" 같은 말을 하고 싶지는 않다. 각자 자신과 맞는 집에 살면 된다. 다만 한옥이 맞을 것 같은데, 살아보는 것이 로망일 정도로 마음이 흔들리는데 주차며 추위며 벌레 때문에 지레 포기하지 않았으면 좋겠다. 안 되는 것들이 주는 즐거움이 또 있기 때문이다.

갤러리 현대에 설치미술가 강익중의 대표작이 소장되어 있다. 가로세로 3×3인치 크기의 정사각형 나무 판에 채색을 하고 한 글자씩 쓴 다음 나무 판을 길게 이어 붙이면 하나의 문장이 완성되는데, 그렇게 많은 문장과 나무 판이 쌓여 벽면 전체를 메워 거대한 달항아리를 이루는 작품이다. 뉴욕에 거주하며 일상에서 깨친 철학의 조각을 표현한 문장이 많은데, 그중 내가 좋아하는 글귀는 이것이다. "정말 필요한 것은 별로 없다. 행복은 한없는 단순함 속에 살고 있다." 낡고 추운 한옥에 살았지만 넓은 거실도, 6~8명이 둘러앉을 수 있는 큰 주방도 간절하지 않았다. 그저 '자연의 집'에 산다는 것이 좋았다.

어느 날 월든 호숫가의 숲속으로 들어가 작은 통나무집을 짓고 야인처럼 2년여의 세월을 자급자족하며 산 헨리 데이비드 소로. 그 경험을 바탕으로 일군 책 <월든>의 핵심 메시지 역시 강익중의 그것과 비슷하지 않을까 싶다! "정말 필요한 것은 별로 없다. 행복은 한없는 단순함 속에 살고 있다." 요즘 삶과 비교할 바도 아니고 그처럼 살고 싶지도 않지만 이 말의 의미에는 공감한다. 한옥에서 우리는 TV도 없었고, 에어컨도 없었고, 오븐도 없었고, 다용도실도 없었고, 주차 공간도 없었지만 좋은 시절을 보냈다. 단순한 삶이었기에 마당과 자연을 더 오롯이 즐길 수 있었다.

아이들은 문제없다, 어른들이 걱정이지

처음 한옥으로 이사를 결정하면서 아내와 자주 한 이야기 중 하나가 "유이를 위해서라도…"였다. 아파트에 살면 "뛰지 말아라" 소리를 입에 달고 살 수밖에 없는데 애들은 뛰는 게 본능 아닌가. 〈동의보감〉에도 아이들의 기氣는 두 다리에 몰려 있어 뛰지 않고는 배기지 못한다는 내용이 있다. 그 자연스러운 욕구를 억제하지 말자고 의견 일치를 보았다.

그 무렵 아침에 읽은 신문 기사도 '그래, 가는 거야' 하고 마음을 다잡는 계기가 되었다. "점점 감성과 창의력이 중요해지는데 대한민국에서는 상당수 아이들이 아파트에 산다. 생각까지도 비슷해질까 봐 걱정이다" 하는 요지의 글이었다. 아파트에 산다고 감성과 창의력이 획일화되고 한옥이나 단독주택에 산다고 남다른 감성이 생기는 건 아니지만 묘하게 공감 가는 부분이 있었다. '그래, 한옥에 살면 감성적으로 훨씬 좋을 거야.'

그렇게 마음을 먹으면서도 아이가 불편하고 추운 한옥에서 즐겁게 생활할까 걱정도 되었다. 결론부터 말하자면 아무 문제 없었다. 오히려 만끽했다. 이사를 하고 얼마 안 돼 제법 많은 비가 내리던 날이었다. 장화를 챙겨 신은 유이가 노란 우산을 펴고 마당을 이리저리 왔다 갔다 했다. 노래를 흥얼거리고, 한 번씩 하늘도 올려다봤다. 그 후로도 오랫동안 유이는 비 오는 날을 만끽했다. 친구들과 있을 때면 비옷을 챙겨 입고 모자를 확 벗었다 썼다 하면서 꺄~ 하고 괴성을 질러댔다. 눈이 오는 날엔 마스크와 모자와 장갑으로 완전무장하고 눈사람을 만들었다. 엄마, 아빠와 눈싸움도 했다. 우리 가족만의 공간에서 우리끼리 갖는 시간은 불순물이 없는, 고밀도의 추억이라서 오랫동안 기억에 남는다.

유이가 어렸을 때 즐겨 하던 놀이가 있다. 주말 아침, 거실 쪽 마룻바닥에 누워 서까래 이곳저곳을 살피며 동물 생김새의 나무 무늬를 찾는 것. 목재를 자세히 보면 크고 작은 옹이가 눈도 되고 코도 되면서 강아지나 코알라 모습을 하고 있는데 숨은그림찾기하듯 이곳저곳을 살피며 찾는 재미가 있었다.

아이들이 한옥을 좋아하는 이유는 한옥 역시 '자연'이기 때문이다. 나무와 돌과 흙으로 지은 집. 어쩌면 아이들은 한옥을 크고 안전하고 재미있는 놀이터로 생각할 수도 있다. 우리는 한옥에서 수시로 춤을 추고 뜀박질을 하고 숨바꼭질을 했다. 작은 장독대가 있는 옥상으로 올라가 기와지붕 너머로 날아다니는 새를 구경하기도 했다. 아이에게도 때로 한옥은 추웠겠지만 비교 경험이 많지 않으니 "집이 왜 이 이래? 아파트였으면 정말 따뜻했을 텐데"라는 소리는 하지 않았다. 집을 주제로 토크를 하다 보면 "과연 아이들이 한옥에 잘 적응할까요?"라는 질문을 받곤 한다. 자신 있게 말할 수 있다. 아이들은 문제없다. 어른들이 걱정이지.

제
비
와

로
또

한옥을 포함해 단독주택에 살면 이야기가 정말 많이 생긴다. 서울에서 보기 힘들다는 제비와 관련된 일화도 있다.

어느 날 아침 화장실에서 일을 보는데 밖에서 툭 하고 떨어지는 소리가 났다. 나가봤더니 처마에 있던 제비 집이 떨어진 게 아닌가. 눈도 못 뜬 새끼 네 마리가 힘겹게 고개를 가누며 떨고 있었다. 아내를 깨웠다. "자기야, 제비 집이 떨어졌어. 새끼들이 다 죽게 생겼어!" 위급한 호출에 아침잠이 많은 아내가 벌떡 일어나 나왔다. 유이도 덩달아 정신을 차리고 "아빠, 무슨 일이야?" 했다. 아내가 유이를 위해 장만한 모래 상자 안으로 떨어졌기에 망정이지 하마터면 아침부터 대참사를 볼 뻔했다.

그다음부터는 거의 '제비 일병(이병이나 훈련병이라고 해야 할 것 같지만) 구하기'였다. 서까래 쪽에 제비 집을 다시 올려줘야 할 텐데 어떻게 하면 좋을지 난감했다. 제비 집은 풍비박산이 난 상황이었다. 부모 제비는 요란한 소리를 내며 마당 주위를 공격적으로 날아다녔다. 주변을 둘러보자 밀짚모자가 눈에 들어왔다. 사다리를 끌고 와 밀짚모자를 들고 올라간 후 서까래에 모자 한쪽 면을 고정하고 주변에 못 3~4개를 박았다. 쉽지 않았다. 못질은 내가 가장 싫어하고 못하는 것 중 하나다. 상체를 바깥쪽으로 빼고 불편한 자세로 하려니 그러잖아도 젬병인 못질이 더 엉망이었다. 간신히 성공. 위생 장갑을 끼고 새끼를 한 마리씩 조심히 모자 안으로 넣어주었다. 이제 부모와 상봉만 하면 오케이. 그런데 부모가 모자에 앉지 못했다. 주변에서 요란한 날갯짓만 할 뿐 번번이 실패했다.

"뭐야, 왜 저렇게 멍청해."

"무섭나?"

"새끼들 배고플 텐데…."

안타까운 말이 한마디씩 튀어나왔다.

"안 되겠다. 사다리 위에 모자를 올려놓자. 아무래도 모자 안쪽으로 빠질까 봐 무서운 것 같아."

아내의 제안으로 구조 계획을 수정했다. 아내는 사다리 다리를 양쪽으로 벌려 고정한 후 그 위에 모자를 올리고 주변을 박스 테이프로 둘둘 말았다. 제법 안정적으로 보였다. 다시 부모와 새끼가 상봉하기를 기다리는 시간. 이번에는 괜찮겠지 했건만 사정은 나아지지 않았다. 제비가 저렇게 멍청한가 싶어 포털 사이트에 '제비 아이큐'를 검색해보았다. 36 정도(포털 사이트에는 정말 별의별 지식이 다 나온다). 심각하게 멍청하지도, 그렇다고 똑똑하지도 않은 그저 그런 수치였다. 그 정도면 괜찮은 것 아닌가 싶었지만 결과는 똑같았다. 이제 부모 제비 사이에서도 서서히 다툼과 원망이 뒤섞이는 것 같았다. 가스 배관에 두 마리가 나란히 앉았는데 한쪽이 다른 한쪽을 향해 날카로운 소리를 내며 부리로 공격했다. 아마도 암놈이 수놈을 원망하며 이렇게 말하는 것 같았다. "당신, 아빠면 어떻게든 좀 해봐. 애들 다 죽게 생겼다고!"

더 이상 제비 부모만 믿고 있을 수 없는 상황. 다시 포털 사이트에 '조류보호협회'를 검색하고 전화를 걸었다. 주말에는 근무를 하지 않는지 받지 않았다. 새끼들이 얼마나 배고플까 싶어 유이 손을 잡고 직접 '사냥'에 나섰다. 파리채를 쥐고 거미든 파리든 모기든 뭔가 제비 식량이 될 법한 것을 찾아 나섰다. 먹이는 생각보다 많았다. 나무 대문 주변에, 감나무 아래에, 담벼락 쪽에 거미도 있고 파리도 있었다. 유이도 제법 능숙하게 파리채를 휘둘렀다.

마당 수돗가에 있는 작은 스테인리스 그릇에 파리를 넣고 사다리에 올랐다. 그런데 먹이를 바로 입에 갖다 대도 꿈쩍 않는 것 아닌가. 죽었나? 혹시나 싶어 입 주변을 핀셋으로 툭툭 쳤다가 갑자기 포악스럽게 입을 벌려 깜짝 놀랐다. 제비 입이 그렇게 크게 벌어지는지 처음 알았다. 한 마리씩 깨워 파리를 입에 넣어주었다. 작은 사고도 있었다. 먹성 좋은 놈이 다른 새끼에게 줄 먹이를 순식간에 낚아챈 것이다. 사다리에서 내려와 급한 대로 한 마리를 더 잡아 먹였다.

부모 제비의 행동은 나아질 기미가 없었다. 아예 자리를 떠 창공으로 날아갔다가 한참 후에 돌아오곤 했다. 그 사이 우리 가족도 안정을 찾았다. 파리 사냥은 재미있는 놀이가 되었다. 이렇게 한 마리씩 잡아 입에 넣어주면서 새끼들을 키울 수 있을 것 같은 생각까지 들었다. 다시 돌아온 제비 부부는 여전히 싸움 중이었다. 한 번씩 우리 얼굴 쪽으로 날아들 때는 살짝 화가 났다. 기껏 먹이 줘가며 새끼들 키워놨더니 원망을 하는 것 같았다. "치, 걱정 말아라. 우리가 이렇게 키운다." 그런데 아뿔싸. 다음 날 여행을 가는 거다. 제비가 다시 제 새끼에게 갈 수 있기를, 그래서 우리 가족 편한 마음으로 여행 갈 수 있기를 진심으로 바랐다.

얼마나 지났을까? 마침내 제비가 밀짚모자 한쪽 귀퉁이에 연착륙하는 데 성공했다. 그리고 계속해서 먹이를 갖다 날랐다. 아침에 전화로 저간의 사정을 들은 엄마, 형, 장모님도 소식을 듣고 기뻐했다. 엄마는 "아이고 잘했다. 지 부모는 얼마나 속이 탔으끄나" 하면서 갑자기 울먹거리기까지 했다. 자식 키운 부모 마음이 제비 부모에게 완전히 이입된 거다. 장인어른은 이러셨다. "정 서방, 제비가 내년 봄에 박씨 물어 올란지 아냐. 잘했다."

그날 오후, 부모 제비는 계속 먹이를 나르고, 새끼들은 기력을 차렸는지 먹이를 받아먹을 때마다 제법 큰 소리로 울었다. 평온하고 행복해 보였다.

그날 밤, 아내와 얘기해 로또를 샀다. 그리고 다음 주에 나온 결과는 꽝! '그래, 겨우 이 정도 해놓고 로또를 바라다니 말이 돼?'라고 생각하면서도 아내에게 이랬다. "제 새끼 네 마리를 다 살렸는데 은혜도 모르는 것들!" 진심이었다. 하하.

그렇게 일주일쯤 지났다. 로또가 안 된 여파인지, 제비 가족이 예전처럼 예뻐 보이지 않았다. 스스로 생각해도 참 속이 좁지. 제비가 신도 아니고 어떻게 로또를 선물한단 말인가.

로또 말고 제비에게 빈정이 상한 데는 이유가 하나 더 있다. 이전까지 마당에는 똥을 싸지 않던 부모 제비가 큰일을 겪은 이후로는 이리저리 날아다니며 찍찍 똥을 싸대는 것이 아닌가. 처음에는 '어? 쟤들이 왜 저러지?' 싶다가 빈도가 점점 잦아지자 슬슬 짜증이 났다. '아니 이것들이 은혜는 못 갚을망정 집까지 더럽히네' 하는 마음이었다.

플라스틱 통에 물을 담아 운동화 닦는 솔을 들고 이리저리 다니며 똥을 치우는 기분은 그야말로 더러웠다. 중·고등학교 때 끌을 들고 다니며 계단 이곳저곳에 묻은 껌을 제거했을 때도 이 정도는 아니었다. 세상의 모든 똥이 그렇겠지만 제비 똥도 참 별로다. 딱딱하지 않고 묽어 솔로 닦으면 주변까지 더러워진다. 툭툭 쓸면 말끔하게 치워지는 똥도 있는데 제비 똥은 솔을 갖다 대면 작은 알갱이로 부서져 물로 여러 번 씻어내야 한다. 흰색과 검은색이 3:1 정도 비율로 섞여 있는 것도 마음에 안 든다. 물이 닿는 순간 회색으로 변한다. 한마디로 탁하다.

똥을 치우다 보면 이곳저곳 치울 곳이 생각보다 많아 다시 한번 짜증이 치민다. 마당 전등에도, 작은방 입구 벽에도, 한쪽에 치워둔 운동화에도 녀석들의 배설물이 있었다. 게다가 어느새 새끼들이 훌쩍 자라 모두 밀짚모자 임시 대피소를 박

차고 날아오른 뒤로 똥은 3~4배 더 많아졌다. 가끔 보면 부모 제비가 새끼들에게 날갯짓을 가르치던데 대변 가리는 교육은 전혀 할 생각이 없나 보다. '저러니 누가 좋아해?' 하는 마음이 절로 들었다. 무슨 말인고 하니, 우리 동네 어르신들은 제비라면 질색하신다. 집 못 짓게 쫓아버릴 것이지 뭣 하러 가만 뒀냐는 식이다. 집이 지저분해진다는 게 이유였다. 서울에서 제비를 본다는 사실에 우리 식구 모두 들떠 있고 기분도 좋을 때라 "어르신들은 참 낭만이 없어" 했는데, 내가 어렸다. 그 뒤로도 3~4주 동안 제비 똥을 치우며 살았다. 물론 매일은 아니다. 하지만 2~3일에 한 번꼴이라도 출근하기 전이나 퇴근 후에 똥을 치우고 있으면 시간과 품이 그렇게 아까울 수 없었다. '아, 이 귀한 시간에 이러고 있단 말인가' 하는 푸념. 마당을 쓸거나 가지치기 같은 걸 하고 나면 개운하고 뿌듯한 맛이라도 있다. 하지만 제비 똥 치우기는 일을 다 마치고 나서도 "에잇" 하고 인상 쓰면서 손을 씻게 된다. 개운한 맛이라고는 전혀 없다. 가끔 어릴 때 한옥에 살았던 사람들에게 "다시는 한옥에 살고 싶지 않다. 좋았던 기억이 별로 없다"라는 이야기를 듣는데 끝없이 몸을 움직여야 하는 이런 기억이 불편함을 넘어 싫은 감정으로까지 뿌리를 내린 게 아닐까 싶다.

제비들의 똥 잔치는 꽤 오랫동안 이어졌다. 그러다 보니 나도 슬슬 부아가 치밀었다. 어느 날은 제비한테 긴 빗자루로 화풀이를 했다. 한창 똥을 치우고 있는데 제비 가족이 단체로 날아오는 것 아닌가. 소풍이라도 다녀오는 것처럼 행복하고 경쾌해 보였다. "야, 가!" 고함을 치며 빗자루를 휘둘러댔다. 깜짝 놀랐는지 자리를 피한 제비들은 몇 분 있다가 슬그머니 발을 들여놨고, 나는 마루에 누워 있다가 또 눈에 불을 켜고 빗자루를 휘둘렀다. 제비가 불쌍했지만 가련한 건 나 역시 마찬가지였다.

시간이 흐르면서 제비는 찾아오는 횟수가 점점 줄어들더니 장마 시작을 전후로 종적을 감췄다. 어디서 잘 살고 있는지 가끔 궁금하지만 제비 똥을 치우지 않아도 된다는 사실이 더 좋았다. 집도 예전보다 깨끗해진 것 같았다.

그날 아내가 물었다.

"내년에 또 제비들이 와서 집을 지으면 어떻게 할 거야?"

"뭘 어째, 못 짓게 해야지!"

단호하게 말했지만 우리 애들을 생각하면 또 마음을 곱게 써야 할 것 같기도 했다.

주씨 아저씨와의 마지막 인사

한옥살이 2년이 넘어가던 어느 날 밖에서 요란하게 철문 두드리는 소리가 났다. 초인종은 고장 나 작동이 안 되던 때였다. '무슨 소리지?' 옷을 대충 찾아 입고 밖으로 나가보니 집주인 할아버지가 동네 사람인 듯한 아주머니 두 분과 집 앞에 와 있었다. 집 좀 보러 왔다, 집을 내놓으려고 한다는 통보도 이어졌다. 한옥에 산 지 2년이 되어가던 무렵 우연히 통인시장에서 주인 할머니를 만났다. 이런저런 얘기를 나누다가 내친김에 재계약에 대해 여쭸다. "어떻게, 저희 재계약 할 수 있을까요?" 그때 할머니 말씀이 이랬다. "아직 1년이나 남았는데 그런 얘기를 뭐 하러 벌써 해? 걱정 말아요." 그런데 집을 내놨다니 황당했다. 하지만 별 수 있나. 그 집은 내 것이 아닌 걸. 이왕이면 젊은 사람들이 들어와 살고 있을 때 매물을 내놓으면 집이 더 잘 나가지 않을까 생각하신 것 같았다. 부동산 사장님에게 물어보니 매매 가격은 평당 2000만 원, 총 10억 원. 돈이 많았으면 그 집을 당장 사버릴 텐데 꿈도 꾸지 못할 가격이었다.

다음 날부터 우리는 대책 회의에 들어갔다. 어떡해야 하나. "5000만 원 정도 올려드릴 수 있다고 말해볼까? 대출받으면 되잖아"부터 "정에 호소해보자. 이 한옥에서 첫째 유이도 잘 키우고 생기지 않던 둘째도 낳아 키우고 있다. 우리에게 이 한옥은 큰 의미가 있는 집이다. 이 아이들이 이곳에서 좀 더 살 수 있도록 해달라"까지. 그런 이야기를 들으면 잠시나마 희망이 생겼고, 그래 말이라도 한번 해보자 하는 의지도 반짝 불타올랐다.

하지만 소용없었다. 소설가 루쉰의 말이 딱 맞았다. "희망은 얼마나 허망한가." 그 집은 끝내 팔리지 않았고, 우리는 잠시 희망을 가졌지만 "딸이 들어와 살게 됐다"는 이야기를 듣고 그 집을 나와야 했다. 공사 비용은 하나도 아깝지 않았다. 그저 그곳을 떠나야 한다는 사실이 못내 아쉬웠다. 떠날 준비를 하며 우리가 한 마지막 일은 보일러 밸브를 다시 연결하는 것이었다. 작은방과 옷방 쪽에 보일러가 따로 연결돼 있었는데 그곳에서 사람이 자는 것도 아니고, 동파 방지를 위해 한 번씩 가동하는 것도 성가셔서 아예 밸브를 해체하고 물을 다 빼놓은 상태였다. 수도관이 얼었을 때, 보일러 밸브가 터졌을 때, 작은방 지붕에서 빗물이 셀 때 자주 SOS를 쳤던 주씨 아저씨에게 전화를 했다.

"아이고, 깜빡했네. 내일 아침 일찍 가믄 될라나?"

다음 날 일찍 온 아저씨는 방과 연결된 고무호스에 입을 대고 있는 힘껏 남은 물을 빨아내 처리해주셨다. 말씀하신 비용은 단돈 2만 원. 너무 적게 받으시는 거 아니냐고 물으니 특유의 말투로 이야기하신다.

"2만 원이라고 혀도 주는 입장에서는 참 큰돈인겨. 동네에서 이래저래 다 아니게 많이도 못 받겠고, 생각해서 조금만 받는다고 혀도 비싸다고 허는 사람들도 있다니께. 다 그런 거여.

140

그런가 하믄 또 어떤 사람은 너무 적게 받는다고 만 원이라도 더 올려주고. 누상동이며 필운동이며 이 동네는 내가 거의 다 헌다고 봐야 혀. 보일러만 허는 것이 아니라 지붕, 화장실 다 건드리니께 편하긴 허지."

아저씨가 안 계셨다면 한옥 생활이 훨씬 힘들었을 걸 알기에 살짝 '자랑'을 하셔도 100% 순수하게 "그럼요, 맞아요" 하고 맞장구를 쳐드린다.

그날도 아저씨는 말끔하게 일 처리를 해주셨다. 배관에 보온재까지 완벽하게 두르고 방이 따뜻해지는 것까지 확인하신 주씨 아저씨가 한마디 하신다. "한옥은 미리미리 생각허고 고생한 만큼 편한 법이여. 요로크름 미리미리 물을 깨끗이 빼놓으니께 얼지도 않고 가스비도 안 나오고, 다시 요로크름 연결해도 탈이 안 나는 것이여."

"아저씨 덕분에 잘 살았어요. 감사합니다." 다시 한번 감사 인사를 드렸다. 마지막이라고 생각하니 주씨 아저씨도 마음속 이야기가 술술 나온다.

"젊은 사람들이 한옥에 와서 산다고 혔을 때 아이고 저 사람들 고생 엄청 하겠구나 생각했지. 한옥살이가 얼매나 고달퍼. 그래도 겨울에 좀 추운 것만 각오허믄 좋은 점도 많지."

"그러게요. 한옥에 살다가 빌라로 가면 답답할 것 같아요."

"그러긴 그럴겨. 요로크름 마당 있는 집에서 살다가 아무래도 답답허지. 한옥에서 살믄 좋은 것이 애들한테 잔소리 안

해도 되잖여. 충간 소음 그것 땜시 문제가 많잖여. 그거 큰 골치여."

미리 사둔 딸기 한 박스를 감사 인사로 드리며 "진짜 2만 원이면 돼요?" 하고 여쭸다.

"아이고, 뭐 이런 걸 또 다 준댜. 잘 먹겄어" 하신 후 더 받아야 할지 고민하는 아저씨의 표정이 읽힌다.

"받으실 만큼 받으세요. 깎아달라고 드리는 거 아니에요."

한참을 고민하고 갈등하던 주씨 아저씨가 드디어 결정을 내리셨다.

"그냥 2만 원만 줘."

아무래도 딸기 때문에 덜 받으시는 것 같아 1만 원을 더 드리며 "3만 원 받으세요" 했다.

"안 그래도 3만 원 부를까 허다가…. 그려, 잘혔어. 3만 원은 받아야 혀."

주씨 아저씨와의 마지막 작업이 끝났다. 그리고 우리의 첫 번째 한옥 생활도 끝이 났다.

이대로 떠나기는 너무 아쉬워 한복집을 하는 아내 후배에게 한복을 빌려 마당에서 가족사진을 찍었다. 햇빛이 아주 좋은 날이어서 반사판 없이는 눈을 제대로 뜨기도 힘든 날이었다. 품이 큰 한복을 입고 집 근처에 왔다는 사진가를 데리러 골목길을 뛰어갔던 기억이 난다. 신발을 구겨 신고 성큼성큼 뛰어가던 날. 옆집 아주머니가 "오늘 좋은 일 있나 봐요. 새신랑

같네" 하고 말했던 날. 그날 찍은 사진들을 보면 불과 6년 전인데도 20년 전 같다. 빛이 센 것이 고스란히 느껴지고 한옥의 기둥도 오래돼 보인다.

한옥은 이야기가 쌓이는 집이다. 유지 돌 때 백설기를 주문하고 아이들 한복 입혀 장독대와 마당에서 사진을 찍었던 일, 봄이면 아이 세발자전거까지 동원해 동네 꽃집에서 화분을 사 와 화단에 심었던 일, 수도관이 얼어 일주일가량 제대로 썻지도 못하고 고생했던 일, 세탁기가 얼어 지인 집으로 빨래를 들고 가서 세탁했던 일, 비가 오는 날이면 집에 콕 박혀 바깥 풍경만 가만 구경했던 일이 주마등처럼 스쳐 지나갔다. 우리는 한옥에서 처음 '집'을 제대로 경험했다. 집이 얼마나 큰 즐거움과 행복, 위안을 주는지도 알게 됐다.

빌라를

샀다

아파트를 손해 보고 팔다니!

이제 결단을 내려야 했다. 서촌에서 다시 전세를 알아볼 것인가, 아니면 길음뉴타운으로 돌아갈 것인가. 서촌에 단독주택을 사는 옵션도 없었던 건 아니지만 당시 아파트값이 정체 일로라 밑천이 없었다. 그 무렵 서촌은 소위 핫한 동네가 되어 하루가 다르게 집값이 오르고 있었다.

결론은 의외로 쉽게 났다. 서촌의 분위기와 정서가 좋으니 이곳에서 몇 년 더 살아보자. 아파트로 돌아가고 싶지는 않았다. 그곳을 생각하면 '왜 집값이 안 오르지?' 하며 조바심을 내던 기억과 지하철역을 나오면서부터 만나는 빼곡하게 들어선 부동산과 매물 정보, 규격화된 상가가 먼저 떠올랐다. 한옥이 주는 이벤트 같고 소풍 같은 집에서의 시간은 떠오르지 않았다.

우리는 아파트를 처분하기로 했다. 2014년 일이다. 갖고 있던 아파트를 전세로 주고 한옥으로 이사했던 터라 전세를 끼고 매매해야 했다. 지금으로서는 상상할 수 없는데, 아파트는 매물로 내놓은 지 두 달이 다 되도록 반응이 없었다. 시세도 형편없었다. 분양권으로 샀기 때문에 아파트를 산 지 4년이 다 됐지만 가격은 그대로거나 조금 더 떨어져 최초 매매가인 3억 6000만 원에도 산다는 사람이 없었다. 취득세, 등록세와 그간 꼬박꼬박 낸 대출이자를 생각하면 3000만~4000만 원을 손해 보는 셈이었다.

그 아파트 분양권을 샀을 때는 노무현 정부 2003~2007년가 막을 내리고 이명박 정부^{2008~2012년}가 출범하던 시기였다. 노무현 정부의 부동산 정책 핵심은 서민의 주거 안정. 종합부동산세 도입, 지금은 익숙한 용어가 된 DTI^{Dept To Income, 총부채상환비율} 규제 같은 정책이 쏟아졌고 이제 아파트는 끝났다, 투자 대상으로서 매력이 없다는 인식이 확산하면서 아파트값은 긴 정체기에 접어들었다. 이명박 정부가 들어서고 무주택자와 1가구 주택자를 위해 DTI를 한시적으로 자율화하고 취득세, 등록세를 감면해주는 등 경기를 부양하기 위한 각종 규제 완화 정책을 펼쳤지만 가격은 반등하지 못했다. 시장이 그렇게 돌아가니 곳곳에서 '하우스푸어^{house poor}'라는 말이 팽배했다. 무리하게 대출받아 아파트를 샀지만 집값이 오르지 않아 가난한 사람들. 매달 대출이자를 내고 나면 생활비 여유가 없어 빠듯하게 살아가는 사람들. 딱 나였다.

'어떻게 해야 하나? 정녕 이렇게 팔아야 한다는 말인가? 몇천만 원이나 손해를 보고서?' 하루에도 몇 번씩 고민이 됐지만 부동산 전문가들의 반응은 싸늘했다. 당시 향후 부동산 가격 추이를 예측한 수많은 기사의 제목과 내용을 보면 기가 막혔다. "집 사라는 기사에 낚이면 당신도 하우스푸어", "부동산 시장 폭탄 돌리기 경고론, 하우스푸어 양산 우려", "무너지는 부동산 시장, 떨고 있는 하우스푸어".

당시 '이제 아파트는 끝났다'는 논조로 큰 인기를 모은 한 유명 부동산 전문가는 "지금 집 사면 너무 위험하다"라고 말했고, 그가 낸 책은 출간 즉시 베스트셀러에 올랐다. 가계 대출 증가액, 평균 집값 상승률, 연도별 주택 거래량까지 철저히 숫자로 논리를 만드는 그의 화법은 혹할 만한 것이었고 나 역시 서둘러 아파트를 파는 것이 하우스푸어 신세에서 하루라도 빨리 벗어나는 길이라고 여겼다. 아파트를 처분하는 것이 하우스푸어가 되는 지름길이라고는 상상도 하지 못했다. 돌아보면 몇몇 사람의 전망을 철석같이 믿는 것은 얼마나 우매한 일인지. 수십억 원이 넘는 슈퍼컴퓨터를 들여다놓고도 당장 내일의 날씨를 못 맞히는데 1년 후, 2년 후의 집값을 맞힐 수 있다고 생각하다니.

경실련에서 내놓은 분석 자료를 살펴보면 집값이 로켓처럼 뛰기 시작한 시기는 2015년이다. 내가 아파트를 처분하고 몇 개월 안 되고부터였다. 2015년 상승 폭 9%를 찍은 아파트값은 2016년에는 14%, 2017년에는 13%, 2018년에는 23%까지 치솟으며 아우토반을 달리는 자동차처럼 쾌속 주행을 이어갔다. 2014년 12월 분양가 상한제를 폐지한 것이 집값 상승을 견인했다는 분석이다. 당시 아파트를 팔지 않고 지금껏 손에 쥐고 있는 사람들은 얼마나 좋을까.

내가 그렇게 큰 손해를 본 것은 한옥을 전세 얻으며 계약을 3년으로 했기 때문이다. 정석대로 2년을 계약했으면 한 번 더 계약을 연장해 한옥에서 더 살 수도 있었을 것이고 다른 좋은 전셋집을 만났을 수도 있었다. 의미 없는 되새김질이지만 이렇게 큰 손실을 입고 나면 사람이 못나진다. 어디서부터 잘 못된 것일까? 마디마디 되짚으며 '그때 그러지 않았더라면' 하는 가정을 되풀이하고 반추와 반성을 반복하게 되는 것이다. 한 해를 버텨 2015년에만 아파트를 팔았어도 적어도 4억은 받았을 텐데. 궁금한 마음에 조회를 해보니 2015년 우리 아파트의 거래 가격은 대략 4억 7900만 원. 1년 만에 1억 2900만 원이 올랐다. 이 일을 겪으면서 나는 똑똑한 것이 똑똑한 것이 아니고, 좋은 것이 좋은 것이 아니고, 빨리 가는 것이 빨리 가는 것이 아님을 뼈저리게 느꼈다. 지금의 미소가 훗날 눈물의 씨앗이 될 수도 있는 것, 그것이 인생이다.

전라도로 여행을 다녀오는 길이었나. 후배가 전화를 했던 날이 잊히지 않는다. 아파트를 팔고 2년여가 지난 시점이었다. 그 후배 역시 나랑 같은 아파트 단지에 살고 있었는데 나와 달리 아파트를 처분하지 않고 갖고 있었다. 그가 구수한 충청도 사투리를 섞어가며 말했다.

"형 뭐 햐? 그거 알어? 그 아파트가 지금 6억 가차이 된다네. 우리 동에 있는 아파트가 최근에 그 가격에 거래됐어. 부동산 업자들 말을 들으니 계속 오를 거라네."

그는 악의 없이 '세상에, 이렇게 아파트값이 오르네' 하고 정보를 공유한 거였다.

"그래?"

얼굴이 불콰해지고 심장이 콩닥거렸다. '그렇게 기다려도 안 오르더니. 젠장, 이게 뭐야. 어떻게 산 아파트인데, 어떻게 들어간 아파트인데…' 그날부터 한 번씩 아파트값 이야기만 나오면 화가 나고 얼굴이 벌개졌다. 못나게도 만나는 사람마다 이런 이야기를 들려주며 말로 화풀이를 했다. 어느 날은 분노가 불쑥 치솟아 자다가 깬 적도 있다.

그 힘든 나날, 가족에게도 많은 말을 들었다. 엄마는 "잊어, 니 것이 아니었던 거여"라고 말했고, 큰형수는 "우리 땡갑이(내 이름 성갑이의 애칭이다) 불쌍해서 어쩌끄나이"라고 말했다. 냉정한 둘째 누나 말이 가장 큰 위안이 됐다. "그만 생각해. 정신 건강에 해로워." 그래 잊자 잊어. 장모님은 말씀하셨다. "가족이나 건강을 잃는다고 생각해보게. 그나마 돈 잃는 게 최고로 다행인 거야."

그 상황에서 내가 얻은 것을 구체적으로, 상세하게 정리해보는 시간도 나름 도움이 되었다. '아파트와 이별한 덕에 결국 이렇게 작은 집을 짓게 됐고, 아파트 레이스에서 내려와 마음 편히 살고 있다. 매일 우박처럼 쏟아지는 부동산 관련 뉴스를 들여다보지 않아도 된다. 아내와 맞벌이를 하게 되면서 경제적으로 조금은 윤택해졌고 덕분에 회사도 그만둘 수 있었다.' 그렇게 마음속에 대차대조표를 그리고 아파트를 팔아 얻을 수 있었던 것을 차근차근 떠올려보면 들끓던 마음이 조금은 진정됐다. 사랑은 사랑으로 잊히고 돈은 돈으로 잊히는 법일까?

서촌은 빌라가 아파트라더니

아파트는 팔았고, 이제 우리가 살 집을 다시 선택해야 했다. 설날이 끼어 있는 겨울의 중심이었다. 평일에도 주말에도 집을 보러 다녔지만 마음에 드는 집이 없었다. 빌라는 창을 열면 건너편에 다른 집 창문이 보일 만큼 다닥다닥 붙어 있는 경우가 많았다. 서촌은 청와대 인근이라 오랫동안 개발을 규제해온 곳이다. 그러다 점차 재산권 행사를 위해 규제를 풀어달라는 목소리가 비등해졌고 1990년대 다세대주택 건설 규제가 완화되면서 많은 단독주택 필지에 다세대주택이 들어섰다.

단독주택은 턱없이 비쌌고, 아파트를 싸게 처분한 터라 우리에겐 선택지가 많지 않았다. 다시 한번 전세를 살거나 다세대주택을 사거나 둘 중 하나였다. 그때 마음에 드는 전세를 일찍 찾았다면 서둘러 아파트를 팔지도 않았을 텐데 그런 행운은 찾아오지 않았다. 당시에도 우리가 원한 것은 전망이었다. 그저 베란다 전면이 시원하게 트여 답답하지 않으면 됐다. 높은 곳이어도 상관없었고 지하철역에서 멀어도 괜찮았다. 부동산에는 옥상도 쓸 수 있으면 좋겠다고 말했다. 그런데 막상 전세나 매물로 나온 집을 방문해보면 베란다마저 없는 곳이 대부분이었다.

아파트에 살 때도 우리에게 베란다는 중요했다. 거실과 분리되는 또 하나의 공간. 바깥 풍경과 가장 가까운 곳이라 그곳에 서면 조금이나마 마음에 바람이 들어오는 공간. 건축가

유현준 교수가 쓴 〈어디서 살 것인가〉에 평소 베란다에 관해 내가 갖고 있던 생각과 비슷한 내용이 나온다.

"현대 도시가 삭막한 이유 중 하나는 도시의 건물에 중간 지대 역할을 하는 '사이 공간'이 없어서다. 사이 공간이란 한옥의 처마 아래 툇마루 같은 공간을 말한다. 툇마루는 방 안에 있는 사람이 신발을 신지 않고 외부 공간으로 나올 수 있는 곳이다. 비 오는 날 우리는 처마 밑 툇마루에서 비를 피하면서 외부 공간을 즐길 수 있다. 우리나라의 경우 집의 내부 공간과 외부 공간은 신발을 신느냐 벗느냐로 나뉜다. 신을 벗으면 실내, 신으면 외부다. 그런데 툇마루는 신발을 벗었지만 동시에 바깥 공기와 접하는 공간이다. 내부와 외부 두 가지 성격을 다 가지고 있다고 말할 수 있다. 마당 주변으로 있는 사이 공간이 툇마루와 대청마루 덕분에 마당에 서 있어도 따뜻한 느낌을 받게 된다. 현대 도시에서 이 사이 공간의 역할은 발코니가 한다. 발코니에 널린 빨래나 그 위에서 쉬는 사람들의 풍경이 도시의 얼굴을 따뜻하게 해준다. 그러나 우리나라의 경우에는 '발코니 확장법' 때문에 발코니가 멸종됐다. 그래서 더 이상 건물의 표정이 없다. 마스크를 쓴 사람 얼굴 같은 유리창만 있다."

두 달 가까이 발품을 판 후에 마침내 원하던 곳을 찾았다. ○○빌라. 수성동 계곡에서 도보로 5분 거리인데, 맞은편에 1층 단독주택이 있어 거실 베란다 창문을 통해 동네 뒷산이 보였다. 꼭대기 층인 4층이라 옥상도 이용할 수 있었다. 경사진 높은 계단을 올라가야 했고, 지하철역에서도 걸어서 15분가량 걸렸지만 운동 삼아 걷는다고 생각하면 그만이었다. 빌라에 도착해서도 마찬가지. 엘리베이터가 없어 4층까지 걸어 올라가야 했지만 그런 것은 문제가 되지 않았다.

'이 집으로 할까?' 하는 마음이 굳어지면서 폭풍 검색을 했던 기억이 난다. 키워드는 '빌라 매매', '빌라 가격 상승', '빌라 4층', '빌라 남향' 같은 것이었다. 사람들의 생각은 참 제각각이라고 느낀 것이 어떤 사람은 "엘리베이터 없는 빌라는 절대 사지 마세요. 짐 들고 오르락내리락하는 거 쉬운 일 아니에요"라거나 "절대 사지 마세요. 도가니 나갑니다"라고 했고, 또 어떤 사람은 "돈 내고도 운동하는데 오가며 운동한다고 생각하면 나쁠 것 전혀 없어요"라고 했다. "4층짜리 빌라면 2~3층이 로열 층이에요. 4층은 춥고 덥습니다"라고 이야기하는 사람이 있는가 하면 "옥상을 쓸 수 있으니 좋겠네요. 저도 4층에 살았는데 '옥상 추억'도 많이 만들고 좋았습니다"라는 사람도 있었다.

방향에 대해서도 계속 검색했다. 겨울에도 집 안으로 빛이 길게, 오래 들어오는 남향에 대한 편애가 압도적으로 많았다. 간혹 "방향은 별로 중요하지 않아요. 아침 일찍 못 일어나고 일어날 필요도 없는 사람에겐 동향보다 서향이 좋아요. 해가 늦게 들어오니까요. 하지만 서향 집은 여름에 너무 더워 정말

힘듭니다. 북향도 생각보다 나쁘지 않습니다. 여름에 선선하다는 장점도 있고요"라는 의견도 있었다.

그렇게 계속 검색하다가 어느 순간 그만두었다. 우리 곁에는 수많은 사람이 있고 그만큼 의견도 가지각색이다. 그들의 생각은 그들의 생각일 뿐. 내 의견과 내 상황, 내 라이프스타일이 아닌데 왜 이러고 있나 하는 생각이 불현듯 들었기 때문이다. 나는 빛이 잘 드는 집이면 좋겠고, 계단을 오르내리는 데는 아무런 불편을 느끼지 않고, 마당 있는 한옥에서의 즐거움을 조금이나마 더 느끼고 싶었기 때문에 이왕이면 옥상과 가까운 층이면 좋겠고… 하면서 하나씩 생각을 정리하다 보니 점차 명확해졌다. 그래 이곳으로 하자!

가장 중요하고 또 고민스러운 것은 가격이었다. 지금 돌아보면 그 빌라의 가격은 비싼 편이었다. 18평밖에 안 되는 공간이었는데 매매가가 3억 2000만 원이었다. 25평 아파트를 3억 5000만 원에 팔았으니 겨우 3000만 원밖에 차이가 나지 않았던 거다. 게다가 우리가 판 아파트보다 7평이나 작았다. 평당 3000만 원이라고 치면 2억 1000만 원 정도 차이가 나야 하는데 거의 비슷했다. 각종 상가가 붙어 있는 것도 아니고, 화단이 있는 것도 아니고, 엘리베이터도 없고, 주차도 앞뒤로 해야 해 밥을 먹다가도 일요일에 늦잠을 자다가도 차를 빼줘야 할 경우가 많았는데 그 가격이었다. 당시 그 빌라의 가격은 비싼 듯했지만 지금 생각하면 적정한 것 같고 아파트값이 너무나 비현실적으로 느껴진다. 20평대 아파트가 9억, 10억이라니. 강남으로 가면 15억을 훌쩍 넘는 곳도 많다는데 과연 그 돈을 주고 20평대 집으로 들어가는 것이 맞는지 아무리 생각해도 잘 모르겠다.

그런데 그때는 이런 입지와 조건들을 가격과 견주어보며 냉철하게 따지지 못했다. 서촌에 살고 싶다, 전세의 설움을 또다시 겪고 싶지 않다는 마음만 컸다. 그나마 위안은 3억 2000만 원은 너무 비싼 것 같으니 1500만 원을 깎아달라고 제안해 성사시켰다는 것. 아내는 제발 그러지 좀 말라고 했지만 내겐 중요한 문제였다. 내심 기대하며 집주인의 답변을 기다리고 있었는데 그러자! 하는 쿨한 답변이 돌아왔다. 아내와 나는 쾌재를 불렀다.

하지만 그 환호성은 오래가지 않았다. 주변 시세에 비해 비싸게 산 것 같다는 의구심을 떨칠 수 없었던 것이다. 빌라 입주민들도 우리가 이사하던 한 달 내외로 "얼마에 사서 들어오신 거예요?" 하고 조심스럽게 물었는데 그 가격을 말하면 "이 집이 그렇게 올랐나?" 하고 놀라는 눈치였다. 심지어 그 집주인은 알고 보니 부동산 사장님이었다. 집주인이 따로 있는 것처럼 말했는데 기만당한 것 같아 한동안 기분이 안 좋았다. 빌라를 샀다고 하면 지인들은 안타까움에 다들 한마디씩 했다. 제일 많이 들은 말은 "빌라는 안 오르는데"였다. 그런 줄 알았나. 이제 서촌이 뜬다고 하니, 서촌에는 아파트가 없어 빌라가 아파트나 마찬가지라고 하니 또 솔깃해서 덥석 판 돈을 걸었다. 2019년 말 기준으로 그 빌라의 가격은 약 3억 6000만 원. 우리가 판 아파트의 가격은 약 10억 원. 빌라와 아파트의 가격이 그 정도밖에 차이 나지 않은 시기가 있었다는 것이 믿기지 않는다. 그러니 가격 상승을 기대하고 빌라를 사는 것은 안 될 일이다. 아파트처럼 오르는 일은 쉽게 일어나지 않는다. 내가 가진 예산에서 마음 편히 살자 하는 생각으로 빌라를 사야 하고, 그래야 행복할 수 있다.

나는 언제나 헛똑똑이였고 지나치게 감성적이었다. 작은 셈만 빨랐지 정작 큰 셈에는 뇌가 지나치게 순수하다. 정작 중요한 걸 놓치는 경우도 많았다. 재미있는 경험, 새로운 경험에 맹목적일 만큼 가치를 두는 성격이라서 재정적으로 손해를 볼 때도 많다. 돌아보니 모두 다 내게 맞는 집을 찾는 여정이었지만 조금만 더 이성적이었다면 재정적 손해를 좀 더 줄이지 않았을까 하는 아쉬움은 있다. 하지만 곱씹어봐야 무용한 일, 지금 삶에 집중하는 수밖에 없다.

돈은 못 벌었지만 행복했던 시절

각자 사정이 있고 선택의 기준도 다르지만 간혹 서울은 집 값이 너무 비싸 고민하다 수지로 간다, 동탄으로 간다 하는 후배들을 보면 우리 동네에 저렴한 집 많은데, 하는 생각이 바로 든다. 실제 4억 원(물론 여전히 큰돈이지만) 정도면 20평 안팎의 빌라를 살 수 있다. 그런데 후배들이 말하는 집은 99% 아파트다. 서울은 어지간하면 전셋값도 5억 원이 넘으니 도무지 감당할 엄두가 안 나 지방으로 내려간다는 거다. 그리고 그곳에서 그들이 다시 택하는 집은 또 아파트다. 서울과 가격 차이가 그렇게 크지도 않다. 언론에서도 중심에 두는 집은 언제나 아파트. 아파트 공화국이란 비유답게, 또 그런 나라의 언론답게 주구장창 아파트만 들여다보고, 분석하고, 걱정하고, 이야기한다. 빌라나 단독주택이 '주연'으로 대접받는 일은 거의 없다.

이번에 협소주택을 지으면서도 아파트의 위력을 다시 한번 실감했다. 단독주택은 아파트처럼 대출받기가 쉽지 않다. 대출과 관련해 상담을 했다가 "단독주택은 아파트와 달리 정형화되어 있지 않기 때문에 물건의 입지 조건 등에 따라 대출 취급도 제한되는 경우가 있다"라는 답변을 들었다. 집에 세입자를 들일 수도 있는데 대출금을 상환하지 못할 경우 그 세입자에게 변제권을 우선적으로 주어야 하기 때문에 방 하나당 3000만 원 이상 제하는 것이 현행 법률이다. 방이 3개면 약 1억 원. 총대출금액에서 1억 원을 제외해야 하니 사실상 대출이 안 된다고 봐도 무방하다. 나는 이런 부조리가 개선되어야 아파트값도 잡을 수 있다고 생각한다. 아파트가 아닌 집에 대한 차별과 법적 규제도 없어져야 아파트 일색인 지금의 주택 구조가 조금이나마 다양해지지 않을까 싶다.

아파트만 고집하지 않는다면, 집값 상승에 대한 기대만 접어둔다면 빌라도 좋은 선택지가 될 수 있다고 생각한다. 성처럼 군건하고 위용 넘치는 고급 빌라만 말하는 것이 아니다. 작고 오래된 연립주택까지 포함해서 하는 말이다. 무엇보다 가격이 매력적이다. 신혼부부에게, 30~40대에게도 지금의 아파트값은 가히 폭력적이다. 그 돈을 구할 수 있는 사람이 과연 몇 퍼센트나 될까. 하지만 빌라는 여전히 접근 가능한 금액이다. 아파트와 비교해 대단지가 아니고 엘리베이터가 없는 곳도 많지만 그것이 '행복한 집'의 절대 조건은 아니다.

후배 중에도 서촌에 있는 오래된 빌라를 매입해 이사온 이가 꽤 된다. 그들의 삶은 좋아 보인다. 주방을 넓히고, 간접조명을 넣고, 바닥에 짙은 색 원목을 깔고, 두껍고 깨끗한 새시를 넣어 인테리어를 말끔하게 한 집을 보면 근사하다. 가격이 아파트만큼 오르지 않으니 가만있어도 통장이 두둑해지지는 않지만 이번 달 당장 대출이자를 내느라 헉헉대지도 않는다. 빌라는 아파트와 비교해 대출금이 턱없이 적게 나와 애초에 많은 빚을 질 수도 없다. 가격이 오를 거라는 장밋빛 미래는 없지만 하루하루 돈 걱정 없이 흘러간다. 직업을 잃는 등 큰

일을 겪지 않는 한 대출금을 갚고 관리비를 내느라 생활비를 쪼개고 쪼개야 할 일은 많지 않다.

1990년대에 지은 오래된 빌라를 구입해 들어가면서 우리도 2000만 원을 들여 인테리어를 했다. 이번에도 나는 그 돈이 아까워 "꼭 그렇게 돈을 써야 하나?" 잔소리를 달고 살았지만 지나고 나니 잘했다는 생각이 든다. 지나치게 장식을 한 것도 아니고 꼭 필요한 곳에만 썼다. 우선 집 전체 벽지를 뜯어내고 흰색으로 페인트칠을 했다. 베란다와 거실을 좀 더 명확히 구분하기 위해 사이에 얇은 유리문을 달았고, 현관에도 흰색 손잡이를 단 깔끔한 유리문을 더했다. 욕조 설치 공사를 했고, 주방에 싱크대를 중심으로 아일랜드 테이블을 맞췄다. 신발을 좀 더 효율적으로 수납하기 위해 철망 형태의 신발 수납장도 짜 넣었다.

내가 가장 좋아한 공간은 거실. 전면 중앙으로 책을 많이 꽂을 수 있도록 긴 선반을 여러 개 달았는데 현관문을 열면 책과 오디오, 인테리어 소품이 단정하게 정돈된 그 공간이 가장 먼저 눈에 들어와 볼 때마다 기분이 좋았다.

거실을 향해 아일랜드 테이블을 놓고 나니 주방에서 일할 때도 거실을 바라보는 구조라 소외감을 느끼지 않아 좋았다. 유이와 유지는 한 번씩 욕조에 들어가 1시간 넘게 거품 목욕을 했다. 내게 행복한 순간을 선물하는 것들을 과감히 들여놓는 일, 그래서 더 좋은 시간과 공간을 누리는 일, 그 시간이 쌓여 아름다운 추억을 만드는 일이 인테리어였다. 작은 집일수록 진짜 좋아하는 공간 하나씩은 꼭 있어야 한다고 생각하는데 그곳이 내겐 거실이었고, 아내에겐 주방이었고, 아이들에겐 욕조였다. 물론 불편한 것도 많고 신경 써야 할 것도 많았지만 그렇게 갖춰놓은 좋은 것들로 불편한 것들이 시간차를 두고 균형을 찾아가곤 했다.

저마다 그 집을 생각하면 떠오르는 이미지가 있다. 빌라를 생각하면 나는 유이가 그린 우리 가족의 모습이 떠오른다. 스케치북에 그린 것을 가위로 오려 거실 한쪽에 붙여두었는데 그 그림으로 빛이 떨어져 우리 가족을 환하게 비추곤 했다.

거실에는 소파 하나 없었다. 한옥에서 그랬던 것처럼 그곳에서 아이들과 춤추고 훌라후프도 돌렸다. 곡선으로 처리한 큰 새시를 열면 인왕산과 연결된 동네 뒷산이 보였다. 봄과 여름, 가을까지 점점 짙어지는 초록 숲 덕분에 집에서 보내는 시간이 답답하지 않았고, 더위가 한풀 꺾인 저녁에는 한 번씩 옥상에 올라 주변으로 펼쳐지는 마을 전경과 그 뒤를 병풍처럼 두르고 있는 인왕산, 북악산을 둘러봤다. 옥상이 마당이 돼 지인들과 삼겹살을 굽고 아이들은 자전거를 탔다. 무엇보다 생활비가 조금은 더 넉넉해져 경제적으로 숨통이 트였다. 대출이자가 빠져나가지 않으니 그 돈으로 외식하고 여행도 다닐 수 있었다.

산책만큼 좋은 건 많지 않아

빌라에서의 시간은 곧 산책의 시간이었다. 빌라에 살며 내가 받은 가장 큰 선물은 산책하는 즐거움을 알게 됐다는 것이다. 집으로 가는 길은 경사가 심했다. 결코 야트막한 언덕이라고 할 수 없는, 걷기 좋아하는 나 같은 사람도 어떨 때는 숨이 턱 막히고 차를 몰고 집에 가다 맞은편에서 다른 차가 오면 브레이크를 밟았다 다시 액셀러레이터를 밟는 순간에 차가 뒤로 밀리지 않을까 걱정될 정도의 경사였다. 하지만 높은 곳에 자리한 덕분에 거실 창으로 뒷산이 보였고 걸어서 5분이면 그곳에 가닿을 만큼 심적으로도, 물리적으로도 산과 가까웠다.

아침 6시에 일어나 거의 매일 뒷산을 올랐다. 어느 날은 왼쪽으로, 또 어느 날은 오른쪽으로. 왼쪽으로 꺾어 바로 숲으로 들어간 날도 있었고, 오른쪽으로 크게 돌아 옥인동 주택가를 쉬엄쉬엄 구경하며 올라간 적도 있었다. 한때 아파트가 있었지만 다 허물고 그 자리에 다시 풍성한 자연이 들어선 수성동 계곡은 제법 규모도 크고 다양한 풍경이 펼쳐지는 곳이다. 커다란 너럭바위와 깊은 계곡이 있는가 하면, 완만한 경사로 계곡물이 흘러 봄이면 올챙이 잡는 꼬마들로 북적이는 곳도 있다. 산책로를 따라 발걸음을 옮기다 보면 서울시가 공원과 산 관리를 무척 잘한다는 것을 알 수 있다. 겨울에는 눈길에 미끄러지지 말라고 멍석을 깔아두었고, 경사가 심한 곳에도 나무 계단을 설치했다. 약수터 수질 검사도 정기적으로 이뤄졌고, 운동기구가 있는 공터 옆으로 수풀이 무성해지는가 싶으면 어김없이 공원관리과에서 나와 말끔하게 정리해주었다. 장모님이 서울에 올라오시면 한 번씩 산책을 했는데 "정 서방, 진짜 좋은 집에 사는 거야. 산이 이렇게 가까운 집이 서울에 얼마나 되겠나" 하시면서 좋은 말씀을 해주셨다.

운동화를 신고 가벼운 차림으로 이른 아침 산과 숲을 건너다 휴대폰을 꺼내 사진을 찍는 날이 많았다. 그늘이 미처 떠나지 않은 오솔길, 산벚꽃과 진달래가 흐드러지는 '가온다리' 주변의 깊은 계곡, 깨끗한 구름과 하늘이 더욱 선명하게 보이는 서울성곽길…. 즐거운 마음으로 자연을 보고 사진을 찍고 있으면 우리 생애 끝끝내 질리지 않을 유일한 존재는 결국 자연이 아닐까 싶은 생각이 들었다.

매일 같은 날이 없다는 것도 산책을 계속하게 하는 힘이었다. 새소리로 요란한 날도 있고, 그 많던 새들은 다 어디로 갔나 싶을 만큼 적요한 날도 있었다. 아침 산책을 하고 나면 상쾌한 기분과 좀 더 순한 마음으로 하루를 시작할 수 있었다. 산책의 즐거움은 역시 몸과 마음이 서서히 열리면서 산소가 공급되는 듯한 느낌을 받는 것이다. 마음에 두었던 아이디어도 발효를 거치면서 한층 업그레이드된 내용으로 쭉쭉 올라와 휴대폰을 꺼내 계속 메모를 하곤 했다.

물론 산책이 행복하지 않은 날도 있었다. 당시 나는 회사 일로 스트레스를 많이 받고 있었다. 1년 가까이 무척 괴로운 나날이 계속됐다. 잘해왔다고 자부하는 일에 제동이 걸리고, 내가 잘하는 것을 인정받기보다는 부족한 것에 대한 지적이 이어지던 때였다. '잘한다'는 인정과 칭찬을 오랫동안 받아서인지 따끔한 지적이 매몰차게 느껴졌다. 몇 해 전 처음 편두통을 경험하면서 '아, 늘 웃고 즐거운 나에게도 편두통이 생기는구나' 하고 슬픈 자각을 할 때가 있었는데, 한쪽 머리가 지끈지끈하고 눈두덩마저 아픈 그 두통이 다시금 똬리를 틀었다.

괴롭던 나날, 수성동계곡이 큰 위안이 되었다. 숙면을 취하지 못하니 '에이, 그냥 일어나자' 싶은 때가 많았고, 일어나 시계를 보면 5~6시일 경우가 허다했다. 어떤 때는 새벽 3시나 4시일 때도 있어 동이 틀 때까지 서운함과 괴로움에 몸을 뒤척였다. 마침내 여명이 밝아 신발끈을 조이고 수성동계곡에 오르면 그나마 숨을 쉴 수 있었다. 개울을 지나고 작은 다리를 지나 나무 계단을 오르면 작은 운동장만 한 공터가 나타났는데 그곳을 빙빙 돌곤 했다.

가끔 멍하니 아무런 생각이 나지 않을 때가 있었지만 대부분은 이런저런 생각으로 괴로웠다. 어떻게 살아야 하나, 내가 정말 잘하는 건 뭘까, 이렇게 한 달 한 달 회사 생활을 연장하는 게 무슨 의미가 있을까 싶다가 블랙코미디처럼 불쑥 기획안이 떠오르면 만족감에 엷은 미소까지 지으면서 휴대폰 메모장을 켜고 아이디어를 적었다. 회사 생활을 그래도 20년 가까이 할 수 있었던 건 더 잘하고 싶은 마음이 있었기 때문 아닐까 싶다.

산은 꼭 운동을 하려고만, 꽃놀이를 하려고만, 좋은 경치 보면서 좋은 시간을 보내기 위해서만 오르는 것이 아님을 그때 알았다. 그때 내가 산에 오른 이유는 단 하나였다. 다시 힘을 내보려고.

엄마는 몸이 좋지 않을수록 기를 쓰고 산에 올랐다. 함께 살때 보니 산에 오르는 시간을 놓치지 않으려고 잠을 쫓는 것처럼 보일 때도 있었다. 그때 엄마에게 뭐 하러 기를 쓰고 산에 오르냐고 물은 적이 있다. 엄마의 대답은 간단했다. "살라고!" 그때는 그 말의 무게를 헤아리지 못했는데 어떤 마음인지 알 것 같았다.

고민의 결과는 '그래 일단 한 달만 더 해보자. 거기까지 해보고 그래도 아니면 그때 그만두자'였다. 돌아보면 이런 과정이 몇 차례 있었다. 그러다 두 달이 되고, 6개월이 되고, 1년이 되었다. 막상 시작하고 도전해보면 그리 어려운 일이 아닌 경우도 있고 신선한 재미를 느끼는 때도 있었다. 그렇게 또 살아졌고, 바야흐로 먹구름이 걷히고 해가 뜨는 일상이 찾아왔다. 그때 집 가까이 수성동계곡이 없었다면, 부담 없이 편하게 오를 산이 없었다면 버티는 시간이 훨씬 힘들었을 것이다.

이런 빌라라면 괜찮습니다

빌라에서의 시간도 훌쩍 갔다. 평일에는 나 혼자 수성동계곡과 뒷산에 올랐고, 주말에는 아이들과 산책을 했다. 친구들과 김밥과 방울토마토를 싸가지고 나들이를 간 적도 많았다. 빌라라서 딱히 아쉽거나 불편한 것은 많지 않았는데 주차 문제는 신경이 쓰였다. 서촌에 있는 빌라 대부분 공간이 좁다 보니 앞뒤로 주차를 해야 한다. 서로 일이 있을 때 앞뒤 자리를 바꾸며 차를 대고 또 빼주는 것은 내게 큰일은 아니었다. 그런 것을 피곤하게 생각하는 타입이 아니다. 다만, 미묘한 신경전이 사람을 피곤하게 했다.

나는 1층 아저씨와 앞뒤로 공간을 함께 썼는데 아저씨가 안쪽 자리에 집착하는 편이었다. 그분도 외출을 하셨는지 차가 빠져 안쪽에 주차하면 나중에 집에 돌아오시면서 꼭 자리를 바꾸자고 했다. "예? 왜요?" 하고 물으면 어차피 자신은 차를 많이 쓰지 않으니 아예 자리를 바꿔두면 내가 나갈 때 편하지 않겠냐는 논리였다. 나는 똑똑한 사람이 못 된다. 계속 논리적으로 생각할 수 있어야 하는데 날카로움을 유지하지 못하고 첫 번째 질문에서 무너지는 경우가 많다. 이야기를 듣고 나니 또 맞는 말 같아서 자리를 바꿔주었다.

그런데 그 상황이 반복되니 아저씨가 얄밉게 느껴졌다. 나도 차를 자주 안 쓰는 건 마찬가지인데 내 차만 앞쪽에 튀어나와 한여름의 직사광선도, 눈과 비도 다이렉트로 맞고 있는 경우가 많았다. 내 차는 골프 4세대. 무려 1993년식이라 언제

퍼질지 몰라 걱정이 많은데 그런 차를 모질게 방치하는 것 같아 마음이 안 좋았다. 내 차 뒤에서 비 한 방울 맞지 않고, 앞 유리가 뜨거워질 필요도 없이 편하게 서 있는 검은색 소나타를 보면 '얘만 맨날 편하네' 하는 생각이 절로 들었다.

그러다 하루는 또 차를 바꿔 대자는 연락이 왔길래 "어르신, 저도 차 별로 안 써요. 저 나갈 때 전화 드리면 그때 빼주시면 되잖아요. 저도 그렇게 하는데" 하고 말했다. 잠시 당황하시는 것 같더니 "내가 집에 없는 때가 많다. 그러면 차도 못 빼주고 불편해서 그런다"라는 답이 돌아왔다. 그래도 괜찮으니 그냥 그렇게 하자고 했다.

얼마 후 내 차가 뒤에 있을 때 급히 나갈 일이 있어 어르신에게 전화를 했더니 밖에 있다고 했다. 결국 나는 지하철을 탔고, 그날 이후 비상시에 차를 직접 뺄 수 있게 서로 스페어 키를 하나씩 나눠 가졌다. 일이 있을 때 차를 이동하면 됐지만 불편했고 주차 문제는 빌라에 사는 동안 계속 신경이 쓰였다. 아예 그곳에서 차를 빼 거주자 우선 주차구역에 주차할까도 생각했다가 '주차 공간 뻔히 놔두고 내가 뭐 하러?' 하는 생각이 들어 그만두었다. 발품을 팔면 빌라라고 해도 일렬 주차를 할 수 있는 곳도 적지 않다. 가급적이면 그런 공간을 찾으라고 말하고 싶다.

또 하나, 흔히 오래된 빌라를 사면 인테리어에는 많은 돈을 쓰면서 정작 새시에는 돈을 아끼는 경우가 많다. 눈에 잘 띄지 않고 가격도 비싸기 때문일 텐데, 만약 오래된 새시라 외부 공기를 완벽하게 차단하지 못한다면 공사를 하는 것이 낫다. 우리 빌라 역시 마찬가지여서 겨울에 밖은 춥고 안은 따뜻하니 거의 매일 결로가 생겨 창문과 새시 테두리로 물이 뚝뚝 흘렀다. 공간이 축축해지자 곰팡이가 생겨 겨울에는 신경을 써서 창문을 열고, 못해도 2~3일에 한 번 걸레로 물을 훔치면서 관리해야 했다.

방음도 아쉬운 부분이었다. 옷방 창문을 열면 바로 앞에 다른 4층짜리 빌라가 자리를 잡고 있었는데 1층에 사시는 노부부가 이른 아침부터 저녁 늦게까지 TV를 너무 크게 틀어놔 괴로웠다. 마을버스 종점 편의점에서 아르바이트를 하시는 어른이었는데 얼굴을 알아 "어르신, TV 소리 좀 줄여주실 수 없을까요?"라고 몇 번이나 말하려다가 말았다.

그런 일들을 겪으면서 알게 된 사실은 내가 털털하거나 무던한 사람이 아니라는 것이다. 예민한 면도 많은데, 특히 타인과 불편한 감정으로 엮일 때 스트레스를 많이 받는다는 것도. 춥고 불편하고 신경 쓸 일이 많았지만 동시에 즐겁고 행복했던 한옥 생활을 그리워했던 것도 나의 그런 성향과 무관하지 않았다.

대체적으로 만족하며, 주차와 방음으로 이따금 신경 쓰는 세월을 지나 2년 가까이 살던 어느 날이었다. 아내가 이사 이야기를 꺼냈다. 아, 그녀는 정말 이사 중독인가? 대체 왜 이러는 걸까? 내심 반가운 마음도 들었다. 그녀가 가자고 하는 곳이 한옥이었기 때문이다. 빌라에서 사는 동안 공동주택은 나와 안 맞는 구석이 많다는 것을 깨달았다. 편하고 좋은 부분도 있었지만 그래 딱이야! 하는 생각은 들지 않았다. 불편하고 허름해도 단독주택이 좋았다.

화장실이 밖에 있어도 괜찮아

다시 한옥으로

믿을 수 없었다. 귀를 의심했다. 2000만 원 들여 인테리어를 하며 "이제 이곳에서 평생 살지 않을까?", "이사도 이제 힘들어"라고 말했던 아내는 효자동 한옥으로 이사를 가면 어떻겠냐고 물었다. 아내의 사주를 보면 역마살이 있다고 나오는데 이렇듯 한곳에 오래 머물지 못하는 것을 보면 '사주가 정말 맞나?' 하는 생각이 든다.

그 사이 우리에겐 큰 변화가 있었다. 효자동에 있는 가게를 덜컥 임대한 것이다. 여느 때처럼 어슬렁어슬렁 산책하던 길이었다. 자연스럽게 효자동 주택가로 들어섰는데 평소 마음에 들어 했던 가게에 '임대'라고 쓴 종이가 붙어 있었다. 이전에 그곳은 홍차를 팔던 곳 같았다. 베이지색 캐노피가 드리워져 있었고 천 아래쪽에 녹색 찻주전자가 소담하게 그려져 있었다. 높은 채도의 파란색 대문과 손잡이. 코팅을 한 것처럼 매끈한 느낌으로 마감한 바닥에 사기 그릇 파편을 툭툭 심어놓은 것까지 주인장의 감각이 고스란히 전해졌는데 문이 닫혀 있을 때가 많아 뭐 하는 곳일까 궁금했던 곳이다.

우리는 종이에 적혀 있는 부동산에 전화를 걸었고, 잠시 후 문을 열고 들어가 안쪽을 구경했다. 반지하인데 화장실까지 딸린, 제법 널찍하고 깨끗한 공간이었다. 그곳에 마음을 뺏긴 우리는 그날 밤 임대를 결정했다. 내가 더 적극적이었다. 엄마 집에 살 때 아내와 우정을 쌓은 '빨강 콜라' 언니와 살림 가게를 하면 잘될 것 같았다. 아내와 콜라 언니 모두 감각이 좋고 손끝이 야무지니 시너지 효과가 날 것 같았다. 아내는 콜라 언니에게 러브콜을 보냈고, 곧 오케이 사인이 떨어졌다. 그렇게 콜라 언니의 이름 뒷글자인 '숙', 아내의 이름 뒷글자인 '회'를 합해 '숙회'가 탄생했다.

사업을 시작하기로 했으니 아내는 효자동으로 나가는 날이 많았다. 그리고 어느 날 가게 바로 앞에 있는 한옥에서 이삿짐 빠지는 것을 본 것이다. 마침 집주인 할머니가 나와 계셔서 사정을 들어보니 이전 세입자가 잘돼 집을 사서 나가는 것이고 전세가는 2억 원이었다. 그 집 정보를 대략 적어보자면 이렇다. '화장실이 밖에 있지만 바닥에 보일러를 깔아 겨울에 그럭저럭 견딜 만함. 옷방도 마당을 지나 현관 쪽에 붙어 있음. 많이 작아 마당이랄 것도 없긴 한데 마당은 마당임.'

정보를 듣고 온 아내는 "이사 갈까?" 하고 또다시 마음이 부풀어 물었다. 그런 모습을 보면 그녀는 이사해야 사는 여자 같기도 하다. 작은형수를 봐도, 큰형수를 봐도 일상이 뭔가 반복되고 지겨운 것 같으면 형들에게 좀 도와달라 부탁하지 않고 어떻게든 무거운 가구를 이리저리 옮겨 환경을 바꾸던데 아내는 그 정도로는 욕망이 채워지지 않는 사람 같았다.

첫 번째 한옥을 너무나 좋아했고, 빌라에 살면서도 다시 한옥으로 가고 싶다고 입버릇처럼 말하던 나는 그 제안을 흔쾌히 받아들였다. 화장실이 밖에 있다는, 이번에는 방문을 뚫어 연결할 수도 없다는 것이 걸렸지만 한옥이라니 됐다. 지금 사는 빌라는 전세 주고 그 한옥으로 전세를 얻어 가자고 합의했다. 평소에는 짜장면을 먹을지 짬뽕을 먹을지 볶음밥을 먹을지도 선뜻 결정을 내리기가 힘든데 이런 결정은 앞뒤 보지 않고 바로 내릴 수 있다는 것이 신기했다. 2000만 원 들여 인테리어를 했고, 몇 주 전 참다 참다 스탠드형 에어컨을 들여놨고, 그 몇 달 전 맞춤형 옷장까지 설치한 덕에 금방 빌라 세입자를 찾았다.

또다시 새로운 모험이 시작된다니 기뻤다. 게다가 전세금 대출이라는 제도가 있다는 걸 처음 알았다. 집을 갖고 있어도 한옥이나 단독주택을 얻어 이사를 가면 저금리로 전세금을 대출해주는 제도다. 여유 자금 없이 생활비 뺀 나머지 돈은 몽땅 적금으로 묶어두었는데 만기도 안 돼 깨기는 아깝던 차에 그런 제도가 있다는 걸 알게 됐다. 금액도 1억 5000만 원 이상 빌릴 수 있지만 빚을 무서워하는 탓에 1억 2000만 원만 대출받기로 했다. 은행에서 대출금을 실행하며 집주인에게 따로 전화를 하고 사인을 받는 등 절차가 복잡했지만 집주인 할머니와 할아버지는 귀찮은 내색 한 번 하지 않고 협조해주셨다. "이 집에 들어온 사람들 다 잘돼서 나갔다"라는 말이 든든했다.

불편해서 재미있는 삶

짐을 정리하는 것도 보통 에너지가 소모되는 일이 아닌데 우리는 어쩌자고 이렇게 이사를 다니는 걸까. 뭔가 새롭게 일상을 환기하는 '이사 중독'에라도 걸린 건가? 당시 나는 나만의 콘텐츠를 만드는 고민으로 생각이 많았다. 인터뷰이를 만나 인터뷰를 하고 기사를 쓰는 건 이야기 중심이 인터뷰이에게 있는 일이다. 실감 나게 정리하지만 그건 어쩔 수 없이 간접경험이었다. 거기서 오는 아쉬움이 늘 있었다. 그런데 자의 반 타의 반으로 계속 이사를 하다 보니 가만, 이사를 다니는 것도 직접경험이 되지 않을까 하는 생각이 들었다. '#이사해야사는남자'로 SNS를 시작해볼까 하는 아이디어도 스쳤다. 그렇게 생각하니 이사 가는 길이 더 상쾌했다.

이번에는 '인테리어 비용 절대 쓰지 말자!'라고 못을 박았으나 그럴 수 없었다. 인테리어는 꼭 필요한 일이라고 생각했지만 그건 어디까지나 우리 집일 때 얘기였다. 기껏 잘 고쳐놓고 한 푼도 건지지 못하고 그 집을 빠져나와야 한다고 생각하면 어쩔 수 없이 억울한 마음이 들었다. 하지만 주방 살림살이가 꽤 많았는데 가스레인지와 개수대 위쪽에 달린 상부장과 하부장으로는 수납공간이 턱없이 부족했다. 요리책도 많았고 전자레인지, 믹서, 도시락 등을 놔둘 공간이 없었다.

또 누하목재 사장님에게 SOS를 쳤다. 미리 실측해둔 냉장고 사이즈를 공유하고 주방에 냉장고가 들어왔을 때를 가정한 후 양쪽 옆으로 각재를 박아 선반을 만들었다. 가스레인지와 개수대 위쪽 타일엔 합판만 덧대 깔끔하게 마감했다.

한옥으로 이사 가는 건 가구며 살림살이를 엄청 버리거나 작고 간단한 것으로 교체해야 하는 일이다. 옷방은 현관 옆 건넌방에 있었는데 애초에 옷장이 들어갈 만한 폭이 되지 않았다. 우리는 이사를 가면서 가구를 정리하는 북촌의 한 디자인 스튜디오에 들러 철 막대로 만든 옷걸이 3개와 알루미늄으로 다리를 만들고 그 위에 사각 유리를 얹은 거실용 테이블을 사왔다. 유이 책상도 버리고 더 작은 것으로 다시 샀다. 층고가 낮아 아이들 2층 침대는 해체해 한 칸씩 따로 놔주었다. 가구와 방이 하나하나 제자리를 잡기 시작하니 큰 불편은 없었다. '해봐야 안다'라는 말을 좋아하는데 한옥 이사도 마찬가지다. 해보기 전에는 결코 예측하기 힘든 부분이 많다. 막상 시작해보면 되는 것, 안 되는 것이 명확해지면서 나름의 방법과 창의력을 발휘하게 되고 전혀 예상치 못했던 새로운 구조와 분위기, 재미있는 인테리어가 완성된다. 슬슬 지겹고 무료해지는 일상을 환기하고 새로운 바람을 불어넣는 데 자발적 이사만큼 효과가 있는 것도 많지 않다.

간혹 도무지 방법이 없는 난관도 맞닥뜨리게 된다. 이사를 한날, 마당에 널브러진 각종 살림살이를 늦은 저녁까지 겨우겨우 방 안에 우겨 넣다시피 하고 샤워하러 화장실에 들어갔다. 옷을 벗고 샤워기 앞에 섰는데 욕실 천장에 머리가 딱! 마당 옆에 화장실 겸 보일러실을 만들어두었는데 천장이 낮아 똑

바로 서서 샤워를 할 수 없었던 것이다. "오 마이 갓", "맘마미아" 소리가 절로 나왔다.

"자기야, 자기야! 나 서서 샤워 못 해. 천장이 낮아. 똑바로 못서!" 하고 아내를 불렀더니 현장을 확인한 아내는 "어, 진짜네. 어떡해? 자기야 미안해. 앉아서 해야겠다"라고 말했다. 미안하다고 말했지만 얼굴은 웃고 있었다. 내가 가진 몇 안 되는 장점 중 하나는 이런 불편을 아무렇지도 않게 잘 견딘다는 것. "지나고 나면 다 추억이야. 하하" 하고 신나게 샤워를 했다. 며칠 후 아내는 편백나무로 만든 앉은뱅이 의자를 선물이라며 주문해주었다.

건축가 승효상이 말하는 '불편한 건축'이 이런 걸까? 불편한 덕분에 예상치 못한 활기와 즐거움을 얻게 되는 집. 건축적 구조가 잘 짜여 있고 미감도 탁월하면서 의도적으로 조금 불편하도록 동선을 설계를 한다는 것이 애초에 불편한 것 많은 우리 한옥과 다른 점이지만 뭐, 결과는 비슷비슷하지 않을까 싶다.

누하목재 사장님과의 재회

"사장님 아니었으면 한옥에 못 살았을 거예요. 감사합니다."

입주할 한옥에 들어서며 밖에서 짐 정리를 하고 계신 누하목재 사장님께 인사를 드렸다.

사장님은 우리가 서촌으로 이사를 오며, 그러니까 5년 전 한옥에 처음 둥지를 틀 때 식탁이며 주방 선반, CD장 등 수납과 정리에 필요한 이런저런 물건을 만들어주신 분이다. 젊은 목수들처럼 세련된 솜씨는 아니지만 투박하면서도 튼실하고 무엇보다 가격을 저렴하게 책정해 오랫동안 단골손님으로 목공소를 들락날락했다.

사장님은 그해 78세가 되셨지만 여전히 왕성하게 일하셨다. 이런 분을 뵈면 '역시 기술이지' 싶다가도 못도 제대로 못 박는 스스로의 '하자'를 떠올리며 곧바로 마음을 접었다. 아내가 내온 커피를 마시며 사장님과 이런저런 이야기를 나눴다. 확인병(확실한 질환이다)이 있는 나는 "사장님, 이 한옥 어떤 거 같아요? 괜찮아 보이나요?" 하고 물었다.

"이 정도면 됐지 뭐. 보일러 트니까 방도 금방 따뜻해지고 좋던데. 아직 애들이 어리잖아요? 이 정도믄 돼. 나중에 지들 방 따로따로 만들어달라고 하기 전까지는 괜찮지."

확인병이 있는 사람은 이런 이야기를 들으면 마음이 금방 안정되며 집이 어여뻐 보인다. 대화는 자연스럽게 자식 이야기로 넘어갔다. 사장님이 물었다.

"애가 둘이믄 남매?"

"아니요. 딸딸입니다."

"그라믄 하나 더 낳아요. 그래도 셋은 돼야 북적북적 사람 사는 것 같지. 우리 아들도 하나만 놓고 안 낳데. 키우기 힘들다고. 결혼한 지도 좀 됐고 전문직이라 월급도 700~800씩은 받을 텐디 벌어놓은 게 없대."

딸만 둘이라고 하면 "그라믄 하나 더 낳아야지" 하고 말씀하시는 분이 우리 동네에 한 분 더 있다. 세탁소 사장님. 누하목재 사장님과 비슷한 연배이거나 살짝 젊은 듯한 그분 역시 세상 좋은 얼굴을 하고 "하나 더 낳아. 나중에 후회한다니까"라며 애가 타는 듯 말씀하신다.

옆에서 이야기를 듣고 있던 아내가 "사장님은 자녀분이 몇이에요?" 하고 물었다.

"둘요."

"네?"

"둘이지."

하하. 우리 부부는 박장대소를 했다.

"사장님은 둘이면서 우리는 더 낳으라고 하신 거예요?"

사장님은 잠시 당황하다가 말을 이었다.

"우리는 사정이 있었어요. 그때 집사람이 골골 아픈 바람에 애를 못 낳았지. 더 갖고 싶었는데."

오후에 사장님이 다시 출동해서 안방에 책장을 설치해주셨는데 그 짜임새와 기운에 마음이 밝아졌다. 한옥은 나무의 집.

누하목재 사장님이 만드시는 가구도 모두 목가구. 같은 나무라 전혀 이질감 없이 공간에 녹아든다. 흥미로운 것은 나무의 집인 한옥은 요즘 유행하는 모듈형 철제 가구 브랜드나 화려한 현대미술 작품도 너끈히 소화한다는 것. 멋진 콘트라스트를 만들어내며 한층 근사한 공간을 빚어낸다.

책장이 들어오고 주방 옆에 수납장이 만들어지니 또 살아갈 준비가 되었다. 작고 불편한 집이지만 이곳에서도 행복할 거라는 막연한 확신이 들었다.

각각의 집에는 저마다의 즐거움이 있다

효자동 한옥을 처음 봤을 때 선뜻 정이 가진 않았다. 일단 마당이 너무 작았다. 이전 한옥에서는 마당에서 춤도 추고 삼겹살 파티도 했는데 우리 식구 넷이 둘러앉아 밥을 먹기도 쉽지 않은 크기였다. 전체적으로 어둡다는 것도 마음에 걸렸다. 주인집 마당에 있는 벽이 곧 그 한옥의 한쪽 면인 구조여서 그쪽에서는 빛 들어올 구멍이 하나도 없었다. 옥상 옆으로도, 대문 앞으로도 4~5층 되는 큰 빌라가 버티고 있어 여러모로 빛이 아쉬운 구조였다. 그나마 다행은 안방에 옆 단독주택 마당이 보이는 작은 창문이 있다는 것이었다. 주방에도 옆 빌라 주차장이 보이는 작은 창문이 있었다.

그렇듯 끌리지 않는 구조에도 선뜻 그 집을 선택한 이유는 나름의 품격 같은 것이 있었기 때문이다. 우선 서까래와 대들보가 굵었다. 얇고 흰 목재로 마감한 한옥은 천장이 그래픽디자인처럼 보일지언정 든든한 맛이 없는데 이 집은 기둥이 튼실하니 탄탄하고 듬직한 기운이 있었다. 아이들 방과 안방, 주방에 있는 작은 창에는 영창映窓을 덧댔다. 창문 바깥으로 한지 바른 미닫이문을 더한 것인데 도포를 갖춰 입은 선비처럼 격조가 느껴졌다. 그 모습이 인상적이어서 잠시 화장실이 밖에 있다는 것은 깜빡 잊고 금세 좋아라 하는 마음이 되었다.

이사를 하고 살아보니 예상대로 실내가 어두웠다. 거실에 해가 반짝 하고 풍성하게 들어올 때는 오후 1시 30분쯤부터 2시 30분쯤까지 딱 1시간 정도였다. 그 시간도 계절에 따라 달랐는데 기분 탓인지 겨울이면 유독 짧게 기별만 하고 사라지는 것 같았다. 안방은 가을을 지나 겨울이 되면 오랜 시간 동굴이었다. 어둑한 기운이 바닥과 천장에 가득했다. 처음에는 그 어둠이 낯설고 생경했지만 이내 빛이 찾아오는 시간을 간절히 기다리고, 마침내 빛이 들어오면 '금방 사라지기 전에 지금 즐겨야 해' 하는 마음이 되면서 최대한 만끽하는 습관이 들었다. 외출해서도, 밖에서 점심을 먹다가도 '어? 해 들어올 시간인데?' 하는 생각이 들면 마음이 바빠지곤 했다. 다행히 1시간 남짓 들어오는 빛은 아주 풍성해 어느 날은 라운지 체어에 앉아 책을 읽고, 또 어느 날은 바닥에 벌렁 누워 바깥문과 연결된 기둥에 두 다리를 올리고 볕을 쬐었다. 해를 느끼며 눈을 감으면 눈꺼풀 안쪽에서 빛의 아지랑이가 모양을 바꿔가며 흘러내렸다.

사생활 보호를 위해 거실 미닫이문 위로는 커다란 천을 늘어뜨렸다. 옥상으로 올라가 빗물받이 아래쪽으로 천을 내리고 그 위에 빨래집게를 숭숭 집으니 훌륭한 가리개가 완성됐다. 흰색 무명천도 좋아했지만 동화작가 겸 일러스트레이터인 김승연 작가의 그림 천을 걸어놓은 날이면 보기만 해도 기분이 좋았다. 흰색 천에 프린트된 그림은 챙이 넓은 모자를 쓰고 파란색 원피스를 입은 여인. 윤곽 위주로 심플하게 그린 그림인데 모자를 쓰고 나들이 나온 여인이 바람에 펄럭이는 모습은 휴대폰을 꺼내 수시로 동영상을 찍을 만큼 화사했다.

여름이 가까워오면 옆집 마당과 면한 안방 창문으로 분홍색 꽃을 피운 백일홍이 보였다. 화장실 변기에 앉아 있으면 화장실 문 너머 대각선으로 그 창문이 보였는데 녹색 잎 사이로 분홍색 꽃이 번지듯 보이는 풍경은 한 뼘 액자처럼 작아서, 또 한때라서 애틋했다.

주방 창문은 즐겁기도 하고 난감하기도 했다. 창문과 옥상 높이가 얼추 비슷해 빨래를 널면 햇볕에 빨래 말라가는 풍경이 온전히 보였다. 비 내리는 날은 빗줄기가 옥상 바닥으로 떨어지며 수백, 수천 개의 작은 왕관을 빚어내고 이내 연대하며 한바탕 신나는 리듬을 만들어냈다. 고난의 시간은 여름. 주방 창문은 서향으로 나 있었는데 그러잖아도 뜨겁고 강한 빛이 맞은편 빌라의 유리 새시를 때리고 굴절돼 들어오니 무슨 레이저 광선 같아서 선글라스를 끼지 않고는 조리를 할 수 없었다. 그런 모습이 스스로도 웃겼는지 아내는 그즈음 인스타그램에 이렇게 글을 올렸다. "눈멀 것 같아 선글라스 끼고 밥합니다." 에어컨도 없이, 가스레인지의 그 뜨거운 불길까지 느끼며 어떻게 요리를 했는지….

여름은 뜨거웠고, 겨울은 추웠고, 봄과 가을은 볕도 바람도 딱 적당해 외출하는 시간이 아까울 만큼 좋았다. 그렇게 지나가는 계절이 쌓이며 앉아서 샤워를 하는 데도 완벽하게 적응했다.

마당이 작은 데서 오는 즐거움도 있었다. 마당이 작아 올해는 애들 튜브 수영장을 설치해주긴 틀렸구나 싶었는데 거기에 딱 맞는 제품이 있었다. 옹색했지만 아이들은 그저 물이 있으면 충분해 보였다. 마당이 넓을 때는 아무리 화분을 사 날라도 채워지는 느낌이 없었는데 이곳은 몇 개만 놓아도 금세 화사하고 풍성한 그림이 만들어졌다.

서로 다른 구조와 크기, 모양과 분위기의 한옥에서 살면서 각각의 집에는 저마다의 즐거움이 있다는 걸 알게 됐다. 크면 큰 대로, 어중간하면 어중간한 대로, 작으면 작은 대로 나름의 즐거움과 이야깃거리가 쌓인다. 창문 크기와 위치만 달라져도 빛과 풍경, '시간의 분위기'가 더불어 달라진다는 걸 이전에는 몰랐다. 어쩌면 그 집만의 풍경과 이야기가 있어서 단독주택이라고 하는 것인지도 모르겠다. 그렇게 생각하면 부암동, 평창동, 성북동, 보문동에 있는 그 많은 단독주택은 어떤 모습과 느낌일지 궁금하다. 아이 교육 때문에, 직장 때문에 거주지를 자주 옮기는 것은 어렵겠지만 그런 것에서 비교적 자유로운 삶이라면 2년에 한 번, 4년에 한 번 새로운 단독주택을 찾아 이사를 다니는 것도 재미있고 흥미로울 것 같다. 집의 모험에서 중요한 것은 좋은 것에 가중치를 두는 것. 진짜 좋은 것이 두세 가지만 있어도 마음에 안 드는 부분은 점차 참을 만한 것이 되고, 시간이 흐르면서 그쯤 쿨하게 '패스' 하게 된다. 좋은 것들이 정말로 좋기 때문에 한두 가지 불편하거나 애로 사항은 기꺼이 감수하는 마음이 되는 것이다.

어두우니 음악을 듣게 됐다

한옥은 그 자체로 훌륭한 음악 감상실이기도 하다. 리코딩 스튜디오 '오디오가이' 최정훈 대표가 인터뷰 현장에서 들려준 말이 떠오른다. "한옥은 음악을 즐기기에 최고의 공간이에요. 천장이 높아 울림이 달라요. 미닫이문을 열어 공간을 확장할 수 있다는 것, 마당에서 음악을 들을 수 있다는 것도 매력적이지요. 비 오는 날 한옥에서 듣는 쇼팽의 녹턴이나 상쾌한 아침에 듣는 모차르트의 피아노곡은 정말 좋아요. 비와 햇살이 연주를 하는 느낌이랄까요?"

그 말을 들은 후 며칠 동안 유독 음악을 많이 들었는데 정말로 좋았다. 한옥의 목구조와 높은 천장이 고스란히 넉넉한 울림통이 됐다. 볕 좋은 날 글렌 굴드Glenn Gould의 바흐 음악을 듣고 있으면 그의 정확하면서도 화사한 연주와 바흐 특유의 영적이고 풍성한 리듬이 어우러지면서 더없이 복되고 '쩽한' 리듬이 집안 곳곳에 넘실대는 것 같았다. 음악을 들으며 빨래를 널고 신문을 보고 있으면 거의 즉각적으로 공감각적 무드가 조성되곤 했다.

마당에서 삼겹살을 구울 때는 나윤선의 〈렌토Lento〉를 즐겨 들었다. 이 음반은 기존 틀에서 완전히 벗어난 전위적이고 입체적인 결과물이다. '뚜그뚜그뚜그 덤덤덤 띠루디루디루' 등 의미 없는 스캣scat, 가사 대신 의미 없는 말로 음을 만들어 부르는 창법으로 이뤄진 '모멘토 매지코Momento Magico'를 비롯해 샹송과 재즈, 우리 민요와 팝이 자유자재로 어우러지며 때로 흥겹고, 때로 구슬픈 음악이 다채롭게 펼쳐진다. 오가는 술잔과 더불어 분위기가 점점 고조될 때 들으면 신나는 파트에서는 절로 고개를 흔들흔들하고, 서글픈 곡조에서는 잠시 차분해지기도 하는 최고의 BGM이 되었다.

가을이 깊어가는 순간부터 겨울이 끝날 때까지 많이 들은 음악은 요요마Yo-Yo Ma가 연주한 바흐 음반이었다. 좋은 날은 차분하게 음미할 수 있어 좋고, 우울하고 힘든 날은 위로받는 느낌이 들어 좋았다. 첼로는 날카로운 고음을 내는 바이올린과 묵직한 저음의 콘트라베이스 사이에 있다. 날카롭지도 둔중하지도 않은 딱 좋은 소리랄까. 가을과 겨울 사이, 만물이 고요해지는 계절의 선율 같다. 땅거미가 지거나 눈이 내리는 날, 작은 조명 하나만 켜고 CD 플레이어를 틀면 이내 '빠바바바바밤 빠바바바바밤' 하고 강물처럼 나직하고 풍성한 선율이 흘러나왔다. 그 도입부를 들으며 몇 번이나 감탄했는지 모른다.

말이 끝나는 곳에서 음악이 시작된다고 했던가. 심신이 지쳐 집에 와 음악을 듣고 있으면 어떤 말로도 대신하지 못할 위안을 받는다. 시끄러웠던 마음이 차분히 가라앉는다. 잡지기자일 때 음반 담당을 한 적이 있는데 마감하느라 아무리 바빠도 음반 기사를 쓸 때만큼은 잠시 여유를 갖고 가급적 많은 트랙의 음악을 들으려고 노력했다. 음악을 듣고 있으면 이내 다른 시공간으로 짧은 여행을 떠난 듯했다. 이어폰만 꽂으면 열리고 연결되는 또 다른 세상. 음악 듣기는 나를 다른 시공간으로 옮겨다놓는 가장 빠른 방법이었다.

요요마의 바흐가 어둠을 담당했다면 러시아의 국보급 피아니스트 그리고리 소콜로프 Grigory Sokolov가 연주한 슈베르트, 베토벤 음반은 볕 좋은 아침에 가장 많이 들은 음악이다. 두 장의 CD로 되어 있는데, 특히 첫 번째 슈베르트의 음악을 좋아한다. 이유는 간결하고 시적인 터치 덕분. 이 거장은 강약, 특히 약 파트를 감질나리만치 섬세하게 표현한다. 어떤 부분은 연인이 조심스레 서로를 애무하듯 너무도 부드럽게 건반을 눌러 마치 내가 그 손길의 대상이 된 것처럼 감미로운 기분을 느낀다. 마음속으로 아, 하고 탄성을 내뱉은 적이 몇 번이나 있다. 그러다가도 곧 폭풍우처럼 빠르게 타건을 할 때는 또 전혀 다른 음악이 된다. 몇몇 베토벤의 음반을 들어봤는데 그렇듯 드라마틱한 선율은 경험하지 못했다.

데이미언 라이스Damien Rice의 앨범 〈O〉도 반복해서 들은 음반이다. 영화 〈클로저〉에 삽입된 유명한 곡 '더 블로워스 도터The Blower's Daughter'가 실린 앨범이다. 데이미언 라이스는 뭐랄까, '한恨'의 서정을 아는 사람 같다. 대부분의 곡이 마른 바람처럼 쓸쓸하고 구슬프다. 그래서 날씨가 쌀쌀해지고, 한옥 미닫이문 틈 사이로 찬 바람이 들어오고, 보일러 온도는 17℃에서 좀처럼 올라가지 않는 날 들으면 그 맛을 오롯이 느낄 수 있었다. 그의 내한 공연을 두 번 봤는데 그는 무대에서 더

욱 근사한 사람이었다. 기타 하나 둘러메고 무대에 올라 2시간 넘게 홀로 노래하고 연주하면서도 청중을 사로잡았다. 관객을 무대에 올라오게 해 함께 노래 부르고, 여행하면서 경험한 이런저런 이야기를 들려주기도 하면서. 보헤미안 기질이 있는 그는 어느 날 훌쩍 이탈리아 토스카나 같은 곳으로 떠나 이런저런 노동으로 끼니를 때우며 방랑객처럼 떠돌다 온다. 그런 세월이 목소리와 음표에 어떤 방식으로든 다 들어가 있는 것 같다.

가끔 왜 한옥에서 들은 음악의 맛이 콘크리트 단독주택이나 아파트에서는 나지 않을까 생각해본다. 아마도 한옥에만 있는 빛과 그림자, 바람과 어둠의 '바이브'가 콘크리트 집에는 없기 때문이 아닐까 싶다.

빛을 쫓는 즐거움

언젠가 지인이 그랬다. "단독주택에 살아보고 나서야 해가 계속 이동하는 걸 알았다." 아침에 해가 떠 저녁에 저물기까지 10시에는 이 방, 2시에는 저 방에 빛이 내린 걸 눈으로 보고서야 태양의 움직임을 인식했다는 것이다. 한옥은 작은 마당을 중심으로 'ㄷ' 자나 'ㅁ' 자로 방을 배치한다. 그러다 보니 방마다 빛이 들어오는 시간이 다르다. 빛이 태부족한 방도 생긴다. 이전 한옥에서는 옷방이 그랬다. 빛이 안 들어오니 옷에 곰팡이가 피어 볕 좋은 날에는 마당에 옷가지를 다 꺼내놓고 솔로 쓸고 방망이로 두드려가며 손질해야 했다. 한가로이 해를 '놀리지' 않는 것, 한옥살이를 잘하는 첫 번째 비결이다.

두 번째 한옥 역시 빛 들어오는 시간이 다 달랐다. 가장 먼저 해가 찾아오는 곳은 안방. 출근 준비를 하며 세수를 하고 들어와 안방 미닫이문을 열면 맞은편 창호로 빛이 한가득 일렁인다. 빛 입자가 나름의 질서를 유지하며 평화로운 한때를 보내고 있는 느낌이다. 주말에는 창호를 통과한 빛이 황토색 장판 아래로 떨어지는 모습을 구경한다.

언젠가 여름날도 그랬다. 아침 8시경에 안방 미닫이문 바로 앞쪽까지 빛줄기가 뻗어나가 제법 큰 사각형을 만들더니 1시간쯤 지나자 왼쪽으로 조금 비켜서 이전보다 작은 무늬를 그려냈다. 1시간 전 형태와 다른 크기와 모양이다. 또 1~2시간 지나자 형체가 흐릿해지더니 이내 완전히 모습을 감춘다. 생겨났다 사라졌다 뭉쳤다 흩어지는 빛 입자를 볼 때면 신비로운 자연계의 한쪽을 운 좋게 구경한 듯한 기분이 든다. 작게 번졌다 사라지는 빛이지만 존재감이 확실하고 신비로운 오라 aura 가 있어 깊이 각인된다.

창호지와 한지 바른 미닫이문을 마당 삼아 일렁이는 빛을 생각하면 한국과 일본의 건축적 정서가 많이 다르다는 것을 실감한다. 한국은 환한 것에, 일본은 어둑한 것에 마음을 쓴 달까. 다니자키 준이치로가 쓴 〈음예예찬〉에 이런 구절이 나온다.

"서양인이 다다미방을 보고 그 간소함에 놀라고 다만 회색 벽이 있을 뿐 아무런 장식도 없다고 느끼는 것은 그들로서는 아무래도 당연하지만 그것은 그늘의 수수께끼를 풀지 못했기 때문이다. 우리는 그것이 아니라도 태양 광선이 들어오기 어려운 다다미방 바깥쪽으로 차양을 낸다든지 툇마루를 붙인다든지 하여 한층 햇빛을 멀리한다. 그리고 실내는 정원으로부터 반사된 빛이 장지를 통해 약간 밝게 들어오도록 한다. 우리 다다미방의 미적 요소는 이 간접적인 둔한 광선밖에 없다. 우리는 이 힘없고 초라하고 무상한 광선이 차분하게 가라앉은 다다미방의 벽으로 스며들도록 일부러 정도가 약한 색의 모래벽을 바른다. 우리로서는 이 벽 위의 밝음 혹은 옅은 어두움이 어떤 장식보다 나은 것이고 정말로 싫증이 나지 않는 것이다."

일본에 갔을 때 료칸의 정원과 다다미 깔린 방 구석에서 본 그 힘없고 초라하고 무상한 광선이 떠오르면서 감탄을 하며 읽은 글이다. 공간 곳곳에 깊은 적요가 깔려 있어 목소리를 낮추고 발걸음도 조심조심했던 기억이 난다. 그런데 햇빛을 멀리하다니, 이해 못 할 면도 있다. 아름다움과 신비로움은 분명 매력적인 것이지만 나는 빛이 자유롭고 활달하게 노니는 한국의 방과 정원에 더 마음이 간다. 달항아리의 호방하고 '밝은' 그윽함도 이런 정서와 맞닿아 있는 것 같다. 그저 환한 빛은 아파트에서도, 단독주택에서도 볼 수 있지만 한지에 영롱하게 스미는 빛은 나무 기둥이 있는 한옥이라야, 콩기름 바른 장판에 떨어져야 비로소 그 맛이 온전하게 산다. 가끔 그 빛이 그립다. 빛을 보고 빛을 쫓던 시간이 알게 모르게 내 안의 화를 누그러뜨리고 일상의 축을 잠시나마 좋은 쪽으로 옮겨주었던 것 같다.

작고 추워서 행복했던 집

"겨울에 춥지 않아요?" 내가 한옥에 산다는 걸 알게 된 사람들이 가장 먼저 묻는 말이다. 당연히 춥다. 아파트에서처럼 반팔, 반바지 차림으로 돌아다니는 것은 상상도 할 수 없다. 서까래 밑 천장에서부터 오랜 세월의 여파로 아귀가 맞지 않는 미닫이문 틈 사이사이로 바람이 솔솔 들어오면서 실내 온도가 17~18℃를 넘기기 힘들다. 추운 날이면 꽁꽁 언 나무에서 픽, 픽 섬유질 터지는 소리도 들린다. 18℃로 살면서 한 달 도시가스비가 35만 원. 처음에는 '따뜻하게나 살았으면 억울하지나 않지' 하는 마음이었는데 한 번씩 그렇게 큰돈을 내고 나면 잔액이 눈에 띄게 줄어드는 것이 처량할 뿐 겨울에는 어쩔 수 없지, 하고 받아들이게 된다.

겨울이면 봄이 옴과 동시에 지하실에 넣어뒀던 난로를 들고 올라온다. 전기난로도 써봤지만 온기가 충분하지 않아 기름 난로로 바꿨다. 3~4일을 돌리고 나면 기름이 다 떨어져 마당에 사각 기름통을 옆에 두고 빨간 호스로 주유를 해야 하는데, 그러고 있노라면 1980~1990년대로 돌아간 듯한 느낌이 든다. 언제 방영했는지 가물가물할 정도로 오래된 김수현 작가의 드라마 〈사랑이 뭐길래〉나 〈목욕탕집 남자들〉의 촬영지 같달까. 처음 이사 왔을 때 한옥에 지하실이 있다는 게 신기했는데 땅이 작을 경우 지하실을 만들어 평소 쓰지 않는 집기 등을 보관해두고 공간을 활용했다고 한다.

저녁이 되면 집 안에 들여놓은 난로 위에 보리차를 끓었다.

물이 졸아들면 채워 넣고 다시 졸아들면 또 채워 넣는다. 가장 맛있게 뜨거울 때를 골라 컵에 따라 마신다. 가래떡도 구워 먹는다. 너무 추운 날은 난로를 들고 안방으로 갔다 주방으로 갔다 한다. 저녁 늦게까지 글을 써야 하거나 일을 해야 할 때는 난로를 식탁 옆에 최대한 가까이 놓고 작업을 한다.

우리 엄마 말마따나 참 가련하게 산다 싶지만, 두 번째 한옥에 살다 보니 겨울의 한옥은 낭만적인 구석이 가장 많은 때이기도 하다. 반 실내, 반 야외인 곳으로 캠핑을 온 것처럼 방에는 난로가 들어오고 그 위에서 보리차가 끓고 떡이 구워지고 온기가 만들어지는 것이다. 유달리 센 칼바람이 불거나 눈이 쏟아질 때 미닫이문 밖으로 일렁이듯 비치는 난로의 빨간 불을 보면 모닥불을 쬐고 있는 것처럼 마음이 훈훈해졌다. 집이 집 같았다. 따뜻하고 정겨운 집.

주말에는 자주 김밥을 싸 먹었다. 한 줄 통째로 들고 뜨끈한 아랫목에 앉아 우적우적 씹고 있으면 행복했다. 난로에 보리차를 올려 따뜻하게 마실 때도 "그래 이 맛이야" 하며 감탄했다. 아침이면 고구마를 찌는 날이 많았다. 20~30분간 가스불을 켜놓으면 주방이 따뜻해져 일주일에 한 번 이상 냄비에 고구마를 올렸다. 헤르만 헤세가 "나이 들어 추억이 없으면 무슨 낙으로 살겠냐"라고 했는데 맞는 말이다. 한옥에 살면 이런저런 추억과 이야기가 돼지저금통 속 동전처럼 차곡차곡 잘도 쌓인다.

언젠가 보기 드문 만월이 뜨는 날이었다. 소식을 들어서 보긴 해야겠는데 아랫목에 누워 있으니 죽어도 나가기가 싫었다. 그래도 안 보면 후회하지 싶어 후다닥 뛰어나가 대충 보고 사진만 찍고 잽싸게 들어왔다. 어떤 사람은 커피 한잔 끓여 한옥 툇마루에 앉아 있으면 겨울에도 참 좋겠다 하지만 날이 추우면 그렇게 안 앉아 있게 된다. 총알처럼 빨리 뛰어 들어오는 것이 상책이다.

한옥에서의 겨울은 이런저런 소동과 함께 흘러간다. 강추위가 2주쯤 이어질 때 일이다. 화장실이 마당 건너 밖에 있으니 겨울에는 화장실에 들어오자마자 서둘러 문을 잠그는데 철로 된 잠금쇠가 얼어 꼼짝하지 않았다. 주방에서 바가지에 온수를 받아 쪼르르. 그렇게 해야 잠금쇠가 열리는데 날씨가 추운 날은 큰일을 보는 동안 또 금세 얼어 이번에는 화장실 안에서 온수를 받아 쪼르르. 테두리를 알루미늄 새시로 마감한 유리창에도 얼음꽃이 가득 피어 저러다 깨지는 것 아닌가 싶은데 유지는 유리창에 보석이 맺혔다고 좋아라 했다. 빨리 나가자고 해도 계속 만지고 흐르는 물에 손을 담그며 재미있어했다.

겨울에는 씻는 것도 도전 정신이 필요했다. 냉수에 몸을 담글 때처럼 입을 앙다물고 파이팅을 해야 하는 마음이 되는데, 그래도 강추위가 계속될 때는 긴장을 해서인지 오히려 더 잘 씻고 꼬박꼬박 샤워도 했다. '그래, 겨울은 추워야 제맛이지.'

추위가 다소 누그러진 어느 날, 몸 곳곳에 살얼음이 낀 것처럼 도저히 탈의할 엄두가 나지 않았다. 잠시 기다려보고, 낮게 심호흡도 해봤지만 마찬가지였다. 결국 반반 나눠 씻었다. 먼저 하의만 벗고 아래를 씻고, 주섬주섬 바지를 챙겨 입은 후 이번에는 상의를 벗고 쪼그리고 앉아 세수를 했다. 바지가 다 젖을 테니 몸통에는 물도 못 끼얹고 겨드랑이만 대충 닦았다. 이게 뭐 하는 짓이냐, 처량하구나 하는 생각도 들지 않았다. 그냥 아무 생각이 없었다.

날이 하도 추우니 마당과 면한 거실의 나무 문도 얼었다. 바깥과 온도 차가 심해 유리창에 물이 맺혀 아래쪽으로 떨어지는데 그 물이 얼어 문이 잘 안 열리는 것이다. 한 번에 힘을 줘 옆으로 밀면 드르륵 작은 얼음 깨지는 소리가 나며 문이 열렸다. 이러다 유리창이 깨지는 것 아닐까 걱정이 됐다. 깨진 유리창 사이로 황소바람이 들어올 수도 있다고 생각하니 아찔했다. 그래서 한번은 헤어드라이어로 문 이곳저곳을 말렸다. '한옥아, 제발 잘 버텨주라' 하는 마음뿐이었다. 이렇게 겨울을 나다 보면 한옥과 전우애가 생기는 것 같다. 특히 겨울엔 여기저기 계속 살피고 돌봐줘야 한다.

세탁기와 연결된 호스가 어는 날도 많았다. 오래된 한옥에 동장군이 찾아오면 하나씩 하나씩 다 언다. 수도꼭지와 연결되는 부분도 얼음으로 막혀 있는지 밸브를 조금만 돌려도 물이 화산 폭발하듯 역류했다. 호스를 바닥 쪽으로 탁탁 쳐서 그 안에 있는 얼음 조각을 다 털어냈다. 사람을 불러야 하나 싶었는데 지난번 한옥에 살 때부터 수도며 보일러를 봐주시던 주씨 아저씨가 이제 일을 안 하신단다. 언젠가 아내가 전화를 드렸더니 "응, 인자 내가 일을 좀 안 할라고 햐. 미안하게 됐어" 하셨다는 말이 떠올랐다.

앞으로도 이런 일이 반복될 테니, 수도꼭지와 호스 사이 빈틈으로 냉기가 들어가지 않게 호스만 꽉 물리면 될 것 같아 다음 날 아침 철물점에 갔다. 세상이 좋아져 요즘엔 간단하게 나온다며 잠금장치를 건네주셨다. 집에 돌아와 낑낑 이렇게 저렇게 어찌저찌하다가 밸브를 돌렸는데 콸콸. 물이 세탁기 안으로 들어가는 것이 보였다. 아싸, 성공! 못도 잘 못 박는데 스스로가 대견했다. 고쳤다! 금광이라도 발견한 것처럼 소리 지르며 방으로 들어가니 아내가 말했다. "진짜? 신기하다. 자기도 실력이 늘긴 하는구나…."

난로에 기름이 떨어지면 미리 사다놓은 기름통에서 난로로 기름을 옮겨야 한다. 직선으로 쭉 뻗은 부분은 하얗고 머리는 빨간 자바라 펌프를 기름통과 난로에 각각 넣고 빨간 머리 부분을 펌핑하면 이쪽에서 저쪽으로 기름이 쭉쭉 흘러 들어간다. 어느 날 아침에 일어나자마자 이 일을 했다. 첫 일과였다. 인스타그램에 사진을 올렸더니 패션 기자인 후배가 이런 댓글을 남겼다. "선배, 뭔가 힙해 보여요." 새침데기 선배는 이런 댓글을 남겼다. "신기하다. 이런 거 처음 봐. 대여섯 살

때부터 아파트에 살았거든." '헐, 나도 아파트에 살아봤거든요?' 뒤늦게 자바라 펌프를 이제껏 잘못 사용했다는 것도 알게 됐다. 고생하며 살았다고 자주 신세 한탄하는 후배가 알려준 바에 따르면 주름진 부분을 기름통에 넣어야 한다고. 그래야 한두 번만 눌러도 기름이 쭉 들어간단다. 어째 이상하더라니.

소설가 박완서의 글 중에 〈티타임의 모녀〉란 작품이 있다. 나는 이 작품을 신문기자 김민철이 쓴 〈꽃으로 박완서를 읽다〉를 통해 알았다. 주인공의 심리를 포착하고 주변 상황이나 정경과 녹아드는 마음을 묘사하는 데 박완서 작가가 얼마나 탁월한 솜씨를 지녔는지 실감했다. 책에서 들려주는 글을 요약하면 이렇다. 남자는 부잣집에서 도련님처럼 자란 사람인데 대학 시절 운동권으로 빠져들게 되고, 신분을 감추기 위해 공장에 들어갔다가 그곳에서 일하던 아내와 만난다. 둘은 옥탑방을 얻어 신혼 생활을 시작하는데 아내에게 그곳은 생을 통틀어 가장 행복하고 달콤한 집이었다. 〈꽃으로 박완서를 읽다〉에서도 발췌한 책의 한 구절을 옮겨본다.

"아득하고 먼 곳에서 들려오는 소리를 놓치지 않으려는 듯 그이는 잔뜩 긴장하고 있었다. 나도 방금 달을 밀어 올린 숲이 웅성대는 걸 어렴풋이 느낄 수가 있었다. 그 웅성거림은 미세한 바람이 되어 우리가 앉은 옥상의 공기를 소곤소곤 흔들고 있는 것 같았다. 이런 것이 행복이라는 거 아닐까, 나는 그 시간이 흘러가는 게 아까웠다."

그 구절을 읽으며 나는 불편하고, 작고, 추운 집이 되레 최고로 행복한 집이 될 수도 있다는 걸 확신했다. 그런 집에는 비록 더위와 추위, 비좁은 공간과 싸우는 과정일지언정 계속해서 활력과 생기가 돈다. 그 사이사이 가만 달을 올려다보기만 해도 좋고, 바람 소리만 들어도 좋은 순간이 깃든다. 부족해서 더 완전한 행복이 찾아드는 것이다.

3층짜리

협소주택에

살아요

내가 서촌에 집을 짓다니

때로 돈을 좇아, 때로 행복을 좇아 감행했던 집을 찾는 모험은 작은 땅을 사 협소주택을 짓는 것으로 이어졌다. 이번에도 징조 같은 건 없었다. 집을 짓게 될 거라고는 상상도 못 했다. 아내는 이번에는 집을 짓고 싶다고 했다. 한옥은? 지금 좋다며? 하고 따지듯 물었을 때 자신은 작더라도 마당 있는 단독주택이면 됐지 꼭 한옥을 고집한 건 아니란다. 돈이 어디 있어? 아파트 잘못 팔고 6억 넘게 손해 봤는데? 한옥 전세금 2억, 빌라 처분하면 남는 돈 1억, 그간 모아놓은 돈과 보험 두 건 해약하면 받을 수 있는 돈 합치면 도합 약 6억 원. 그 돈으로 무슨 집을 짓느냐고 따져 물었다.

아내는 가능할 것 같다고, 혹여 더 들게 되면 이렇게 저렇게 대출받으면 되지 않겠느냐고 했다. 아이고 이 사람아, 그 돈으로 지을 수 있는 집이 어디 있니. 꿈 깨라고 쏘아붙였다.

아내는 꿈을 깨지 않았고 적당한 매물을 찾아왔다. 서촌 골목길에 있는 집인데 한 지붕 두 집 형태였다. 주인은 왼쪽 집에 살고 오른쪽 집은 세를 주고 있었다. 오른쪽 집만 내놨는데 새로 지으려면 양쪽 집에 걸쳐 있는 지붕을 절단해야 했다. 지붕을 잘라보기 전까지는 왼쪽 주인집이 오른쪽 땅을 얼마나 물고 있는지 모르는 상태였고 지붕까지 잘라야 하는 난공사 때문에 오래전부터 매물로 내놨지만 거래로 이어지지 않았다. 덕분에 가격은 점점 내려갔다. 땅 면적 18평. 땅값이 3억 2500만 원이니 평당 2000만 원이 조금 안 됐다. 지금 시세에 비하면 많이 저렴한 편이다. 지붕을 잘라봤더니 우리 땅을 많이 물고 있으면 어떻게 할 거냐는 물음에 아내는 그렇다고 4~5평을 물고 있을 것도 아니고 기껏해야 1~2평일 텐데 그 정도는 상관없다고 했다. 서울에서 네모반듯한 땅은 거의 없고, 있다고 해도 비쌀 것이며, 악조건을 감수하지 않으면 결코 내 땅을 가질 수 없다고 강조했다. 더불어 1~2평 정도는 인테리어로 충분히 커버할 수 있다고 했다. 난 이 생각밖에 안 들었다. '아, 또 인테리어 비용 들겠구나.'

아내가 집을 짓는 쪽으로 마음을 굳힌 배경에는 그녀가 자주 가던 카페 사장님의 지속적인 권유가 있었다. 집 바로 앞에서 살림 가게를 운영하던 아내는 점심 식사를 한 후 종종 그곳에 놀러 갔다. 그곳 사장님은 앞집, 옆집, 뒷집, 뒷뒷집에 대해 모르는 것이 없었다. 동네 부동산 매물 정보도 아는 것이 많아 "누하동 저쪽, 자동차 공업사 뒤편 작은 집이 6억에 나왔다던데" 하는 식으로 정보를 던져주었다. 더불어 작은 집을 짓고 살아보라고, 이 카페 건물 지은 건축가가 있는데 아주 좋다고, 이 동네는 옆집 앞집 서로 땅을 물고 있고 비좁은 땅도 많아 집 짓기가 영 복잡한데, 경험 많은 그 사람이라면 충분히 지을 수 있다는 것이 요지였다.

그렇게 지금의 집도 알게 됐고, 박 소장님(가명)도 소개받았다. 취재차 엄청 많은 건축가를 만났는데 그분들은 설계비가 최소 3000만 원, 기본 5000만 원부터 시작하니 빠듯한 예산에 엄두를 못 냈다. 듣자 하니 박 소장님은 설계비를 합리적으로 책정하는 데다 추후 구렁이 담 넘어가듯 어물쩍 비용이 올라가는 것을 싫어해 어떡하든 최초 설계비를 지키려 한다고 했다. 너무 마음에 드는 부분이었다. '6억 원으로 서울에 무슨 집을 지어?'라며 부정적이던 나는 한번 보기나 하자며 집을 나섰다.

야트막한 오르막을 지나 우회전을 하니 그 집이 보였다. 좁고 볼품없고 오래돼 허물어져 가는 집. 보도블록이라도 깔끔하면 좋으련만 왼쪽으로는 옆집의 배수로가 깊게 파여 있었다. 술 먹고 들어오다가 실족하기 딱 좋았다.

옹색한 철문을 열고 안으로 들어가니 방이 제법 널찍널찍했다. 아침인데도 어둑했고 벽지는 해져 찢어진 부분이 많았다. 거뭇거뭇한 자국도 눈에 띄었다. 그러다 눈에 들어온 것은 안쪽 방 끝으로 보이는 배화여자대학교의 석축. 큼지막한 화강암이 견고하게 쌓여 있었다. 그 모습을 보니 저곳에 창문을 크게 내면 예쁘겠다는 생각이 들면서 요원할 거라 생각하던 집 짓기에 대한 생각이 '한번 적극적으로 알아봐?' 하는 쪽으로 바뀌었다. 사소한 것 한 가지가 순식간에 큰일을 마음먹게 한 것이다. 내게 그것은 역시 전망이었다. 중간중간 갈색이 돌고 자세히 보지 않아도 전해지는 굵고 거친 입자의 화강암이 쌓여 있는 모습은 든든하고 푸근했다. 앞에 커다란 2층집이 있어 전면으로는 전망이 안 나오겠지만 집 뒤쪽으로 저런 전망이 있으니 아쉬운 마음이 들지 않았다. 결국 우리는 어떻게든 그 땅을 사는 쪽으로, 열심히 가진 돈과 예산을 따져보기로 합의했다. 우리가 집을 짓는다고? 막연한 것투성이었는데 그 선망 한 가지 때문에 마음을 바꾸게 된 것이다.

가능할 것 같지 않던 집 짓기는 여차저차 돛을 올리고 앞으로 나아갔다. 매물을 보고 온 한 달 후 우리는 부동산 매매계약서에 사인을 했고, 두 달 후 집이 올라가기 시작했고, 6개월 후 마침내 협소주택을 갖게 되었다. 짧은 기간이었지만 감정의 부침과 부부 관계는 수시로 널을 뛰었다. 도무지 답이 안 나오는 순간도, 위기도 많았다.

돈

없어서

집

짓고

산다

창신동에 협소주택을 짓고 사는 최민욱 건축가란 분이 있다. 내가 진행하는 토크 프로그램에서도 연사로 모셔 강연을 들었다. 사전 미팅을 하기 위해 그의 집을 찾았을 때 내부는 어떻게 생겼을까, 정말 좁지 않게 느껴질까, 여러 가지 기대와 호기심으로 가슴이 두근거렸다. 그의 집은 창신동 언덕배기에 있는 5층짜리 협소주택. 각 층의 면적은 5평. 멀리서 보면 세로로 긴 건물이 반듯하게 서 있는 모습인데 세로로 길다고 해서 집 이름도 '세로로'다.

집에 도착해 가장 놀란 것은 주차 공간. 필로티로 띄운 1층 공간에 차를 댈 수 있었는데 한 대는 기본이고 자투리 공간까지 활용하면 두 대까지 가능했다. 주차가 두 대나 되는 협소주택이라니, 신선했다. 주차장에서 올려다본 집은 단정했다. 단열재를 건물 바깥에 붙이고 그 위에 흰색 마감재를 더해 깔끔하고 화사했다.

그리고 마침내 내부. 최민욱 건축가를 만나 차를 마시면서 둘러본 내부의 첫인상은 '작긴 하구나'였다. 5평이라고 했을 때 전혀 감이 안 왔는데 '이 정도 크기구나' 싶었다. '조금 답답할 것도 같은데' 하는 마음은 식탁 의자에 앉아 창밖을 둘러보면서 바뀌었다. 식탁 맞은편을 보니 그간 여러 기사를 통해 본 초록 숲이 손에 잡힐 듯 가깝게 펼쳐졌다. 서울성곽 아래쪽에 조성된 숲. 아직 여름이 본격적으로 시작되지 않아 나뭇잎에 연한 연둣빛이 가득했다.

그 녹색 전망은 3층, 4층, 5층에서도 계속됐다. 침대에 누울 때나 안락의자에 앉을 때, 식탁 의자에서 와인을 마실 때 늘 그 초록 풍경이 함께하니 집이 좁다고 느끼는 순간은 생각보다 많지 않을 것 같았다. 들어와 살다 보니 '이건 참 불편하네' 하는 것이나 아쉬운 부분은 없느냐고 물었다. 최민욱 건축가의 답변은 이랬다. "음, 그런 질문을 많이 받는데 정말 별로 없어요. 생각보다 더 좋고 생각보다 더 만족하며 삽니다. 저 초록 숲을 보면서 와인을 마시고 있으면 정말 너무 좋아요."

"건축가라면 당연히 다 집을 짓고 살 줄 알았는데 아파트에 사는 건축가가 의외로 많아 놀랐다. 어떻게 집 지을 생각을 했느냐?"라고 질문했다. 그의 대답이 생생하다. 4억을 들고도 서울에 전셋집을 못 얻어 고민하는 친구를 보며 그만한 돈도 없고 평생 그 돈을 벌 수도 없을 것 같아 방법을 모색하다 집을 짓게 됐다는 이야기. 이 살뜰한 5층 건물에 들어간 비용은 공사비까지 합해 3억. 지인들이 그런단다. "최 소장 돈 없어서 집 짓고 살잖아."

다시 생각해도 3억이란 비용은 정말이지 비현실적으로 와닿는다. 아무리 높은 곳에 있고 대지가 10평인 땅이라지만 서울에서 3억 원으로 지을 수 있는 집이 있다니. 비용 내역을 살펴보니 땅을 사는 데 1억, 공사비가 2억이었다. '쓸모없는 땅'이라고 여겨 땅값이 평당 1000만 원에 불과한 것이 비용을 아낄 수 있는 결정적 요인이었다.

"돈 없어서 집 짓고 살잖아"라는 말은 내게도 적용될 수 있는 애기였다. 아파트를 잘못 팔고 생긴 경제적 손실은 두고두고 발목을 잡았다. 이대로 루저가 되는 것만 같았다. 그러다 협소주택을 짓게 되었는데 비용을 따져보니 6억 원 정도가 들었다. 내역을 한번 볼까.

땅값 18평 × 평당 1805만 원 = 약 3억 2500만 원

공사비 18평 × 평당 830만 원 = 약 1억 5000만 원

설계비 = 1100만 원

기존 주택 철거비 = 1200만 원

문화재 시굴 조사비 = 250만 원

상하수도, 도시가스 설치비 = 750만 원

공사 현장 대리인 지급비 = 300만 원

취득세, 등록세 = 500만 원

인테리어 공사비 = 3000만 원

골목 진입로 보도블록과 도로포장비 = 200만 원

외부 보일러실 샌드위치 패널 공사비 = 100만 원

조경 = 71만 원

어닝 = 85만 원

이런저런 잡비와 추가 공사비로 1000만 원 정도가 들었는데

그 금액까지 다 더해도 이 집에 들어간 돈은 5억 9000만∼5억 9500만 원 선이다. 그렇게 얻은 집의 크기는 3개 층을 다 합해 약 22평, 각 층의 면적은 6∼8평이다.

이런 내막도 모르고 사람들은 서울에, 그것도 뜨는 동네라고 자주 소개되는 서촌에 집을 지었다고 하니 내가 꽤 부자인 줄 안다. 아니라고, 돈 없어서 집 지었다고 해도 들을 의지가 없다. 건물주라고 부르는 사람도 많다. 그 말이 뭐 기분 나쁘지는 않지만(가난하다, 살림이 못쓰게 됐다고 생각하는 것보다는 낫지 않나?) 적어도 부자라서 집을 지을 수 있었다는 것은 팩트가 아니다. 그저 무모한 용기였다. 용맹한 무지였던가. 돈이 많은 것을 가능하게 하지만 적어도 집을 짓게 하는 것은 돈보다 용기가 아닐까 싶다. 지나치게 꼼꼼하게 앞뒤를 재지 않고 일단 감행하는 용기.

작은 집에서 살아보니 좋다. 작은 집이지만 그 안에서 생활하는 데 익숙해지면 작다는 생각이 자주 들지 않는다. 아니, 작다는 생각을 매 순간 자각하며 살지 않는다. 먹고, 자고, 일하는 데 필요한 공간은 그 크기가 정해져 있고 공간이 더 크면 좋을 텐데 하는 아쉬운 마음이 중간중간 찾아들지언정 공간이 없어 그 일을 못 하지는 않는다. 와인 냉장고를 포함해 들여놓고 싶은 가전이나 가구가 생기면 '아, 집이 조금만 더 컸으면 좋겠다' 하는 마음이 들지만 그뿐, 좁아서 못 살겠다 하지는 않는다. 그렇게 하루하루가 쌓이고 점점 익숙해지고 편안해진다. 그러다 집 크기에 관해 별 생각이 없어진다. 조금씩 자유로워지는 것이다. 같은 구조의 옆집, 아랫집, 윗집을 드나들며 우리 집과 비교할 일도 없으니 상대적 박탈감 때문에 속이 시끄러울 일도 많지 않다. 우리 집이 작긴 하구나, 하고 실감할 때는 아주 큰 집에 취재를 다녀오거나 40평대 콘도로 여행을 갔다 올 때다. 넓은 집에 발을 들여놓는 순간 "와, 넓다" 감탄하면서 이런 집에 사는 사는 사람들은 우리 집에 오면 얼마나 답답할까 싶다. 그런 기분이 들고 나면 몇 달은 집에 사람을 들이지 않는다. 우리 집 이쁘지, 하는 푼수 같은 마음이 사라지면서 잠시 냉철하고 객관적인 사람이 되는 것이다.

단독주택에 살아 가장 좋은 것은 나만의 풍경을 갖게 된다는 것이다. 특정한 땅에 짓는 집은 특정한 풍경을 가질 수밖에 없다. 입지와 전망을 감안해 창을 내게 되는데 아무리 여러 집이 둘러싼 빼곡한 주택가에 짓더라도 한 곳 이상은 마음에 쏙 드는 풍경이 나올 확률이 높다. 가슴이 탁 트이는 '먼' 풍경일 수도 있고, 직접 일군 작은 마당과 꽃밭이 보이는 '안쪽' 풍경일 수도 있다.

우리 집에서 가장 예쁜 풍경이 보이는 곳은 3층. 부동산에 가 관련 서류를 들여다보면 땅 위치에 따라 일조권 등을 따져 이곳은 2층, 이곳은 3층 하는 식으로 층수를 정해 놓은 것을 알 수 있다. 우리 집은 2층까지만 가능한 주변 집과 달리 3층까지 올릴 수 있어 그곳으로 올라가면 시야가 막히는 것이 하나도 없다. 안방 창문으로는 배화여자대학교에 있는 300년 된 회화나무가 가득 들어와 그야말로 창문이 그 나무를 위한 액자같다. 식탁 의자에 앉으면 한쪽으로는 한옥 지붕이, 맞은편으로는 배화여자대학교의 오래된 벽돌 건물과 그 옆에 심은 큰 나무가 보인다. 이런 풍경은 협소주택엔 큰 선물이다. 가슴이 뻥 뚫리는 풍경이라 공간이 답답하게 느껴지지 않는 데 큰 역할을 한다.

지금 집에서는 멀리 청와대까지 보여 좋지만 예전 한옥에 살 때는 지금과 전혀 다른 풍경이었다. '땅집'이니 낮고 가까운 것들만 보였다. 내밀한 풍경이랄까. 멀리 보이는 풍경은 구름과 하늘이 전부였다. 나머지는 화단과 벽, 그리고 그곳을 찾아오는 빛과 그림자. 그 풍경은 마음 안에 차분히 고이는 것이라서 또 그 나름의 매력과 힘이 있었다. 한강이, 63빌딩이, 남산서울타워가 보이지 않아도 충분했다. 많은 집에서 누리기 힘든 것 중 하나가 전망이 아닐까. 집이 워낙 빼곡하게 들어선 탓에 눈앞에 풍경이 펼쳐지는 집은 생각보다 많지 않다. 그런데 단독주택을 지으면, 20평대 아파트보다도 수억 원이 덜 들어가는 단독주택을 지으면 나만의 풍경을 가질 수 있다. 그것만으로도 집을 한번 지어볼 만한 이유가 되지 않을까.

인스타그램으로 집을 팔다

돈으로만 되지 않는 것이 집 짓기지만 돈은 역시 결정적이고 핵심적인 준비물이다. 효자동 한옥의 전세 계약 기간은 2년. 만기까지 6개월이 더 남은 시점에서 땅을 봤으니 전세금을 돌려받지 못하는 상황에서 매매계약서를 써야 했다. 전세를 주고 온 우리 빌라 역시 계약 기간이 남아 있었다. 중도금까지는 어찌어찌 치르겠는데 잔금 치를 일이 막막했다. 방법이 없겠냐고 부동산 사장님께 사정을 이야기했다.

늘 깨끗한 옷차림으로 다니시는 꼼꼼하고 차분한 분위기의 사장님은 집주인과 이야기해 집을 다 지을 때까지 잔금 치르는 기간을 최대한 늘려주되 중도금을 조금 많이 지불하는 쪽으로 조율해보겠다고 이야기했다. 우리가 추가 대출을 받아 비용을 빨리 충당할 수 있으면 좋겠지만 단독주택은 멸실이나 재건축 과정에서는 대출받기가 힘드니 그것이 가장 현실적인 방법 아니겠냐면서. 아닌 게 아니라 그분 말씀이 맞았다. 집을 사기로 한 뒤 대출을 알아보러 은행에 갔는데 반응이 영 탐탁지 않았다. 체크할 것도, 처리할 서류도 많은 골치 아픈 일은 떠맡고 싶지 않은 티가 역력했다.

집에 돌아와 며칠간 이 궁리 저 궁리를 하며 돈 나올 구멍이 없을까 고민했다. 애들 앞으로 든 주택청약예금도 해지했다. 빌라와 한옥에 돈이 다 묶여 있어 어쩔 수 없이 이자율이 비싼 신용대출을 받을 수밖에 없었다. 중금리 대출도 받았다. 생소한 상품이라 찾아보니 '시중은행의 연 3~5% 대출을 이용하는 고신용자와 저축은행, 대부업체의 20%대 고금리 대출에 내몰린 저신용자 사이에 놓인 중간 정도 신용을 가진 이들을 위한 대출'이란 설명이었다. 이자율도 고신용자와 저신용자 사이의 중간. 은행이 만들어놓은 대출 상품은 어찌나 정교하고 섬세한지. 매달 나가는 이자가 아까웠지만 어쩔 수 없었다.

아파트 안 판 사람은 좋겠다, 소리가 또 스멀스멀 기어나오는 걸 간신히 참았다. 아파트만 있었으면 이런 집 두 채도 지을 수 있었겠다 하는 생각이 불현듯 든 것이다. 하지만 그 얘기를 또 꺼내는 순간 아내가 "그만 좀 해" 하고 타박할 것이 뻔했기에 목구멍까지 올라온 말을 꿀꺽 삼켰다. 아내는 집주인이 잔금 치르는 일정을 최대한 늦춰주면 좋겠다고 긴 '방백'을 했다.

얼굴을 보고 서로 이야기를 해보자고 해 부동산 사장님과 집주인, 우리 부부가 둘러앉았다. 부동산 사장님은 다시 한번 저간의 사정을 차분히 이야기했다. 동그란 눈으로 차분하게 경청하던 집주인은 "그래요. 그래도 되죠, 뭐" 하고 간단하게 말했다. 부동산 매매계약서에 사인을 하는데 아내가 "너무 감사합니다. 정말 꼭 짓고 싶었거든요" 하면서 울먹였다. '웬열' 소리가 절로 나왔다. 괜스레 무안해져 "왜 이래? 누가 보면 신혼 때부터 집도 없이 고생만 시킨 줄 알겠다"라고 면박을 주었다. 집을 짓고 사는 것이 저렇게 간절한 것이었나 싶었다.

돈 문제는 꼬리에 꼬리를 물고 계속됐다. 최종 잔금 지급일은 늦췄지만 중도금이 문제였다. 전세를 준 빌라를 어떻게든 팔아야 했다. 빌라 세입자는 신혼부부였는데 처음 우리 집을 본 순간부터 아주 마음에 들어 했다. 사정을 이야기하며 집을 구매할 의향은 없겠냐고 물었는데 "남편이 아파트를 사고 싶어 해서…"라는 답변이 돌아왔다. 아, 그놈의 아파트. 매물을 내놓은 지 두 달이 다 됐지만 연락이 없었다.

그러던 어느 날 아내는 동네 리빙 숍에 쓰지 않는 물건을 파는 '비우자비우장'에 참여했다. 내놓은 물건의 사진을 인스타그램에 차례로 올리며 관련 설명을 달았다. "오래된 원목 교구장(일정 맞춰 직접 가져가시면 그냥 드려요. 저도 유치원에서 그냥 받았거든요), 김두하 사진작가의 대형 사진 액자(좋아하는 작품인데 새 집이 작아서 액자를 걸 수 있는 벽이 없어요. ㅠㅠ 30만 원-운반 방법 및 비용 본인 부담)."

그러다 무슨 생각이 들었는지 빌라 사진까지 올리며 설명을 붙였다. "그리고 집을 팝니다(누상동에 위치한 18평형 빌라. 방 3개, 주방·거실·화장실 각 1개, 앞뒤 베란다. 좀 걸어 올라가기 때문에 전망 좋음. 빌라에 관심 있으신 분은 다이렉트 메시지 주세요)."

아침에 그 피드를 보며 나는 시쳇말로 빵 터졌다. 집도 인스타그램으로 팔다니, 어느 나눔 행사에서도 본 적 없는 파격적

아이디어였다. 당연히 아무런 기대를 하지 않았다. 누가 인스타그램을 보고 집을 산단 말인가. 그런데 거짓말처럼 연락이 왔다. 집을 사고 싶다고. 아내를 오랫동안 알고 지낸, 서촌을 좋아하는 분이었다. 집을 보더니 계약하겠다고 했다. 세상에 이런 일이. 급하게 파는 모양새이니 나 같으면 적극적으로 가격을 흥정했을 텐데 깎아달라는 말은 한마디도 없었다. 이제 막 갓난아이를 얻은 젊은 신혼부부로 남편은 서류며 절차를 알아봐 부동산 매매계약서까지 직접 진행했다. 그 덕에 부동산 중개 수수료도 들지 않았다.

나는 종교가 없다. 군대에서도 천주교, 불교, 기독교를 번갈아 '믿으며' 일요일 나들이를 했다. 각 종교마다 좋은 면과 좋은 구절이 있는데 성경의 이 말씀은 참으로 맞는 것 같다. "두드려라. 그러면 열릴 것이다."

큰 산을 넘은 우리는 본격적으로 어떤 집을 지을지 고민하기 시작했다.

집을 짓기 직전의 그 달콤한 행복

부동산 매매계약서를 쓰던 날이 생각난다. 서류를 손에 쥐고서도 실감이 나지 않았다. 우리가 서울 사대문 안에 집을 짓고 살게 되다니 신기했다. 협소주택이라지만 서울에 집을 짓는다는 사실이 워낙 크고 의미 있게 다가와 '작은 집일 뿐인데 뭐' 하는 생각은 들지 않았다.

박 소장님께 향후 스케줄을 전달받고 나름대로 집 구조와 설계에 대해 고민하던 시간은 집 짓는 시간을 통틀어 가장 행복한 순간이었다. 우리는 인스타그램에 집 계정을 추가로 만들고 집 짓는 데 참고할 만한 사진을 모으기 시작했다. 회사에 있을 때 한 번씩 아내가 그곳에 올린 사진을 보고 있으면 바로 환한 기분이 되었다. 세상엔 예쁜 집이 얼마나 많은지. 외벽을 깔끔하게 흰색으로 칠하고 그 앞으로 작은 정원을 내키 큰 대나무를 심은 집부터 개구부를 미세하게 조율해 적벽돌 사이로 화사한 빛이 거실 안쪽까지 깊이 들어오는 집, 주차장과 옥상, 발코니와 정원을 절묘하게 배치해 입체적 공간을 만들어낸 집까지 하나같이 모던하고 매력적이었다. 많은 경우가 일본 집이었는데 작은 공간도 알뜰살뜰하게 가꿔놓은 집들을 보면 정말 대단해 보였다. '우리도 이런 집을 갖게 되는 건가?' 사진을 보고 있으면 이내 달뜬 기분이 되었다.

우리에게 가장 먼저 떨어진 지령은 외장재를 뭘로 할지 결정하는 것이었다. 그걸 결정해야 거기에 맞춰 전체적인 구조와 틀을 짤 수 있다고 했다. 그 얘기를 들은 날부터 우리는 저녁마다 동네를 산책했다. 주택가 뒷골목으로 빠져 모든 집의 외장재를 살폈다. 어느 날은 청와대에서 경복궁역 쪽으로 동선을 잡으며 대로변에 있는 건물의 외장재만 훑으며 살펴봤다. 그 전까지는 무심하게 지나치던 곳들이 하나하나 특별하게 와닿았다. 나무, 콘크리트, 벽돌, 징크, 대리석, 시멘트 사이딩…. 건물이 입고 있는 '옷'이 그렇게 다양한지 미처 몰랐다.

"나는 옛날부터 빨간 벽돌집에 대한 로망이 있었는데… 견고하고 단정하잖아. 〈아기 돼지 삼 형제〉에서도 결국 바람에 안 날라간 튼튼한 집은 벽돌집이었잖아. 벽돌로 하자."

"나도. 그런데 우리 앞집이 빨간 벽돌집이잖아. 우리까지 그걸로 하면 부딪히지 않을까? 옆집 외장재가 대리석이라 대리석도 아닌 것 같고. 나무는 어때? 노출 콘크리트는?"

즐겁고 행복한 대화였다. 미래의 우리 집을 위한 것이고 꿈을 구현해나가는 과정에서 나오는 말들이니 몽글몽글한 기쁨과 온기가 가득했다. 결국 우리는 송판 노출 콘크리트로 결정을 내렸다. 회색 노출 콘크리트 표면에 송판을 붙였다 떼내 송판의 물결무늬가 잔잔히 남는 마감재였다. 오래 봐도 질리지 않고 모던한 느낌을 줄 것 같았다. 무엇보다 '무표정한' 느낌이 좋았는데 송판의 물결무늬 덕에 자세히 보면 따뜻하고 부드러운 분위기가 스치는 것이 마음에 들었다. 이런 결정을 알렸더니 소장님은 "시공비가 가장 많이 드는 걸로 잘 골랐다"라며 웃으셨다.

외장재를 결정하고 난 후에는 내부 구조를 두고 머리를 맞댔다. 1층은 거실, 2층은 아이들 방과 화장실, 3층은 안방과 주방. 식자재를 들고 3층까지 올라가려면 힘이 드니 보통 주방을 1층에 두는 모양이던데 그런 불편함과 번거로움은 고민거리도 아니었다. 화장실이 밖에 있는 집에서도 살아보고 엘리베이터가 없는 4층 빌라에서도 살아봤는데 3층 주방까지 가는 일이 뭐 그리 힘들까. 이번에도 주차 공간은 없었지만 아무렇지도 않았다. 전망이 가장 좋은 곳에 주방과 안방이 들어가야 한다는 믿음도 확고했다. 그래야 집의 '중심'이 잡힌다고 생각했다. 우리는 산책을 하며 아직 결정하지 않아도 되는 대문 풍경까지 열심히 채집했다. 퇴근 후 함께 산책하는 시간이 즐거웠다. 아내가 팔짱을 끼는 날도 많았다. 손도 잡았다. 공사가 진행되는 내내 신혼이 찾아온 듯한 기분을 느낄 줄 알았는데 웬걸, 그다음부터는 하루하루가 사막이었다.

외장재부터 내부 구조까지 기분 좋은 선택과 결정을 하나씩 마무리하고 본격적으로 공사가 시작됐다. 공사 현장 옆으로 건축 안내판도 세웠다. '건축주 정성갑' 하고 내 이름이 박히니 뿌듯하고 흐뭇한 마음을 감출 길이 없었다.

막상 공사가 시작되자 즐거울 일이 별로 없었다. 계획대로 되는 것은 거의 없었다. 아이들 방 옆으로 길게 옷장을 넣으려고 했는데 옆집 지붕이 너무 바짝 붙어 있어 그곳에 공간을 내어주며 공사를 하다 보니 그럴 만한 면적이 나오지 않았다.

아이들 방도 따로따로 못 만들어준다고 했다. 방은커녕 문도 달기 힘든 구조라고 했다. 이웃집에서는 1층 창문을 너무 크게 내 프라이버시를 침해한다며 민원을 접수했다. 과일을 사들고 옆집, 앞집으로 인사를 다녀야 했다. 인사를 다니는 것은 일도 아니었는데 옆집 사람들은 아예 대면을 하지 않으려고 했다. 집 앞에 왔다고, 인사라도 드리고 싶다고 소장님께 전달받은 휴대폰으로 문자를 보내도 아예 회신이 없었다. 그러면서 소장님에게만 컴플레인을 하는 모양이었다. 이격 거리를 제대로 지켜달라, 우리 집과 맞붙은 2층에는 창문을 내지 말아달라…. 소장님은 이런 일까지 다 알아서 하는 것이 건축가의 일이라며 신경 쓸 것 하나도 없다고 우리를 안심시켰다. 소장님의 그런 배려와 태도가 두고두고 고맙다.

크고 작은 소동에도 집은 예정대로 올라갔다. 지반을 닦는가 싶더니 1층이 올라가고 그 위로 또 한 층이 올라가고 마침내 3층이 되었다. 작은 집은 5~6개월 만에도 뚝딱 짓는다는 말이 맞았다.

공사 현장을 둘러보는 시간은 냉탕과 온탕을 계속해서 오가는 일이었다. 뚫어놓은 창문을 보면 전망이 좋아 금세 환한 기분이 됐다가 내부 면적을 가늠하다 보면 이렇게 좁아서 어디 살겠나 싶은 마음이 들어 또 금방 우울해졌다. 그런 감정은 아랑곳하지 않고 집은 모습을 갖춰갔다. 그리고 본격적으로 지뢰와 폭탄이 난무하는 고난도 게임이 시작되었다.

나의 그릇을 확인하는 생생한 현장

본인이 어떤 사람인지, 얼마만 한 그릇인지 알 수 있는 확실한 방법이 있다. 집을 지어보는 것이다. 계획대로 되는 것이라고는 거의 없는 일을 겪으면서 5억~6억 원이 넘는 큰돈을 지출하고, 결과물이 나오기까지 걱정과 불안의 연속인 시간을 6개월 넘게 겪다 보면 본성과 기질이 안 나오려야 안 나올 수가 없다. 계속해서 나를 시험하는 상황에 놓이기 때문에 본성을 숨길 수도, 속일 수도 없다. 뭍으로 내던져진 물고기처럼 금방이라도 죽을 듯이 열을 내뿜으며 매 사안마다 격렬하게 몸을 뒤트는 사람이 있는가 하면, 사우나실에서 30분 넘게 지그시 눈을 감고 있는 사람처럼 매사에 느긋한 이도 있다. 나는 100% 전자다. 성격이 무지 급하고 지출에도 예민하고 귀도 극도로 얇아 수시로 팔락이고 흔들렸다.

집을 짓는 시간은 체념에 익숙해지는 시간이기도 하다. 계획과 달리 안 되는 일이 계속 생긴다. 그럴 때마다 나는 "어떻게 된 거냐", "왜 이러냐", "소장님과 커뮤니케이션을 확실히 한 것 맞느냐"라며 아내를 들볶았고, 그런 내 모습에 지쳐 아내는 "앞으로는 나 손 뗄게. 자기가 직접 공사하시는 분들, 건축가 다 상대하며 알아서 해봐"라는 말을 몇 번이나 했다. 나의 그런 다그침에 질려 입을 다물어버리는 날도 많았다. 집 지어놓고 이혼하는 사람이 많다는데 하마터면 나도 그렇게 될 뻔했다.

위기는 기존 집을 철거하면서부터 찾아왔다. 내가 얼마나 건축법에 무지했냐 하면, 설계비에 철거비도 포함되는 줄 알았다. 철거비는 엄연히 별도였는데, 이렇게 별도인 항목이 생각보다 많았다. 현장에서 발생하는 민원을 상대하는 현장 관리인 역시 필요했는데 거기에도 1000만 원이란 큰돈이 들어갔다. 집을 짓는 과정에서 빗발치는 각종 민원을 해결해주는 사람으로, 휴대폰 번호까지 기재되기 때문에 비용도 그만큼 높단다.

가장 이해가 되지 않는 건 문화재 시굴 조사비. 사대문 안에서 집이나 건물을 올릴 때는 혹시라도 문화재가 묻혀 있는지 확인하는 시굴 조사를 해야 했는데 그 비용을 건축주가 부담하는 구조였다. '분명 나라 일인데 왜 개인이 부담하는 거지?' 상식적으로 이해가 가지 않았다. 상하수도, 도시가스 설치비도 별도였다. 각 항목별로 예산을 짜놓고 대략 이 정도면 되겠다, 하고 계획을 세워놨는데 계속 추가 비용이 발생하니 곤혹스러웠다.

그래서 나는 집을 지으려는 사람들에게 전체 예산의 20% 정도를 여유 경비로 꼭 마련해두라고 이야기한다. 좀 더 거칠게 말하면 다른 것 다 필요 없고 여유 자금만 확실히 챙겨놓으면 집 짓기가 훨씬 즐겁고 편안해진다고 강조한다. 마음을 차분히 먹어라, 건축가를 믿어라, 소소한 것에는 신경 쓰지 말아라는 그저 듣기 좋은 말. 실질적으로 도움이 되지 않는다. 돈 문제야말로 사람을 가장 예민하고 날카롭게 만드니

어차피 쓸 돈이라고 생각하고 처음부터 몫을 지어놓는 것이 마음고생 덜하며 집을 짓는 가장 확실한 비결이다.

돈으로 해결할 수 있는 건 실은 별것 아닌 일이라는 걸 측량 조사를 마친 후 알게 됐다. 1200만 원을 들여 철거 공사를 하고 보니 약 1.5평을 주인집이 물고 있었다. 비용을 치른 내 땅을 주인집이 쓰고 있는 상황이었는데 달리 손쓸 방도가 없었다. 벽을 허물면 그 집이 무너지기 때문이다. 그렇게 왼쪽 땅을 손해 봤다. 그게 다가 아니었다. 우리가 산 땅은 또 오른쪽 집 땅을 물고 있었다. 한마디로 샌드위치 신세. 왼쪽과 오른쪽에서 다 손해를 보는 입지였다. 그걸 직감했는지 옆집 남자는 철거할 때부터 처음부터 정확히 하자며 현장을 지키고 서 있었다.

결국 그 남자가 사는 오른쪽 집에도 물고 있던 땅을 내줬다. 원래 계획했던 크기는 층당 8평 정도인 3층집. 24평이면 비좁긴 해도 네 식구가 그럭저럭 살 수 있을 거라 생각했는데 막상 공사를 시작하고 나니 층당 크기가 6~8평으로 줄어들었다. 2평을 손해 본 것이다. 왼쪽 집과 지붕을 맞대고 있는 2층 공간의 타격이 가장 컸다. 각 층의 구조를 아예 다시 짜야 했다. 막상 땅을 파보니 바닥이 온통 바위라 정화조를 집 앞 골목 쪽으로 빼야 하는 등 이런저런 난관이 끝도 없이 튀어나왔다.

나는 애가 타 죽겠는데 보살 같은 아내는 이 정도는 각오했다며 태연했다. 나는 그런 모습이 또 이해가 안 가 어떻게 그럴 수 있냐며, 2평이면 돈이 4000만 원인데 도무지 이해가 안 간다며 아내를 잡았다. 그녀 잘못도 아닌데 분풀이할 대상이 아내뿐이었다.

차곡차곡 쌓인 앙금은 집을 짓고 입주한 이후까지도 영향을 끼쳤다. 어느 날 아내와 우이동에 지은 지인의 단독주택에 다녀왔다. 빛의 방향이며 풍경 같은 큰 요소는 물론 산책의 즐거움을 위해 각 층마다 바닥 높이를 세심하게 조율한 집을 둘러보면서 나는 우리 집과 다른 완성도와 디테일에 완전히 매료됐다. 우리 집은 왜 이래, 하는 생각이 고개를 내밀었다. 아내가 부러워한 지점은 달랐다. 그 집 남편분은 집이 잘 지어질까 염려하는 아내를 그야말로 듬직한 오빠처럼 차분히 다독였다고 한다. 아내가 조금이라도 조급해하면 남편은 "여러 사람이 하는 일이니까 시간 걸리는 게 당연해. 마음을 차분히 가져요" 했고, 아내가 "소장님들 잘하고 계신 것 맞지?" 하고 물으면 또 남편은 "그런 사람들도 없어. 믿어요"라고 했다. 의심도, 싸움도 일어나지 않았고 두 부부는 원만하고 평안하게 집을 지을 수 있었다. 그 집을 지으며 건축가는 부부에게 "5년만 늙게 해드리겠다"라고 했단다. 집 지으면 10년은 늙는다는데 자신들이 최선을 다해 가급적 속 썩을 일이 없도록 하겠다는 의미였다. 부부는 5년은커녕 1년도 안 늙었고, 이번 집이 너무도 마음에 들어 다음에 또 집을 지어보고 싶은 의욕과 꿈이 생겼다고 했다.

그날 아내는 집에 돌아와 그 부부의 이야기를 들으며 집을 짓기까지의 그 담담한 세월이 너무 부러웠다고 했다. 한번 불만이 터지니 제방을 무너뜨리고 쏟아져 흐르는 물길처럼 기운이 격렬해졌다. 집을 짓는 내내 내가 또 한 명의 클라이언트 같았다고, 설득하고 해명해야 할 대상이 남편이라는 게 싫었다고, 공사 막바지에는 아무 의욕도 안 생기면서 될 대로 되라는 심정이었다고 했다. 즐거웠던 집 짓기가 어느 순간 싫어졌고, 공사가 끝나고 이사까지 했지만 집을 보는 것이 즐겁지가 않다고, 마무리를 해야 하지만 이제 그만하고 싶다고도 했다. 눈물이 글썽한 그녀는 차마 이 말까지는 안 했지만 그 눈과 말을 통해 읽을 수 있었다. 나와의 관계도 그만두고 싶다고.

말하길 좋아하고, 그만큼 말도 많은 나지만 이럴 때는 입을 다물 줄 안다. 한 마디라도 더 보태면 파국으로 치달을 것 같아 입을 다물고 지금부터라도 하고 싶은 것 다 하라고 토닥토닥 등을 두드릴 수밖에 없었다. 아내는 조금 진정되는가 싶더니 그럼 이 집을 담보로 2000만 원을 대출받아달라고 했다. 그것이 나의 일이라면서. 담장도 올리고 보일러실도 예쁘게 만들고 싶다고. 이왕 짓는 집 부분부분 이상한 채로 대충 살고 싶지 않다고. 당황스러웠다. 처음부터 '빅 픽처'를 그린 것 같기도 했다. '또 왜 그래, 지금도 충분한데' 하는 마음이 들어서 얼굴이 불콰해졌다. 하지만 그 불을 꿀꺽 삼키는 수밖에 없었다. 결국 돈을 마련해주었고 아내는 작은 정원 입구에 깔끔하게 도장한 낮은 철 대문을 달았고 출입문 위에도 세련된 디자인의 비 가림막을 설치했다. 작은 것이라도 제대로, 할 때 제대로 해야 집에 있는 시간을 온전히 누릴 수 있다는 게 그녀의 생활 철학이었다.

아무 말도 못 하고 억울한 마음 반, 뉘우치는 마음 반으로 그 이야기를 듣는 시간이 나름 내게는 고충이었던 모양이다. 내상을 입은 것처럼 피곤해 그날 오후에는 생전 자지 않던 낮잠을 잤다. 겨울 이불을 머리 꼭대기까지 올리고서. 선잠이었고 지저분하게 전개되는 꿈을 여러 개 꾸었다.

집을 짓는다는 건 내 마음의 그릇을 확인하는 생생한 현장이다. 그 현장에서 배우자와 파국을 맞지 않으려면 여유 자금을 충분히 마련해두고, 집 짓기와 관련한 기본 법규 정도는 숙지하고 있어야 한다. 그리고 너무 안달복달하지 말 것. 집은 건축가가 어련히 알아서 지을 것이고, 그 과정에서 문제가 생기면 차근차근 해결하면 된다. 마음을 느긋하게 먹어야 집 안에서 일어나는 '내전'을 피할 수 있고 이혼 위기에도 내몰리지 않는다.

좋은 게 좋은 게 아니고 나쁜 게 나쁜 게 아니다

정해진 구획에 따라 거푸집을 만들고 콘크리트 타설이 이루어지면 집 뼈대가 완성된다. 그 작업이 마무리되면 큰 산을 넘었다고 생각하면 된다. 상상으로만 가능했던 집 크기와 구조가 생생하게 드러나는 시점이기도 하다. 마침내 모습을 드러낸 건물 앞에서 몇 번이나 앞뒤로 길이를 쟀는지 모른다. 벽 한쪽 끝에 발꿈치를 딱 붙이고 편한 발걸음으로 하나, 둘, 셋 하고 숫자를 세며 길이와 폭을 재본 것이다. 혹시라도 오차가 있을까 봐 이 정도면 보통 걸음이지 생각하면서 다시, 또다시. 그렇게 열두 걸음, 열네 걸음 하고 숫자가 나오면 그걸 기억했다가 살고 있는 한옥 집에 가서 다시 보통 발걸음으로 길이와 폭을 대조해본다. 집 입구에서 안쪽까지의 폭은 얼추 괜찮을 것 같은데 아무래도 전면 폭이 너무 좁을 것 같았다. '아, 여기서 한 걸음만 더 넓었어도… 아쉽긴 하지만 뭐 그런대로 괜찮겠는데?' 긴가민가하다가도, 또 어느 날은 '좁겠네!' 하면서 체념하는 날의 반복.

이후 공정이 진행되면서 그 발걸음 측량은 점점 슬픈 쪽으로 바뀌었다. 그래도 이 정도면 되겠다고 생각했는데 벽 안쪽으로 내부 단열을 하기 위한 스티로폼이 들어왔다. 두께가 15cm가량, 화이트 폼이라는 제법 두꺼운 스티로폼이 공사 현장에 쌓여 있는 걸 보고 얼마나 좌절했는지 모른다. 거기서 끝이 아니었다. 앞서 말했듯 옆집 지붕을 자르는 과정에서 2층 면적이 줄어들었고, 붙박이장 설치할 공간이 없어 결국

1층 벽면에 긴 옷장을 짜 넣다 보니 거실이자 내 서재로 사용하기로 한 공간의 폭이 드라마틱하게 줄었다. 양쪽 벽 전체가 점점 튀어나오면서 가운데 서 있는 사람을 서서히 압박하는 게임을 하는 것 같았다.

그 과정을 겪으며 특히 아쉬웠던 것이 계단 폭이었다. 큰 저택이 아닌 이상 계단 폭을 일정 수준 이상으로 해야 한다는 규정이 없어 작은 집에 맞게 나선형 디자인을 적용해 계단 비중을 줄이는 것이 일반적인데 소장님은 그러면 답답하기도 하고 나중에 짐 올리기도 힘들다며 좁으면 안 된다고 강조했다. 그 말씀도 일리가 있어 결국 소장님이 제안한 대로 계단이 들어섰는데, 골조가 올라가고 내부를 둘러보니 아무래도 집 크기에 비해 계단이 과하게 넓은 것 같았다. 한 걸음 반이나 됐다. '그러잖아도 좁은 집에 이게 뭐람. 이제 와서 계단을 부술 수도 없고….' 소장님이 원망스러웠다. 그 생각은 이사를 오고 나서 4~5개월 지날 때까지 변함이 없었다. 아무리 생각해도 넓었다. 1cm가 아쉬운 마당에 좀 더 좁게 빼주시지 하는 마음이 가시질 않았다.

이사하고 6개월쯤 지났을까. 집들이를 하고 우리도 집에 슬슬 익숙해지면서 그 계단이 조금씩 달리 보였다. 하루에도 수십 번 3층 계단을 오르락내리락하는데 만약 저 계단이 좁았다면 답답했겠다 싶었다. 그나마 저 정도 너비로 빼놓은 덕분에 3층에 놓은 냉장고도 비교적 무리 없이 올릴 수 있었다.

아직 초등학생인 아이들은 계단을 매일 뛰어다니다시피 하는데 저 정도 폭이 나오지 않았다면 활달하게 오르내릴 수 없었을 것이다. 나 역시 가끔 계단참에 앉아 벽에 등을 기대고 책도 보고 다리도 뻗는데 폭이 좁았다면 지금의 편안함을 느끼지 못했을 것이다.

그러던 차에 집들이에 온 지인이 집을 둘러본 후 이렇게 말했다. "아, 너무 예쁘고 좋아요. 특히 계단이 좋아. 협소주택이라고 하면 계단이 다 좁잖아. 나는 그 계단만 봐도 답답해지더라고. 편하게 왔다 갔다 할 수도 없고. 이 집도 그러지 않을까 생각했는데 계단이 일자로 쭉쭉 뻗어 있는 데다 폭이 넓어서 좋아요. 안 답답해." '아, 그렇구나.' 별로라고 생각한 공간이 살면서 점점 마음에 들 수도 있고, 좋다고 생각한 공간과 지점에서 점점 답답하게 느껴질 수도 있는 것. 그것이 집이다. 사랑도 움직이고 집에 대한 생각도 바뀐다. 그러니 혹 마음에 들지 않는 부분이 있으면 '일단 시간을 좀 갖자' 하는 마음으로 느긋하게 기다려볼 필요가 있다.

천장도 비슷한 경우다. 그날은 내부 페인트칠이 끝났다고 해서 퇴근길에 들렀다. 다른 곳은 다 흰색 페인트로 깔끔하게 마무리가 됐는데 천장만 노출 콘크리트 그대로였다. 천장만 쏙 빼놓고 페인트칠을 한 것이다. "이게 뭐야!" 소리가 절로 나왔다. 후반부로 갈수록 공정이 지연되고 있었기 때문에 다시 일정을 잡기도 애매했다. 마음에 들지 않았지만 "일단 좀

두고 볼게요” 하고 매듭을 지었다. 며칠 왔다 갔다 하며 천장을 올려다봤다. 나쁘지 않았다. 거칠거칠하고 일정한 간격으로 선이 나 있고 작게 파인 자국이 깔끔한 흰색 벽과 대조를 이루면서 입체적인 표정을 만들었다. 전면이 다 흰색이었다면 뻔하고 지루했을 것이다. 노출 콘크리트가 드러난 천장은 지금도 내가 무척 좋아하는 부분이다.

집을 중심으로 이런저런 일을 겪다 보니 정말이지 좋은 게 좋은 게 아니고 나쁜 게 나쁜 게 아니라는 생각이다. 좋다고 생각한 것이 불행의 첫 퍼즐 조각이 되기도 하고, ‘뭐야, 이게!’ 하며 화를 냈던 지점에서 새로운 기쁨이 싹트기도 한다. 전세로 살았던 우리의 첫 한옥. 1000만 원을 들여 공사했으니 1년을 보태 3년으로 계약한 것이 훗날 재앙의 씨앗이 될 줄 누가 알았겠는가. 그건 인생도 마찬가지일 거다. 이제 누가 승진을 했네, 돈을 많이 벌었네, 잘나가네 하는 말을 들어도 크게 요동치지 않는다. 다 지나가는 과정일 뿐 그 승진이, 그 소득이, 그 출세가 다른 불안을 안겨줄 수도 있다고 생각하기 때문이다. 그저 좋은 사람들과 맛있는 것 먹고, 마음 편히 고민과 사는 이야기를 나누고, 그날그날을 만끽하면 될 뿐.

좋은 것이 있으면 나쁜 것도 있고, 좋은 것과 나쁜 것은 동전의 양면처럼 가까운 것. 그러니 일희일비할 필요도, 건건이 불을 내뿜을 필요도 없다. 시간이 지나야만 알게 되는 것도 있다. 특히 새로 지은 집에서는.

마침내

사건이

터졌다

사람들이 집 지으면 10년은 늙는다 어쩐다 얘기해도 귀담아 듣지 않았다. 공사는 비교적 무난하게 진행됐다. 소장님이 우리와 상의 없이 몇몇 과정을 진행해 아쉽고 난감할 때가 몇 번 있었지만 뭐 어쩔 수 없지, 하고 넘겼다. 하나하나 꼬치꼬치 따지고 들면 그야말로 스스로 열이 뻗쳐 '자폭'하기 쉬운 것이 집 짓기다. 그중 하나가 화장실 문을 투명 유리로 마감한 것이었는데, 모텔도 아니고 안이 훤히 보여 집에 손님이 오는 날은 대략 난감했다. 복도 쪽에서 발소리만 들려도 부러 기침을 하며 인기척을 한다. 장모님이 오시면 큰 수건을 문에 길게 늘어뜨리고 샤워를 해야 했다.

공사를 시작한 지 6개월이 지났을 때다. 골조가 올라가고 보일러 선이 깔리고 페인트칠을 하고 정원에 나무가 들어오면서 얼추 끝이 보였다. 이제 다 끝났구나, 다행히 무난하게 넘어갔네 하고 이사를 준비하고 있는데 한 달 넘게 준공이 나지 않았다. 문제는 두 가지였다. 첫 번째는 하수관. 당연히 서울시 하수관에 연결해야 하는데 공사하시는 분들이 그 위쪽에 있는 사유지의 하수관에 우리 파이프를 연결한 것이다. 아래쪽의 서울시 하수관에 연결하는 것보다 힘도 덜 들고 비용도 덜 들어 관례적으로 그렇게 마무리를 지어버린 거다. 누가 들어도 이치에 맞지 않는 말이라 당황스러웠지만 이미 엎질러진 물, 해결 방법을 강구해야 했다.

소장님은 합의서를 써 건축주인 우리가 직접 그곳에 찾아가

보는 것이 좋겠다고 제안했다. 본인이 가면 일 처리를 정확하게 하지 않았다고 욕만 먹기 십상이라며 건축주인 우리가 사정을 설명하고 양해를 구하는 것이 빠를 거란 판단이었다. 소장님이 전달해준 합의서에는 문제가 발생할 경우 서로 잘 합의해 처리하겠다는 내용이 담겨 있었다. 소장님 말씀에 공감하면서도 발길이 떨어지지 않았다. 내가 상대 쪽이라도 이해할 수 없고, 도장을 찍어주지 않을 것 같았다. 왜 본인들이 잘못해놓고 느닷없이 찾아와 합의를 요구한단 말인가. 나 스스로도 납득이 안 돼 논리가 부족해서였는지 어렵게 찾은 상대쪽 사람은 역시 동의할 수 없다고 했다. 다시 땅을 파고 하수관을 연결하려면 약 200만 원이 드는 모양이었다. 이럴 때 돈이 충분하면 아쉬운 소리 하지 않고 깨끗하게 처리할 수 있으니 얼마나 좋을까. 돈이 들어가는 일이니 다시 한번 사정을 설명하고 양해를 구하는 수밖에 없었다. 부탁을 하고 매달리는 일은 사람을 얼마나 작게 만드는지.

또 하나는 정화조였다. 하수관이야 돈으로 해결하면 되는데 이 문제는 사안이 중대했다. 기존 주택을 철거하고 나니 집이 들어설 자리가 온통 바위였다. 걸리버가 누워도 될 만큼 넓었다. 다 깨려면 3000만 원쯤 든다고 했다. 기계가 들어올 수 없어 사람이 일일이 깨부수어야 했기 때문이다. 어쩔 수 없이 집 뒤로 넣기로 한 정화조를 도로와 면한, 깰 바위가 없는 집 앞쪽으로 옮겼다. 소장님은 나중에 이런 사정을 설명하면 괜찮을 것 같다고 했다.

결과는 아니었다. 안 괜찮았다. 정화조를 묻은 공간은 분명 우리 땅이 맞지만 화재 진압 등 비상시를 대비한 '도로 후퇴선' 공간이라 어떤 설치물도 있으면 안 되는 땅이었다. 우리 땅이지만 우리 땅이라 주장할 수 없는 땅. 한마디로 '꽝'인 땅. 담당 공무원은 애초에 도면과 다르게 집을 지었고, 쓸 수 없는 땅에 설치물이 들어가 있으니 정화조를 다른 곳으로 옮기지 않는 한 준공 허가를 해줄 수 없다고 했다. "바위가 나왔는데 어떡하냐", "이런 법규를 알았다면 처음부터 그쪽으로 정화조를 설치하지도 않았을 거다" 하고 공무원을 만나 읍소했지만 통하지 않았다. 위법을 저지르고 윤허해달라고 사정하는 셈이니 명분이 없기도 했다. "이렇게 하면 우리가 다쳐요" 하고 말하는데 더 이상 어쩔 도리가 없었다. 담당 공무원은 "설계 변경만 제때 했더라도 괜찮았을 텐데 설계도가 바뀌었으면 당연히 말씀하셨어야죠" 하고 딱하다는 듯 말했다. 속으로 생각했다. '그러게요. 그걸 알았으면 평일에 회사도 못 가고 이 고생을 하고 있지는 않겠죠.'

결국 정화조를 새로 설치하는 대규모 공사가 진행됐다. 골목 안으로 작은 포크레인이 들어와 정화조 위로 말끔하게 조성했던 작은 정원을 허물었다. 두꺼운 가죽 등산화를 신은 사람들이 집 옆으로 만들어놓은 정원의 흙을 파내기 시작했다. 작업을 시작한 지 얼마 되지도 않았는데 바로 너럭바위가 나타났다. 쇠로 만든 드릴을 굴삭기 몸체에 달아 바위를 깨보려 했지만 표면에서 미끄러지기 일쑤여서 인부 3~4명이 하루하고도 반나절을 꼬박 바위 깨는 데 매달렸다. 굴삭기가 들어와 작업하려다 보니 옆집 빈 땅을 점유할 수밖에 없었고, 옆집 남자는 자기 집 벽에 이상이 생길 시 피해 보상을 한다는 각서를 요구했다. 그 남자는 무슨 각서를 맨날 요구하는지. 그래도 불편을 끼치는 건 사실이니 문제 발생 시 변상하겠다고 A4 용지에 각서를 써 귤 한 박스와 함께 가져다주었다. 뒷집에서는 "도대체 이 집 공사는 언제 끝나냐, 불편해서 못 살겠다"라며 찾아와 항의했다.

정화조가 굴삭기 끝에 매달려 나왔다. 난 정화조가 그렇게 큰지 정말 몰랐다. 질기고 단단한 FRP섬유강화플라스틱 소재로 만든 거대한 갈색 원통형 구조물. 포크레인 갈퀴에 대롱대롱 매달려 있는데 경차보다 커 보였다.

그렇게 큰 정화조를 바닥에 묻어야 하니 바위를 더 깊이 파낼 수밖에 없었다. 각서를 쓰는 것도, 이웃을 달래는 것도 아무렇지 않았다. 당연히 양해를 구해야 하는 일이었다. 그런 건 백번이라도 하겠는데 집이 무너지면 어떡하나 싶은 공포 때문에 당최 마음이 진정되지 않았다. 한쪽 면을 저렇게 깊이 파내니 당장은 아니어도 집이 균형을 잃으면서 어느 순간 기우뚱 무너질 것만 같았다. "이렇게 깊게 파는데 집 괜찮나요?"라는 질문을 세 번도 넘게 했다. 파워풀하게 현장을 지휘하던 팀장분은 "보니까 콘크리트를 엄청 깊게 쐈고만. 그럴 일 없으니 걱정 안 해도 됩니다" 하고 말했지만 굴삭기가 더 깊이 파고들 때마다 또 금세 불안한 마음이 되었다. 그날 밤, 악몽을 여러 차례 꿨다. 창문에 균열이 가고 집이 서서히 무너지는 꿈. 꿈속에서도 "아, 정말 싫다. 왜 이런 거야" 하는 원망 섞인 말이 계속 흘러나왔다.

드디어 집 앞에 있던 정화조를 집 옆으로 옮겼다. 바위를 더 깊이 팔 수 없어 정화조 뚜껑이 모자를 쓴 것처럼 툭 튀어 올라와 다시 흙을 부어 지면을 높이는 작업이 이뤄졌다. 그 과정에서 균형이 안 맞았는지 정화조에서는 한 번씩 뭉근한, 또 어떨 때는 코를 찌르는 악취가 났다. 네이버에 검색을 해보니 '정화조 냄새 해결, 100% 해결'을 외치는 정화조 아저씨가 있었다. 험난한 현장을 척척 해결해나가는 사진이 주르르 따라 올라왔는데 모든 사진에는 '정화조 아저씨 010-○○○-○○○○' 하고 휴대폰 번호까지 빨간색으로 박혀 있었다. 세상사 안 되는 일이 없고, 각 분야마다 전문가가 따로 있구나 감탄을 했다. 샤넬의 수장이던 칼 라거펠트는 살아생전 "시대의 흐름에 맞춰 살 수 있어야 한다. 그것이 근사한 삶이다"라고 강조했는데 그분이 딱 그런 사람이었다. 멋있었다.

해결책을 찾았다는 마음으로 그분께 전화를 했다. 바로 다음 날 현장을 방문하셨는데 비용은 150만 원. 냄새만 잡을 수 있다면 비용은 크게 상관이 없어 또 한 번 공사하기로 다

짐했는데 바쁘신지, 아니면 해결이 안 되는 골치 아픈 현장이라 판단하셨는지 문자를 보내도 답이 없었다. 자신만만해 보였는데, 아쉽지만 조만간 다른 전문가를 알아보기로 했다.

"집 짓기 어렵지 않다, 꼬치꼬치 따지지 말고 소장님을 믿고 진행하면 큰 문제 없다"라고 주변에 말하고 다녔는데 보기 좋게 막판에 큰일이 터졌고 마음고생을 심하게 했다. 담담한 성격의 아내도 몸져누웠다. 아이들 태권도 띠로 머리를 질끈 동여매고 누워 있는 날이 많았는데 그런 모습을 보고 있으면 또 웃음이 터졌다. 시름시름 앓으며 그녀가 말했다. "뭐야 이게! 집 괜히 지었나 봐." 한마디로 '웃픈' 상황이었다. 인생은 정답이 없고 건축가를 상대하는 방법도 정답이 없구나 싶었다. 하나하나 꼼꼼하게 체크했다면 이런 일이 없었겠지만 소장님과의 불화로 또 다른 문제가 생겼을 수도 있다. 수도 설비, 설계 변경 같은 큰 이슈에 우선순위를 두고 건축가와 꼼꼼히 체크하는 수밖에 없다.

작은 일이라도 터지면 화를 참지 못하고 걱정이 끊이지 않는 엄마에겐 말도 못 꺼냈다. 매사에 차분한 장모님께는 저간의 사정을 말씀드렸다. 그날 밤 장모님은 "인생 공부 했다 생각하고 마음 비우고 좋은 마음으로 하게나"라는 문자를 보내셨다. 조금 진정이 됐다. 이 일을 겪으면서 소장님과 얼굴을 붉혀야 했다. 좋게 지내오던 상황에서 위기가 닥치니 얼굴을 싹 바꿔 원색적 비난을 하는 건 안 될 말이고, 소장님이 이 집을 짓느라 얼마나 고생했는지도 알기 때문에 대놓고 화를 낼 수는 없었지만 대화 사이사이 원망 섞인 말이 묻어나는 건 어쩔 수 없었다. 설계 변경을 하지 않은 것이 내내 아쉬웠다. 비용을 어떻게 조달하느냐 역시 큰 문제였다. "소장님이 잘못했으니 알아서 해결하시라"라는 말은 차마 못 하고 반씩 분담하기로 했다. 주변에서는 이해하지 못하겠다고, 왜 강하게 말하지 못하냐고 하지만 세상 일이라는 게 일련의 과정을 모두 없던 것으로 하고 특정 상황만 딱 떼어내 생각할 수 없더라. 소장님이 최선을 다해 방법을 찾아준 부분도 많다.

집 짓다 보면 10년은 늙는다! 이 통념을 보기 좋게 깨고 싶었는데, 끝내 일이 터져 우리도 별반 다를 바 없는 집 짓기 과정을 겪어 씁쓸했다. 영화 〈아웃 오브 아프리카〉에서처럼 이런 위기를 겪을 때 "신이 지금 기분이 좋은가 봐. 우리와 장난을 치시잖아"라고 말할 수 있을 만큼 마음 그릇이 큰 사람이면 좋으련만 나는 그런 성향과는 거리가 멀다.

정화조를 다시 묻고 준공도 떨어졌다. 우여곡절 끝에 정화조가 묻힌 정원을 보면 소장님의 말씀이 떠오른다. "해결 방법이 없는 문제가 큰일이지 방법이 있으면 괜찮아요. 그렇게 하면 되니까. 집을 짓다 보면 더 큰 문제도 많이 생겨요. 수도나 설비에서 문제가 생기면 진짜 골치 아파요. 그래도 해결 방법이 있는 문제이니 괜찮은 거예요." 그때는 별로 공감되지 않았지만 이렇게 해결되고 또 시간이 흐르다 보니 무슨 말씀인지 알겠다. 네모반듯하면서 가격도 저렴한 땅은 서울에 없고, 그렇지 않은 곳에 집을 짓다 보면 수많은 변수가 생길 수밖에 없다. 그 일들이 왜 내게 일어났냐고, 어쩌라는 거냐고 짜증을 내기 시작하면 집 짓기는 10년, 아니 20년 늙는 일일 수밖에 없다.

쉽지 않은 일이고, 때로 뒷목 잡고 발 동동 구르는 일이 생기더라도 집 짓기를 포기하지 않았으면 좋겠다. 다 방법이 있고, 집을 짓고 나면 좋은 것이 훨씬 많기 때문이다. 스콜피언스도 노래하지 않았던가. "노 페인, 노 게인No Pain, No Gain"이라고.

작은

집에

사는

즐거
움

이 집으로 이사 오고 나서 며칠간 가장 좋았던 것은 이제 서서 샤워를 할 수 있다는 것이었다. 이사 오기 직전에 살던 한옥에서 약 2년간 나는 앉아서 샤워를 했다. 막상 그렇게 샤워할 때는 큰 불편을 못 느꼈다. 그런데 서서 샤워를 하니 참 좋았다. 샤워기 물이 머리 위에서 쏟아져 얼굴을 타고 흘러내린다는 것이 이렇게 감동적일 줄이야. 처음 며칠은 상쾌한 전율로 몸을 떨었다. 지금은 또 금방 익숙해져 처음처럼 감동스럽지는 않지만 한옥 생활을 생각하면 편하긴 하구나 생각한다.

사람은 많은 것에 금방 익숙해진다. 공간도 마찬가지다. 처음에는 이 좁은 곳에서 어떻게 사나 막막했다. 주방은 너무 작아 요리할 맛이 나지 않았고, 퀸 사이즈 침대도 못 들어가는 안방을 보면 답답했다. 하지만 그런 생각은 살면서 희미해지거나 사라졌다. 좋은 시간도 보이기 시작했다. 모든 층에 창을 많이 낸 덕에 구석구석 볕이 잘 든다. 한마디로 환하고 밝은 집. 창밖으로는 담쟁이넝쿨이 보이고 빗소리도 잘 들린다. 씻고, 요리하고, 자는 데 필요한 물리적 공간은 정해져 있다. 그 이상은 그야말로 유휴遊休 공간, 있으면 좋겠지만 없어도 그만이다.

주방 옆으로는 작은 사이드 테이블과 전자레인지 수납함이 들어왔고, 담요를 펴고 자는 생활은 생각보다 편하다. 잘 때 펴고 일어날 때 개면 낮 시간에는 그 방에 아무것도 깔려 있지 않아 깔끔하다. 일본에서는 수면의 질을 위해 부부가 각자 싱글 침대에서 자는 것이 유행이라는데 요를 2개 깔고 따로 자보니 각자의 수면이 보장돼 좋다. 한기를 느끼며 함께 덮고 있는 이불을 당길 필요도 없고, 옆 사람이 뒤척여도 숙면할 수 있다.

집을 완성시킨 것은 역시 인테리어였다. 돈을 쓰는 효과가 가장 확실한 마법인 셈이다. 1층 한쪽 벽면 전체에 화이트 옷장이 들어왔는데 아래쪽은 책장으로 디자인해 많은 책을 무리 없이 꽂을 수 있었다. 2층 아이들 방에는 침대를 짜 넣었다. 역시 아래쪽에 수납공간을 만들어 옷장처럼 활용하고 있다. 찬장은 생각하지 않고 주방에 커다란 창을 내는 바람에 그릇 올려놓을 공간이 없었는데, 제법 큰 수납함을 짜 계단 옆쪽에 설치하는 것으로 해결했다.

건축가 김원 선생을 인터뷰했을 때 그가 한 말씀이 있다. "우리에겐 집은 무조건 커야 한다는 생각이 있어요. 집 얘기를 하면 '방이 몇 개냐'로 시작하지요. 손님방도 있어야 할 것 같고, 부모님이 오셨을 때 주무실 방도 있어야 한다고 생각합니다. 하지만 요즘 잠까지 자고 가는 손님이 어디 있습니까? 일본의 경우 자식 집에 가는 부모님 대부분 호텔에서 잡니다. 우리나라에도 이미 그런 분이 많고요. 이런 불필요한 생각을 하나씩 떨쳐버리면 큰 집의 강박에서 벗어날 수 있습니다. 중요한 것은 부동산 가치가 아니에요. 내가 집에서 얼마나 편안하고 행복하고 건강한가가 중요하지요. 물론 큰 집도 좋지만 아늑함을 느끼기에는 역시 작은 집이 좋습니다."

작은 집은 공간 구성과 구획에 더 많은 신경을 써야 한다. 버려지는 공간 없이 알차게 써야 하지만 모든 공간에 목적이 있어서도 안 된다. 온전한 휴식을 주는 쉼표 같은 공간도 공존해야 집에 있는 시간이 답답하지 않다. 그런 공간 중 하나가 3층 주방 옆에 만든 작은 욕조다. 콘크리트 위에 작고 동그란 베이지색 타일을 깐 곳. 크기가 작아 몸을 쭉 펼 수는 없지만 두 다리만 펴고 있어도 좋다. 반신욕을 하기 위해 마련한 이 공간은 우리가 집을 지을 때부터 꼭 있었으면 하는 곳이었다. 빌라에 살 때도 욕조는 있었으면 해서 작은 욕조를 매립했다. 따뜻한 물에 몸을 담그며 느끼는 느긋한 여유는 집이 주는 최고의 즐거움 중 하나다. 주방 싱크대 위에 설치한 간접조명 하나만 켜고 어둑한 집에서 욕조에 몸을 담그고 있으면 그저 좋다. 목욕을 하지 않아도 산뜻하고 개운한 기분이 들고 모든 것이 차분하게 가라앉는다.

집이 작다 보니 세면대도 화장실로 들어가지 못해 2층 복도의 계단 끝나는 곳에 가구를 짜 넣고 세면대를 올렸다. 세면대를 놓기 전까지는 복도에 가구를 들인다는 것이 대피소처럼 옹색할 것 같아 영 마뜩지 않았지만 막상 수납장과 세면대가 공간에 맞춤해 들어가니 나름 매력적이고 색다른 풍경이 연출되었다. 아니, 생각보다 훨씬 좋다. 세면대 너머로 화강

암 석축이 보이는데 봄부터 가을까지는 담쟁이넝쿨이 무성하다. 군데군데 산국화도 가지를 밀어 올려 노란 꽃을 피운다. 그런 풍경을 보며 양치를 하고 있으면 성공한 기분이 든다. 웃통을 벗고 하는 날엔 더더욱. 그 기분에 취해 '상쾌하게 하루 시작하는 훈남'을 콘셉트로 혼자 CF를 찍는 날도 있다.

단독주택에서 누리는 가장 큰 즐거움 중 하나가 빗소리일 것이다. 1층과 2층에서는 그 소리가 잘 안들리지만 옥상 바로 밑에 방이 있는 3층에서는 생생하게 들린다. 빗소리가 유독 생생하게 들리는 구조적 이유가 있다. 막상 설계를 해놓고 보니 3층 옥상으로 올라갈 방법이 없었다. 건물 바깥쪽으로 나선형 계단을 설치하자니 배보다 배꼽이 더 큰 상황이었다. 방법이 없을까 고심하던 소장님은 3층 구석에 가벽을 세우고 그 위로 뚜껑을 열고 옥상으로 올라갈 수 있는 개구부를 만들어주셨다. 뚜껑은 목재로 틀을 짜 맞추고 그 위에 철판을 덧대 완성했다. 그 사각 철판 위로 비가 떨어지는 구조라 빗줄기가 약한 날에도 3층에 있으면 토독토독 빗소리가 실로폰 소리처럼 선명하게 들린다. 세차게 내리는 날에는 더욱 크게 들린다. 옥상으로 오르는 개구부는 왼쪽에 있어 그쪽 음이 오른쪽보다 높아 좌우 밸런스가 안 맞는 스피커를 설치한 것 같을 때도 있는데 희한하게 거슬리지 않는다. 아마도 빗소리이기 때문일 것이다. 빗소리는 어차피 균일하지 않으니까. 오케스트라 연주에서 팀파니가 두둥 울리면 한쪽에서 더 파워풀하고 입체적인 소리가 만들어지는데 우리 집에서 들리는 빗소리의 음향도 꼭 그런 느낌이다.

무엇보다 좋은 것은 아파트값에 점점 무뎌진다는 것이다. 나는 이제 협소주택을 지었고 그 '욕망의 체리 동산'에서 어떤 일이 벌어지는지 예전만큼 관심이 없다. 정부가 대책을 발표할 때마다 반복되는 아우성과 횡행하는 편법, 정부의 정책을 비웃기라도 하듯 끝없이 부풀어오르는 아파트값을 보면 '참 싫다', '어떻게 이렇게 계속 오를 수가 있지?', '20평대 아파트가 10억이라니 말도 안 돼' 하는 분노 섞인 감정이 치밀어 오르지만 얼마 안 가 '나랑 상관없는 일이지' 하며 마음이 평화로워진다.

예전 같으면 기사 하나하나 눈에 불을 켜고 읽어가며 내 아파트값에 영향을 미칠 만한 이슈는 없는지, 우리 아파트가 거론되는 뉴스는 없는지 살폈겠지만 지금은 클릭조차 안 하고 넘어가는 기사가 대부분이다. 세상의 모든 일은 촘촘히 연결돼 있어 나와 상관없는 일은 없지만 그들이 좋아하고 내가 좋아하는 집 형태가 다를 수는 있다. 자기가 속한 세상에서 즐거우면 그만일 뿐 남의 세상을 기웃거릴 필요가 없다. 어쩌다 보니 아파트에서 멀어진 삶을 살게 됐고, 그 거대하고 뜨거운 감자를 들여다보지 않게 되어서 좋다. 더 이상 궁금해하지도 않고, 찾아보지도 않으며, 집착하지 않는 것이 많아질수록 삶은 조금씩 자유로워진다.

질색하던

고양이를

키우다

단독주택에 살면 매일 이야기가 쌓인다. 공통의 이야기가 아닌 단독의 이야기. 동물과 엮이는 이야기도 많다. 우리 집 막둥이가 된 고양이 '핀'과의 인연을 떠올리면 신기하기도, 운명 같기도 하다.

야옹, 야옹.

분명 집 뒤 담벼락 어딘가에서 나는 작고 희미한 소리였다. 새끼 고양이가 왔나 보네 하고 처음에는 별 관심을 두지 않았다. 그런데 아침부터 들려오던 그 소리는 점심때를 지나 저녁에 약속이 있어 집을 나갈 때까지 계속됐다. 어디에 끼었나 싶어 집 밖으로 나가 우리 집과 면한 대학 담벼락을 올려다보았다. "야옹아, 야옹아 어딨니?" 불러도 대답이 없었다. 그래서 돌아서려고 하면 다시 야옹. 고개를 들어 이쪽부터 저쪽까지 쭉 훑어보아도 웃자란 잡초와 야생화 줄기 때문에 보이지 않았다. 어쩔 수 없이 고양이를 그대로 둔 채 외출하면서 119에 전화를 했다.

"여기 종로 누하동인데요. 대학 쪽 담벼락에 고양이가 끼였는지 종일 우네요. 구출해주실 수 없을까요?"

차분히 이야기를 들은 119 대원은 "죄송하지만 이제 동물 구조는 하지 않습니다"라고 했다. 그 수많은 동물을 일일이 구조하고 다녔을 대원들의 고생을 생각하니 십분 이해가 갔다. 이제 어떻게 해야 하나 싶어 전화를 못 끊고 있으니 119 대원이 안타까운 음성으로 말했다. "죄송하지만 저희로서도 방법이 없네요." 포털 사이트 창을 열고 '동물 구조'라고 키워드를 입력하니 죄다 경기도에 있는지 031로 시작하는 전화번호뿐이다. 분명 서울에도 구조대가 있을 텐데, 생각했지만 약속이 늦어 발걸음을 재촉해야 했다.

저녁 10시쯤 집에 들어와 고양이 소리를 확인했다. 몇 분 기다릴 것도 없이 다시 희미하게 울음소리가 들렸다. 주방 문을 열고 고개를 내밀어도 안 보이고, 화장실 문을 열고 상체를 쑥 내밀어 담장 쪽을 살펴도 보이지 않았다. 이제 곧 겨울인데 얼어 죽진 않으려나 걱정을 하다 잠이 들었다. 새벽 5시쯤 잠이 깨 화장실에 가는 길에 다시 그 울음소리를 들었다. 있는 힘껏 우는 다급하고 애처로운 소리였다. '무슨 일이래…' 저러다 죽겠다 싶어 아침 6시, 대학교 후문이 열리자마자 담장 쪽으로 뛰어갔다. 고양이라면 끔찍하게 예뻐하는, 용돈이 생기면 고양이 사료를 사 동네 빈 그릇마다 밥을 채우고 다니는, 그래서 "아빠, 우리 고양이 좀 키우면 안 돼?"라고 수도 없이 물었던 유이도 부랴부랴 옷을 챙겨 입고 뒤따랐다.

담벼락 쪽에는 구내식당이 있었다. 느닷없이 식당 쪽으로 달려오는 나를 보고 영양사가 깜짝 놀라 "여기, 어떻게 오셨지요?" 라고 물었다. "담벼락 아랫집에 사는 사람인데 어제부터 새끼 고양이가 계속 울어요. 어디에 끼었나 본데 한번 보려고요." 그러고는 담벼락 위 녹색 철조망 안으로 들어갔다. 손으로 수풀을 헤치고 열심히 바닥을 살펴봐도 보이지 않았다.

울음소리도 더 이상 들리지 않았다. 마음이 다급해졌다. 바깥쪽에 있던 딸아이도 "아빠 안 보여?" 하고 재차 물었다. 에어컨 실외기를 타고 넘어가 교문 쪽 철조망 아래까지 샅샅이 뒤졌다. 그래도 고양이는 보이지 않았다. "야옹아, 어딨니?" 애타게 불러도 놀랐는지 반응이 없었다.

10분쯤 지났을까? 가까운 곳에서 야옹 소리가 다시 들렸다. 가까운 곳이었다. 잡초를 헤치고 아래쪽을 뒤지니 구렁이처럼 굵은 배관과 철조망 사이에 몸이 낀 새끼 고양이가 보였다. 순간 반하고 말았다. 귀엽고 사랑스러웠다. 검은색과 갈색이 섞인 털, 선한 눈망울, 작은 발. 예뻤다. 만약 얼굴이 예쁘지 않았다면 다시 내려놨을 거라고 농담처럼 말하는데 완전히 빈말은 아니다.

손을 뻗으니 고양이가 놀랐는지 몸을 움직여 앞으로 나아갔다. 어이가 없었다. '저럴 거면 진즉 혼자 빠져나갈 것이지.' 내 생각을 읽었는지 고양이가 다시 멈췄다. 옆을 살펴 돌멩이를 집은 다음 아래쪽 흙을 파내기 시작했다. 작은 틈이 생기자 새끼 고양이는 위쪽 담으로 올라가려 했다. 떨어지면 죽을 것 같아 조심조심 꼬리를 잡고 아래로 끌어당겨 품에 안았다. '아, 됐다.' 갑자기 심장은 왜 이리 뛰는지. "배고프지? 얼른 집에 가자" 혼잣말을 하며 고양이를 안고 집으로 달려왔다. "아빠, 아빠, 괜찮은 것 같아? 안 아파 보여?" 유이의 다급한 음성이 등 뒤에서 들렸다.

놀란 고양이가 작게 발버둥을 치는 바람에 손등에 상처가 났지만 싫지 않았다. 내가 고양이를 키우게 되는구나, 잠시 묘한 감정이 되었다. 나는 개, 고양이라면 질색을 하던 사람이다. 집안 내력 때문이 아닌가 싶다. 아버지가 돌아가시고 며칠 안 돼 집에 모인 형과 누나들이 엄마에게 "엄마, 적적하시니 강아지라도 한 마리 키우면 어때요?" 하고 물었을 때 엄마는 그랬다.

"이 나이에 뭣 헌다고 강아지 똥오줌 치우면서 사냐?"

맞는 말 같았다. 엄마는 "여생 간편하게 살지 강아지 뒤치다꺼리하믄서 살고 싶지 않다"라고 종지부를 찍었다.

나 역시 개, 고양이에게 마음이 가지 않았다. 대소변은 어떻게 할 거며, 이불과 옷에 덕지덕지 묻는 털은 또 어찌할 거며, 삼시 세끼 밥 챙기고 아플 때 병원에 데려갈 생각을 하면 절로 고개를 젓게 되었다. 여행 갈 때는 또 어떻고…. '한마디로 골치!'라는 것이 내 생각이었다. 그랬던 내가 새끼 고양이를 안고 떨리는 마음으로 뛰어가고 있는 것이다.

집에 데려오자마자 아내와 초등학교 2학년인 둘째, 구출 현장에 동행한 첫째도 너무 귀엽다며 난리가 났다. 그때까지도 나는 짐짓 싫은 내색을 하며 "대충 밥만 먹여서 내보내" 하고 말했다. 아내와 아이들은 고양이를 보느라 내 말은 귓등으로도 듣지 않았다. 첫째는 3000원을 챙겨 들고 고양이 사료 사러 슈퍼로 뛰어갔다. 아내는 절친이자 수의과 의사인 유미 씨에게 카톡을 보내 뭘 먹이고 어떻게 대처해야 하는지 묻고 또물었다. 둘째는 학교 갈 준비도 안 하고 고양이 머리만 쓰다듬고 있었다. 때마침 회사를 그만둔 나는 백수였다. 저 고양이와 온전히 하루를 보내게 될 것이라고 생각하니 친구가 생긴 것 같았다. 신기하지. 그 울음소리는 왜 하필 내게, 그렇게크게 지속적으로 들렸을까. 구내식당 아저씨는 "가서 한번봐요. 어제부터 아주 시끄러워 죽겠네" 하고 짜증을 내며 말했는데 사실 나도 그런 사람이었다. 회사를 그만두고 마음이말랑말랑해진 걸까? 아니면 고양이 키우게 해달라는 아이들말이 조금씩 조금씩 마음의 벽을 허물었을까?

고양이는 우리 집 막내가 되었다. 이름은 '핀'! 내 브랜드가'클립'이니 거기에 짝을 맞춰 핀. 허클베리 핀의 그 핀이 되기도 하는데 왠지 장난기가 많고 모험심도 있을 것 같아서였다. 핀은 데려온 직후부터 내 마음에 쏙 들었다. 하루 만에 집계단을 폴짝폴짝 내려가고, 대소변은 모래 상자에서만 보고,강아지처럼 사람 품을 좋아하는 녀석. 바닥에 앉아 있으면 아장아장 걸어와 다리 위에 자리를 잡고 잠을 자는 아이. 분명길냥이였을 텐데 이렇게 사람을 좋아하고, 알아서 대소변을가린다는 게 신기했다.

단독주택에 살면 그 집이라 가능한 이런저런 이야기가 계속생기기 마련인데 이 집에서도 그랬다. 내가 고양이를 키우게되다니. 아이들은 "오늘 내가 핀이랑 잘 차례"라며 티격태격

하고, 아내는 내가 들어오면 "핀, 아빠 오셨다" 한다. 아이들이 없을 때는 품에 꼭 껴안고 예뻐서 죽는다. 집에 데려온 지 얼마 안 돼 엄마 품이 그리웠는지 아내 품속에서 젖무덤을 찾는 것처럼 쪽쪽 소리를 내며 입을 달싹거리던 모습이 생각난다. 아기였던 핀은 어느새 훌쩍 자라 '소녀'가 되었다.

나도 점점 정이 들어 이제 핀이 없으면 어떡하나 싶은 지경까지 됐다. 핀과 함께하다 보면 별별 생각이 스친다. 제아무리 IT가 발달한다 한들 정서적으로 깊이 연결돼 교감하는 '실존'은 절대 넘어서기 힘들 거라는 생각, 김기덕 감독의 영화 〈피에타〉에서 사채꾼인 주인공이 단칸방에서 혼자 사는 할머니가 키우던 토끼를 빼앗아가는 장면은 그 어떤 폭력보다 잔인하다는 생각, 그리고 핀이 우리와 오래오래 살았으면 좋겠다는 생각. 집에 있는 시간이, 내 소소한 일상이 핀 덕분에 이렇게까지 즐겁고 행복해질지 몰랐다.

영어 관용구에 '네버 세이 네버Never Say Never'라는 말이 있다. 사람 일은 알 수 없으니 '절대'라는 말은 '절대' 하지 말라는 뜻이다. 지금껏 나는 반려동물은 '절대' 안 된다고 했다. 고양이든 강아지든 내가 좋아할 일은 없으니 키우자는 얘기는 절대 하지 말라고. 그랬던 내가 이러고 있으니 사람 일은 정말 알 수 없다.

늘 숨어들 공간은 있었어

"성갑아, 교수님이 우리 집에 테이블 놓고 가셨어. 너네 집은 가족이 다 있으니 불편해할까 봐. 시간 될 때 가져가."

어제 저녁 은주 편집장님이 전화를 걸어 드디어 그 테이블이 도착했다고 알려주었다. 여기에서 말하는 교수님은 박종서 교수님. 현대자동차 최초의 스포츠카 '티뷰론'이며 SUV '산타페'를 디자인하고 국민대학교 디자인대학원에서 교편도 잡으셨던 분이다. 취재차 알게 됐는데 아낄 구석도 없는 나를 귀엽게 봐주셔서 오랫동안 관계가 이어지고 있다. 은주 편집장님은 교수님의 책 〈꼴, 좋다!〉 책임 편집자였고 교수님께 목공을 배우기도 해 자연스레 막역한 사이가 되었다.

며칠 전 교수님은 "예쁜 집 지었으니 선물 하나 해주마" 하셨다. 좀체 거절하는 법이 없는 나는 "교수님, 그럼 저 염치없이 막 받아요" 하고 기회를 꽉 붙잡았다. 작은 정원에 작은 테이블이 하나 있었으면 했고, 그런 내용을 말씀드렸더니 그 후부터는 일사천리. "비를 맞아도 괜찮아야 하니" 하고 잠시 고민하던 교수님은 다음 날 "방법 찾았다. 티크! 비 맞아도 싼놈! 치수는?" 하고 물으셨다. 나는 또 재빨리 거실 한쪽에 있는 사이드 테이블 치수를 재 교수님께 말씀드렸다. 그렇게 이틀 만에 작업물이 완성돼 도착한 것이다.

선배 집에서 만난 테이블은 사진으로 봤을 때보다 더 세련된 모습이었다. 검은색 얇은 철 막대로 다리를 만들고 그 위에 반듯한 사각 판을 올린 디자인. 교수님 말씀대로 "형태가 유별나면 노! 있는 둥 마는 둥"한 디자인이었다. 목공에도 밝은 은주 선배가 "별 기대 안 했는데 잘 만드셨어~" 하며 웃었다. "비 맞아도 갈라지지 말라고 아래쪽에 판 하나를 더 대셨더라고. 티크 수종이 기름이 많아 비 걱정 안 해도 될 거야. 비 맞으면 테이블을 내려놓으라고 이렇게 아래쪽에 홈도 파서 연결하셨더라고. 나도 하나 만들어달랬다가 대화 끊겼어."

트렁크에 실어 온 테이블을 마당에 놓고 아내가 일본에서 가져온 아주 작은 캠핑 의자 2개를 옆에 두니 '그림'이 예쁘다. 옆에서 한 컷, 아래쪽에서 한 컷, 멀리 떨어져서 한 컷, 정원쪽 철문을 살짝 걸친 채 한 컷. 카톡방에 교수님과 은주 선배를 초대해 사진을 보내드렸다. 은주 선배는 "1평 정원의 완성. 부티 난다!" 하고 좋아라 하는데 교수님의 반응은 "그놈의 자갈이! 마사토 알갱이 좀 성근 거 몇 포대 깔면 좋겠다. 깨끗하고 물 빠짐이 좋아"였다. 그 자갈은 내가 봐도 아니었다. 알갱이 고운 마사토로 정원을 꾸밀 생각에 벌써 마음이 들썩댄다.

차를 가져다 두고 오는 길에 편의점에 들러 쌍쌍바와 바나나 우유, 커피를 샀다. 모두 내가 좋아하는 것들이다. 신발 함에 넣어두었던 슬리퍼를 꺼내 신고 마당으로 나가 쌍쌍바 한 쪽씩 빨아먹고, 커피 홀짝이면서 테이블 놓인 풍경과 일요일의 여유를 즐겼다. 넷플릭스를 볼까 하는 마음도 들었지만 적당히 조용하고 적당히 따뜻한 이런 날씨에는 역시 책이지 싶어 휴대폰은 던져두었다.

1평 정원의 입지가 아주 훌륭하지는 않다. 한쪽으로는 이웃집 창문이 있고 뒤쪽으로는 또 다른 이웃집 주방 창문이 보인다. 편한 자세로 축 늘어져 있다가도 그 창문을 통해 옆집 사람이 볼까 싶어 다시 자세를 고쳐 잡곤 한다. 캠핑 의자를 들고 이리저리 옮겨 다니다가 결국에는 집 뒤쪽에 자리를 잡았다. 보일러실이 있는 곳인데 배화여자대학교 고층 건물 사이로 적당한 양의 빛이 들어오는 곳이다. 여전히 사선으로는 옆집 아이들 방 창문이 보이지만 이 정도면 됐다.

가만 앉아 있으면 볕이 움직이는 것이 보인다. 책 몇 줄 읽고 바닥에 떨어진 햇볕을 보면 그새 오른쪽으로 조금 더 가 있다. 몇 분 전만 해도 새로 심은 장미에는 빛이 안 닿으려나 싶었는데 장미를 지나 그 옆 백일홍 너머까지 비추고 있다. 조금씩 조금씩 일정한 방향으로 가는 듯하다가 순간 구름이 끼면서 언제 그랬냐는 듯 빛 자체가 없어지고 엷은 어둠만 한 가지 톤으로 깔릴 때도 있다. 그럴 때면 큰 개념의 날씨가 아니라 그 안에 있는 작은 배역들의 역할과 활동을 보는 것 같다.

서울은 인구밀도가 워낙 높은 도시이니 대저택이 아닌 다음에야 많은 집이 다닥다닥 어깨동무를 하고 있는 경우가 많다. 내가 거쳐온 집들 역시 그랬지만 적극적으로 탐색하다 보면 늘 작으나마 숨어들 공간이 있었다. 한참 동안 머리를 굴려야 할 고난도 상황도 있었다. 효자동 한옥이 그랬다. 한 뼘 작은 마당 옆쪽으로 큰 빌라가 버티고 있어 우리 집이 훤히 내려다보였는데 빗물받이 함석판에 큼지막한 천을 고정하고 마당 쪽으로 내리니 보기도 좋고, 옆집 시선으로부터도 자유로워 흡족했다. 마루에 누워 바람에 흔들리는 그 천을 보고 있으면 마음이 놓이면서 그저 좋았다. 그런데 그런 공간과 해결책이 처음 집을 보러 갔을 때는 보이지 않는다. 살아봐야 비로소 아, 이 공간이 있구나, 이렇게 천을 내리면 되겠구나 하고 아이디어가 떠오른다. 글도 일단 시작해야 술술 써지는 것처럼 집도 살아봐야 이런저런 해결 방법과 즐거움을 알게 된다.

한 뼘 정원이어도 괜찮아

제대로, 많이 아는 것도 아니면서 꽃을 탐닉한다. 무언가를 얕게 아는 마음일 때의 설렘일 수도 있다. 시작하는 연인들이 상대방을 잘 알지도 못하면서 환하고 따뜻한 관계의 기운에 젖어 대책 없이 빠져드는 것과 비슷하다. 꽃이 너무 예쁘고, 그 어여쁨에 비해 값도 너무 싼 것 같다.

집을 지어 이사하고 얼추 정리가 끝나자 후배인 나리, 택수 부부와 함께 과천 남서울화훼단지에 다녀왔다. 나이도 나보다 어린데 홍제동 마당 넓은 2층집에 살아 내가 "다 가졌다"라고 부러워하는 이 부부는 단독주택 생활을 만끽하고 있다. 특히 남편인 택수 씨가 그렇다. 그는 집 설비에 관한 거의 모든 일을 스스로 다 해결한다. 옥상 방수 페인트칠도, 깨진 계단도 직접 수리한다. 텃밭을 일구고 겨울이면 지붕과 나무 사이로 크리스마스 조명도 직접 단다. 게다가 그는 S대 출신. 그들 집에 가면 책꽂이에 사전만큼 두껍고 큰 졸업 앨범이 재미있게도 두 권 꽂혀 있는데 지극히 세속적인 나는 내가 본 최고의 인테리어 요소라며 한 권만 달라고 장난을 치곤 한다. 마당에 꽃 심기부터 화로에서 고기 굽기까지 단독주택 생활에 필요한 모든 것을 유튜브로 차근차근 익혀 전문가 못지않은 솜씨를 갖게 된 그가 꽃 나들이 목적지로 선택한 곳은 과천 남서울화훼단지, 그곳에서도 미림원예라는 화원이다. 집 정리가 끝나고 봄기운이 살랑댈 때부터 나는 꽃을 심고 싶어 몸이 근질근질했다. 입구부터 대문 앞 계단, 작은 마당까지 꽃과 나무로 뒤덮이다시피 했으면 좋겠다고 생각했다. 100만 원을 쓴다 한들 아깝지 않았다.

오전 10시에 도착한 화원은 컸다. 주차장이 운동장 1개, 안쪽 꽃 전시장이 운동장 2개쯤 되는 공간이었다. 주차장에는 이미 예닐곱 대의 차가 자리를 잡고 있었다. 뿌리에 다진 흙을 멜론처럼 동그랗게 달고 있는 묘목이 마당 곳곳에 그득그득 쌓여 있었는데 작은 동백 묘목은 8000원이었다. 안쪽도 신세계였다. 장미, 선인장 등 종류마다 섹션이 구획되어 있었다. 가지가 길쭉한 묘목을 1년생, 3년생, 5년생으로 나눠놓은 곳도 꽤 넓게 자리하고 있었다. 구경거리도 그만큼 많았는데 큼지막한 올리브나무는 가격이 무려 1000만 원이었다. 맞다, 1000만 원.

눈 내리는 운동장의 강아지처럼 화원을 헤집고 다니던 나는 어렵게 몇 종류의 나무를 골랐다. 먼저 장미. 넝쿨장미만 있는 줄 알았는데 나무처럼 줄기가 꼿꼿하게 올라가는 장미도 있어 세 그루를 샀고, 겨울에도 잎이 떨어지지 않고 빨간색 열매가 포도처럼 달려 평소 어여쁘다고 생각한 남천도 한 그루 샀다. 언뜻 보면 잎이 쑥처럼 생긴 까치밥나무도 구입했다. 그만 나오려는데 분홍색 꽃망울이 가지마다 가득 달린 명자나무가 보여 지나치지 못하고 계산대 앞에 가져다 놓았다. 장미는 평균, 남천은 저렴했는데 명자나무는 비쌌다. 성인 남자만 한 키의 명자나무가 15만 원. 가성비를 따지자니 조금 비싼 것 같아 쩨쩨하게 '명자나무 15만 원' 하고 검색을 해 봤다. 혹시라도 너무 비싼 것 아닌가 싶었던 거다. 검색 키워드가 별로라 그런가 결과도 신통치 않았다. 쓸모 있는 내용은 하나도 없었다. 몇 번 갈등하다가 결국 결제를 했는데 평소 좋아하던 명자나무가 산당화로도 불린다는 내용 때문이었다.

산당화는 협소주택으로 이사 오고 나서 처음 알게 된 꽃이다. 오랫동안 갖고 싶었던 달항아리를 마침내 사고 거기에 꽂아둘 요량으로 꽃가지를 사러 갔는데 산당화가 한눈에 들어왔다. 깨끗하고 청초한 분홍빛 꽃잎. 그 아래로는 깨끗한 연둣빛 이파리가 2개 달려 있었다. 이른 봄과 너무도 잘 어울리는 청신한 얼굴의 그 꽃을 알게 된 후로 건축가 최욱 소장님 댁에 갈 때도, 목소품 공방 겸 숍 '우들랏'의 김승현 대표님 만나러 갈 때도 그 꽃을 사 들고 갔다. 좋아한다고 확실하게 말할 수 있는 꽃 하나가 생겼다는 사실이 즐거웠다. 꽃나무들을 조심조심 차에 싣고 왔다. 앞좌석까지 가지가 뻗어 아내가 고개도 못 돌리는 형국이었지만 크게 신경 쓰진 않았다(여보 미안).

골목 끝에 차를 대고, 나무를 내리고, 외투를 벗은 후 반팔 옷 위에 조끼를 입고 바로 정원 일에 들어갔다. "음… 남천은 겨울도 잘 나니 땅에 심지 말고 커다란 흰색 통에 심자", "어린 장미 묘목은 볕을 잘 받아야 하니 이쪽 백일홍 옆이 좋겠어” 하며 나무마다 화분과 자리를 정해줬다. 땅을 파고 분갈이를 했다. 명자나무는 대문과 가까운 쪽에 심으면 좋을 것같아 땅을 파기 시작했는데 4cm 정도 파 내려가자 마당에 매립한 정화조가 나와 포기할 수밖에 없었다. 기존 화분에 있던 오래된 흙과 새로 산 흙을 섞고, 묘목마다 자리를 잡은 후주변을 주먹으로 꾹꾹 눌러주었다.

명상이니, 힐링이니 가드닝의 즐거움은 실로 다양하지만 나는 '집중'을 최고로 꼽고 싶다. 흙을 섞고 꽃을 심다 보면 잡생각이 나지 않는다. 그런 집중의 즐거움은 멸치 머리를 따면서도, 대청소를 하면서도 얻을 수 있지만 꽃은 멸치 똥을 남기지도, 회색 먼지 뭉텅이를 남기지도 않는다. 무언가를 해체하고 사라지게 하는 것이 아니라 새로 살게 하는 것이라는 점도 기분을 좋게 한다. 작업을 마친 후에는 오랜만에 정원용호스를 꺼내 물을 듬뿍 주었다. 그건 목마른 꽃을 위한 것이지만 나를 위한 것이기도 했다. 꽃과 나무가 흠뻑 기분 좋게물 마시는 모습을 보고 있으니 내 기분도 덩달아 시원하고개운했다. 집도 그렇지만 정원 역시 크기는 중요하지 않다. 이곳에 있는 동안 나는 이 정원만 생각하기 때문이다. 애써 노력하지 않아도 절로 자족하는 마음이 된다.

흙 묻은 손을 씻고, 새 옷으로 갈아입고, 뿌듯한 마음으로 제자리를 잡은 화분을 바라보며 휴대폰을 꺼내 사진을 찍었다. 집으로 들어가 잠시 〈정원가의 열두 달〉을 읽다 잠들었다. 체코의 국민 작가 카렐 차페크Karel Čapek가 글을 쓰고 그의 형 요세프 차페크Josef Čapek가 삽화를 그린 이 책은 구석구석 위트가 넘친다. 정원에 애써 힐링을 갖다 붙이지 않고 그저 소탈하고 즐겁게 가드닝의 즐거움과 괴로움, 때로 악마 같은 계절을 '고발'한다. 이를테면 이렇게. "2월은 1년 중 가장 짧은 달. 열두 달 가운데 가장 덜 떨어진 애송이 달이다. 하지만 꼴에 변덕스럽기 그지없을 뿐 아니라 교활하기로는 열두 달 가운데 단연 최고다. 그러니 조심 또 조심해야 한다. 낮에는 꽃망울을 덤불 밖으로 살살 꼬여내어선 밤이 되면 얼려 죽이고, 당신을 한껏 유혹하는 듯하지만 속으로는 얼간이 취급을 하는 게 바로 2월이다."

사랑스럽지 않나? 정원이 생기고 그 정원에 꽃과 나무를 심게 되고, 자연스럽게 이런 책을 알게 된 것이 기쁘다.

작은 집, 큰 선물

집을 지으면서 아주 큰 변수가 생겼다. 나의 퇴사. 그 전까지 나는 200% 회사형 인간인 줄 알았다. 늘 즐겁고 사람들하고도 잘 지내 다른 직원들 역시 나는 끝까지 남으리라고 생각했다. "사장님은 그만둬도 성갑이는 계속 다닐걸" 하는 말까지 들었다. 그랬던 내가 퇴사를 하게 된 것이다. 디지털 플랫폼으로 자리를 옮긴 후 수시로 클릭 횟수를 체크하고 엑셀이며 파워포인트를 동원해 보고서 작성할 일이 많아졌는데 그 일이 영 재미가 없었다.

내 일을 하리라! 마침내 퇴사를 결심하던 순간은 좋은 타이밍이 아니었다. 집은 얼추 지어졌고 얼마 후 잔금을 치러야 했다. 애들은 곧 초등학교 6학년과 2학년. 돈 들어갈 일은 많았고 스스로 생각해도 퇴사할 시점이 아니긴 했다. 어떻게 살아야 하나? 아득하고 갑갑한 일투성이였지만 퇴직금으로 잔금을 치를 수 있다는 건 좋은 일이었다.

내 일을 하려면 공간이 있어야 할 텐데 사무실 낼 돈은 없고, 위워크 같은 공유 오피스를 알아봐야 했다. 한 달에 25만~30만 원. 원고 하나 쓰면 해결되는 금액이니 크게 부담이 될 것 같지 않았다. 아내가 흔쾌히 오케이할 줄 알았는데 반대했다. 한 달 수입이 일정하지 않은 상태에서 고정 지출은 부담이 되니 일단은 카페에서 하다가 상황을 보고 결정하라는 '지시'였다. 40대 중반에 대책도 없이 퇴사하는 상황이니 말을 들을 수밖에 없었다.

그렇게 며칠이 흘렀다. 나는 나대로 향후 진로를 고민하던 차에 아내가 어차피 공예가나 디자이너와 일을 하고 그들의 작품을 소개할 계획이라면 1층 공간 한쪽을 갤러리로 꾸며 공예품도 소개하고 사진도 전시하면 어떻겠냐고 제안했다. 1층을 근린생활시설로 설계했으니 법적으로도 전혀 문제 될 게 없고, 작지만 내 공간이 생기는 것이니 고정 비용도 들지 않고 그곳에서 사람들도 만날 수 있어 좋지 않겠냐는 의견이었다. 감격. 목석 같은 그녀가 나를 사랑하고 있구나, 사랑했던 거구나, 며칠간 이런 생각을 했구나 싶어 찡했다.

너무 좋은 생각이라며 손뼉을 쳤지만 이내 고민이 됐다. '너무 옹색하지 않을까? 그 작은 공간에 사람들이 찾아올까? 찾아온다 한들 뭐 볼 게 있어야지.' 오래 생각하면 하지 말아야 할 이유만 생긴다더니 처음에는 반색하고 반긴 일이 점점 하지 말아야 할 일로 바뀌고 있었다. 생각 그만! 대안이 없고 해보지도 않고 포기하는 것은 어리석은 일이니 일단은 저질러보자고 합의했다. 단, 공간도 작은 마당에 가구며 디자인이 촌스러우면 안 되니 제대로 하자! 나는 거의 즉각적으로 원투차차차를 떠올렸다. 맞다. 디자이너 이름이다. 원투차차차. 대학을 졸업하고 한 아티스트의 작업실에서 어시스턴트 생활을 했는데 작업에서 중요한 것은 호흡과 완급 조절이라며 이런 닉네임을 붙였단다. 그가 디자인한 가구며 집기를 인스타그램을 통해 일찍이 봐온 터였다. 그는 나무와 철판을 다 잘

다뤘다. 나무에 얇은 철판을 덧대거나 철판에 유리를 올리는 식이었는데 미감과 아이디어가 남달라 진즉부터 팔로하며 눈여겨보던 참이다. 다양한 소재가 그의 손과 머리에서 흥겨운 춤을 추는 것 같았다.

작가에게 바로 연락했고 '한 점 갤러리 클럽'의 디자인을 그에게 맡겼다. '#좋은것하나씩'이 모토. 일상에 꼭 필요한데 아름다운 디자인이 없는 물건을 공예 작가나 디자이너와 협업해 선보인다는 계획이었다. 시안 작업을 거쳐 몇 달 후에 마침내 완성됐다. 나왕으로 벽면 전체를 마감하고 그 앞에 역시 나왕 원목으로 만든 원통형 좌대 2개를 놓은 공간. 위쪽에는 원투차차차가 직접 디자인한 조명을 달았다. 그렇게 모양을 잡고 나니 제법 그럴듯해 보였다. 가뜩이나 좁은 공간에서 또 1평을 빼 다른 용도로 사용하는 꼴이었지만 공간에 힘이 생기고 생활 공간과도 확연히 구분되니 여러모로 든든했다.

자, 이제 첫 에디션을 소개할 차례. 뭐 특별한 아이템 없을까? 생활에 꼭 필요한데 눈 씻고 찾아봐도 예쁜 디자인이 없는 것. 그러다 문득 쓰레받기가 생각났다. 첫 작품이 쓰레받기라는 게 좀 이상했지만 사람들에게 클럽의 정체성을 각인하기에는 오히려 좋을 듯했다. 쓰레받기를 만들어달라고 부탁할 작가는 이미 마음속에 있었다. 금속공예가 류연희. 이번에도 바로 전화를 했는데 이게 웬일인가. 본인도 같은 생각을 했고, 직업이 직업이다 보니 아예 황동 판으로 쓰레받기를 직접 만들어봤다는 것이다. 땅땅. 클럽의 첫 에디션이 쓰레받기로 결정 나는 순간이었다. 가격이 궁금하다고? 놀라지 마시라. 22만 원. 황동 판 자체가 비싼 데다 면과 면이 만나는 부분을 은으로 땜질해 그런 가격이 나왔다. 가격 얘기를 하며 내가 가장 많이 들은 말은 "미쳤다"였다.

후배 명수와 사진 촬영을 하고, 우리 부부를 연결해준 정원 씨에게 인스타그램에 올릴 이미지 작업을 의뢰했다. 그리고 마침내 오픈. 누가 살까 싶었지만 30명이 그 비싼 쓰레받기를 구매해주었고 집까지 찾아와 실물을 감상한 이도 5명이나 됐다. 그분들을 위해 나는 딸기와 블루베리, 차와 귤을 정성껏 차려 냈다. 내심 3층 협소주택의 구조와 모습이 궁금해 오신 분들이라 기꺼이 집 구경도 시켜주었다. 좀처럼 보기 힘든 집이고 인테리어도 세심히 한 데다 창밖으로 인왕산과 청와대가 보이니 반응은 한결같이 좋았다.

규모로 따지자면 더없이 작은 공간이지만 내게 이곳이 지니는 의미는 크다. 무엇보다 사람들과 인연을 만들게 된다는 측면에서 그렇다. 공간이 좁아 한 번에 한 명밖에 초대하지 못하는데 한 사람과 짧을 때는 30분, 길게는 1시간 동안 이야기를 나누다 보면 이전과는 다른 친밀감과 유대감이 생긴다.

한 점 갤러리 클럽은 순항 중이다. 집을 지으며 가장 잘한 일을 꼽으라면 이 공간을 만든 것이라고 할 만큼 내게는 소중

한 일터이자 쉼터다. 1평이 아쉬운 협소주택을 지으면서 작게
나마 쇼케이스를 만들고 한 점 갤러리를 운영하고 있다는 사
실을 생각하면 공간이 새삼 신기하게 느껴진다. 운동장처럼
넓은 공간도 사용하기에 따라 큰 쓸모 없고 평면적일 수 있
는 반면, 협소주택이라도 구획하고 디자인하기에 따라 '또 하
나의' 의미 있는 공간을 만들 수 있다.

나는 갤러리로 꾸몄지만 취향과 라이프스타일에 따라 다른
공간도 가능하다. 만약 좌대가 들어가는 갤러리가 아니었
면 나는 감각 있는 디자이너에게 의뢰해 근사한 데이 베드를
만들어 넣고 사이드 테이블을 놓은 후 그 위에는 작은 오디
오를 올려두고 싶었다. 심플한 디자인의 스탠드 조명도 빼놓
을 수 없다.

작은 땅이지만 그곳에 집을 짓는 순간 땅은 평면에서 입체로
바뀐다. 계단참이 생기고 계단 아래 유휴 공간이 마련되며 정
원과 옥상이 만들어진다. 그리고 그 공간들은 하나하나 오
롯이 새로운 이야기와 시간, 추억을 선사하는 특별한 무대가
된다. 단순히 6평, 7평 하는 똑 떨어지는 숫자만 들이댔을 때
는 상상할 수 없고 기대하지도 않았던 공간들. 좁다고 협소
주택 짓는 걸 지레 포기하지 말아야 할 이유다.

집을 짓고 달라진 일상의 태도

이사한 지 9개월 만에 에어컨을 달았다. 이놈의 공사는 대체 언제 끝나는 걸까? 이래서 단독주택 짓고 사는 선배들이 집이 자리를 잡으려면 1년 이상 걸린다고 했구나. 에어컨을 달고 나면 정화조 공사가 남아 있다. 건축가를 만나면 정화조에서 나는 냄새에 대해 푸념을 하게 되는데, 그 과정에서 새로운 해결책이 나오기도 한다. 양평에 터를 잡고 한옥을 설계하는 조정선 건축가를 만났을 때 그 얘기를 했더니 악취 차단 장치용 도로 우수받이를 추천해준다. 우리 집 정화조 옆에는 오수관과 연결된 사각 맨홀이 열려 있는데 그곳에서도 냄새가 나니 거기만 막아도 한결 나을 것 같긴 했다. 상품을 들여다보니 '도깨비 튜브', '악취 차단 장치', '악취 방지 커버'가 키워드로 보인다. 그러고 보면 집은 언제나 이런저런 문제가 생기기 마련인데 다 해결 방법이 있다. 어떻게 이런 것까지 있을까 싶을 정도로 신통한 것도 많다. 가격은 6만 5000~6만 7000원. 마음만 먹으면 당장이라도 살 수 있을 텐데 혹 그 사이에 더 좋은 방법을 알게 되지 않을까 싶어 차일피일 미루는 중이다.

집을 지어보니 그렇다. 시간이 지나야 무엇이 문제였는지 알게 되는 것도 있고, 시간이 지나면서 저절로 해결되는 것도 있고, 시간이 지나야만 할지 말지 판단이 서는 것도 있다. 빨리빨리만이 능사가 아니다. 급하게 해치운 것들이 더 큰 골칫거리가 될 때도 있다.

새 집에 입주하고 얼마 안 되었을 때다. 2층 계단참에 있는 전구가 깜빡깜빡하더니 불이 나갔다. 소장님께 전화를 해 기술자가 와서 전구를 갈았는데 며칠 있으니 또 나갔다. 부실 공사를 한 것은 아닌가 싶어 또 안달복달하는 마음이 되어 새 집에 이게 무슨 일인지 모르겠다며, 가급적 빨리 다른 사람을 보내달라고 소장님을 채근했다. 며칠 후 전기 기술자분이 또 방문해 전구를 바꿔주었는데 이번에는 전기선 아래로 물이 흥건하게 고이더니 두꺼비집이 아예 내려가버렸다. 동그란 조명 뚜껑을 열어보니 안에 흙탕물이 가득 고여 있었다. 당장 1~2시간 후면 집들이 손님들이 들이닥칠 텐데 난감했다. 급한 대로 동네 전파사 사장님께 전화를 걸어 두꺼비집만 손을 봤다. 어디선가 빗물이 벽을 타고 들어와 소켓 부분에 고인 것 같다고, 그런데 그 물줄기는 찾기가 쉽지 않다는 것이 전파사 사장님의 판단이었다. 절로 한숨이 나왔다. 골칫거리가 또 하나 생겼구나. 소장님께 여쭈었더니 공사할 때 내부에 고인 빗물이 시간을 두고 천천히 흘러나오는 경우도 있으니 일단 두고 보자고 했다. 이번에는 급하게 전구를 끄지 않고 두 달가량 그대로 두었다. 처음에는 천장에서 뚝뚝 물이 떨어지더니 점점 잠잠해지다가 결국 멈추었다.

전구 없이 지내는 데 익숙해져 새로 달 생각도 안 하고 있었는데 시스템 에어컨을 설치하면서 보니 그것이 또 잘한 일이었다. 에어컨에 연결할 전선을 따와야 했는데 '노는' 선이 없었고, 그나마 그 선이 있었기에 연결할 수 있었던 것이다. 빠른 것이 빠른 것이 아니고 야무진 것이 야무진 것이 아님을 또 한 번 깨달았다.

이런 일을 겪으며 조바심 내는 성격이 조금은 무던해져 에어컨도 느긋하게 알아봤다. 집을 지을 때 아예 설치했으면 좋았을 텐데 당시에는 한 푼이 아쉬워 수백만 원이 들어가는 공사를 진행하지 못했다. 나중에 하려니 일이 배로 복잡해졌지만 어쩔 수 없었다. 집이 작아 애초에 스탠드형 에어컨은 생각도 하지 않았다. 벽걸이형 에어컨을 먼저 알아봤는데 3개 층이니 에이컨도 세 대, 실외기도 세 대가 필요했다. 1층 에어컨은 정문 바깥으로 실외기가 나가야 하고, 2층과 3층은 옆집 벽면 쪽으로 나가야 하는데 실외기에서는 뜨거운 바람이 나오니 앞집과 옆집에 피해를 입히는 상황이었다. 에어컨 기사님들은 배관을 옆집 지붕으로 뺀 다음 뒤편 보일러실로 가게 하면 된다고 간단하게 말했지만 은근슬쩍 남의 집에 우리 집 에어컨 배관을 얹는 건 싫었다.

결국 실외기가 한 대이고 천장에 설치해 공간 낭비도 없는 시스템 에어컨으로 결정했다. 시스템 에어컨은 설치비만 약 300만 원이 들어 총비용이 570만 원으로 훌쩍 뛰었다. 처음 그 가격을 듣는데 가슴이 철렁했다. 그래도 이왕 하는 것 좋은 걸로 해야 후회가 없고 작은 집일수록 더 좋은 것을 들여놔야 집도, 집에 있는 시간도 궁색해지지 않는다는 걸 알기에 그대로 진행하기로 했다. 무엇보다 에어컨을 천장에 매립해야 그러잖아도 좁은 집이 더 좁아지지 않았다.

지인이 진짜 전문가가 있다며 소개해주어 집을 둘러보러 오셨는데 화끈한 분이었다. "설치해놓고 욕 먹는 것 싫어한다", "우리는 한다면 한다", "안 하면 안 했지 군소리 안 한다". 결국 그분께 설치를 부탁드렸는데 에어컨도 화끈하게 선택했다. 다른 곳에서는 집이 작으니 1층부터 각각 10평, 8평, 10평형이면 충분하다고 했는데 이분은 "에어컨 왜 다느냐, 빨리 시원해지는 게 최고다"라며 13평, 10평, 13평형을 들고 왔다. 그래서 천장을 보면 에어컨밖에 안 보인다. 연못에 고래가 들어앉아 있는 것 같다. 집에 오신 어떤 분은 항공모함 같다며, 날개를 쫙 펼친 것 같아 멋있다며 손뼉을 쳤다. 이미 다 지은 집 천장을 뚫고 단열판을 뜯어내야 했으니 공사가 쉽지 않았다. 70kg이 넘는 실외기를 보일러실 위로 올릴 때는 장정 4명이 안간힘을 써야 했다. 콘크리트 타공용 공구는 총처럼 길고 컸는데 끝이 동그랗게 되어 있어 드르륵드르륵 드릴처럼 힘을 세게 줘 벽을 밀어붙이면 동그랗게 잘린 콘크리트가 끝에 달려 나왔다.

어려운 공사였지만 기사님들이 애써주신 덕분에 잘 끝났다. "감사합니다." 허리를 90도로 숙여 배꼽인사를 하고 헤어졌는데 집에 들어와보니 에어컨이 화장실 쪽으로 바짝 붙어 있어 문이 반밖에 열리지 않는다. 하하. 예전 같으면 저기요, 하면서 맨발로 뛰쳐나가 기사님을 불렀을 텐데 웃고 말았다. 조금만 조심하면 충분히 드나들 수 있는 간격이었으니까. 여러모로 신경을 써준 덕분에 큰 에어컨을 달고 배관도 최대한 밉지 않게 설치할 수 있었으니 하나쯤 약간 잘못돼도 받아들일 수 있다.

"불편한 대로 그냥 지내지 뭐" 하고 세상 사람 좋은 것처럼 행동하는 나를 보며 아내가 한 소리 한다. 자기가 무슨 일을 할 때는 꼬치꼬치 캐묻고 피곤하게 하더니 스스로에게는 엄청 관대하다고.

지난날, 아내에게 짜증을 낸 이유는 현장을 보지 않았기 때문이다. 내가 회사에 간 사이 아내는 공사 현장에 있으면서 어떤 것이 되고, 또 어떤 것이 안 되는지 지켜봤기에 포기할 건 포기하고 새로운 방법을 찾은 것인데 나는 그게 왜 안 되냐며 닦달을 했다. "잘 알지도 못하면서." 아내가 한 번씩 이런 말을 했는데 다 이유가 있었다. 이제 나는 집과 관련해 뭐가 안 된다고 하면 그저 고개를 끄덕끄덕한다. 다 이유가 있겠지, 또 방법이 있겠지, 한다.

3층짜리 작은 집에서의 시간이 오늘도 무탈하게 흘러간다. 올여름 많은 비가 쏟아졌지만 다행히 비가 새는 곳은 한 곳도 없었다. 우리가 이 집에 들어온 때가 작년 10월. 집 뒤쪽 담벼락을 뒤덮은 담쟁이도 단풍이 들고, 그 사이사이 야생화가 꽃대를 길게 밀어 올려 노란 꽃을 피웠던 기억이 난다. 결혼기념일인 10월 22일. 그 꽃을 꺾어 아내에게 주었다가 "그렇게 돈을 아끼고 싶냐, 참 대단하다"라는 핀잔을 들었던 것도. 그 행복했던 날들이 다시 찾아온다고 생각하니 좋다.

집을 찾는 모험은 나를 찾는 모험이기도 했다

계속 이사를 다니고, 생각지도 않았던 집을 짓고, '건축가의 집'이란 토크 프로그램을 진행하고, 이렇게 책 작업을 하다 보니 요사이 집에 대해 많은 생각을 할 수 있었다. 좋은 집이란 뭘까. 한옥에 살 때는 바깥과 면한 대청이나 거실 마루에 벌렁 누워 하늘과 구름 보는 걸 좋아했다. 따뜻한 공기와 바람을 느끼다 보면 곧 몸이 나른해지면서 졸음이 몰려왔다. 이렇게 자연을 느끼며 편히 쉬는 집이 좋은 집이 아닐까 하는 생각이 들었다.

빌라에 살 때는 대출금 갚느라 허덕이지 않고 하루하루 마음 편한 집이 최고 같았다. 집값이 오르리라는 기대도 없었다. 불확실한 미래를 위해 에너지를 낭비하지 않고 대출이자로 나가는 돈이 없으니 한 달 한 달이 여유로웠다. 인테리어만 잘하면 빌라도 얼마든지 근사한 집이 될 수 있다.

살아보기 전에는 모르는 것이 집이다. 그 집이 어떤 즐거움과 괴로움을 줄지는 그곳에 들어가 사계절을 나고, 이런저런 소동과 소소한 즐거움, 이따금 난리를 겪고 나서야 비로소 알게 된다. 내가 어떤 집을 좋아하는지, 불편을 어느 정도 감수할 수 있는 사람인지도 살아봐야만 안다. '아, 좋다'라는 혼잣말을 마음속으로 자주 되뇌게 되고, 아침저녁으로 사진을 많이 찍게 되고, 사람들을 자주 초대해 좋은 기운을 얻는 데도 적극적이게 되는 집, 아침이면 창문을 활짝 열고 하늘을 자주 올려다보게 되는 집. 좋은 집이란 이런 집이 아닐까.

본의 아니게, 어떨 때는 강제적으로 이사를 다녔는데 이제 와돌아보니 값진 경험이었다. 인생은 짧아 이사를 많이 다니면 버리게 되는 시간이 많고, 적지 않은 시간이 뿌리 내리지 못한 채 부유하듯 흘러가는 것도 사실이다. 하지만 인생은 길어 그런 시간을 겪으면서 내게 맞는 집을 알게 되고 인생 후반부를 내게 맞춤한 듯한 곳에서 편안하고 즐겁게 보낼 수도 있다. 이럴 때 작은 셈과 마디마디 수지타산을 계산하는 것은 별 의미가 없다. 앞에도 썼지만 좋은 게 좋은 게 아니고 나쁜 게 나쁜 게 아니기 때문이다. 당장은 큰 손해를 본 것 같지만 시간이 지나면 그 손해가 더 큰 것을 알게 하고, 손에 쥐게 하는 경우도 많다. 그리고 많은 경우 그 손익은 시간이 흐른 뒤에야 명확해진다. "일희일비하지 말라"는 길게 보라는 말과 같은 의미가 아닐지.

내게 맞는 것을 찾고, 나답게 사는 것에 관심이 많은 요즘이다. 이 세상에서 내가 할 수 있는 것이 많지 않다는 자각도 이런 흐름의 연장선상에 있다. 아파트는 점점 아무나 살 수 없는 곳이 되어가고 있다. 소확행을 중시하는 사람이 많다는 것은 큰 것을 갖지 못하는 사람이 많다는 뜻이기도 하다. 집을 찾는 모험은 크고 확실한 행복, 즉 '대확행'을 위한 여정이다. 아, 이곳은 아니야 하는 경우도 몇 번 있겠지만 그 허들을 차례로 넘고 나면 점점 선택지가 분명해질 것이다. 어떤 사람에게는 한옥이, 또 어떤 사람에게는 빌라가, 또 다른 누군가에게는 타운 하우스나 협소주택이 마지막 선택지가 될 수 있다. 그 선택을 좀 더 빛나는 것으로 업그레이드하기 위해 어떤 경우에는 인테리어 디자이너, 건축가와 함께할 것이다. 내 라이프스타일과 맞는 집은 그 자체로 이 세상에서 가장 크고 확실한 '대확행'이다. 집만큼 좋고, 집만큼 중요한 것이 또 무엇이겠는가.

며칠 전 지인들 집들이를 한 날이었다. 누군가 지금 이 집에 오래 살 것 같냐고 물었다. 아내가 아이들도 한옥을 좋아한다면서 한옥에는 한 번 더 살아보고 싶다고 했다. 지금 이 단독주택은 전망이 좋으니 좀 더 나이 들면 에어비앤비로 운영하고 우리는 한옥으로 이사를 갈 수도 있을 것 같다고. 그래도 정원도 있고 좋지 않냐는 말에 아내가 대답했다. "정원에 가려면 철문을 열고 나가야 하는데, 그러다 보니 생각만큼 잘 안 나가게 되더라고요. 한옥은 마당이 가운데 있으니 자연스럽게 왔다 갔다 하게 되는데…."

한옥 생활을 너무도 좋아하는 나는 그 말이 무슨 의미인지 안다. 지금 집도 좋지만 둘 중 하나를 택하라면 한옥이다. 창밖의 300년 된 회화나무부터 청와대까지 풍광이 정말 좋지만 어디까지나 간접경험. 한옥 마당에 누워 흘러가는 구름을 보고 아침이든 낮이든 밤이든 수시로 바깥 공기를 쐬며 매일매일 다른 기온과 풍경을 몸으로 느끼는 직접경험은 아니다.

군이 한옥이 아니어도 '마당집'이라면 상관없지 않을까도 싶다. 지금 우리 집 옆에는 이 집을 우리에게 판 분이 살고 계신다. 만약 언젠가 지금 사시는 집을 내놓는다면 우리가 사서 집을 확장하고 싶다. 실현되지 않을 확률이 높지만 운 좋게 그 집을 살 수 있다면 정말 좋지 않을까 생각하며 공간 배치도 해본다. 그 집 앞으로는 잘 지은 한옥 담벼락과 기와가 보이고, 뒤쪽으로는 화강암을 쌓아 올린 석축이 있으니 앞뒤로 창을 크게 내고 집 주변으로는 네모난 정원을 만들 것이다. 마당도 가급적 크게 빼고. 잡초를 뽑고 마당을 쓰는 것은 생각하기에 따라 귀찮은 일일 수 있지만 살아보니 별것 아닌 것 덕에 일상이 건강해진다. 별것 아닌 것들이 일상을 지켜내는 것이다.

이 프로젝트를 어떤 건축가와 함께 진행할지 생각만 해도 설렌다. 내가 만난 건축가들이 후보가 될 텐데 각 건축가의 장점과 미감을 잘 알고 있기에 이분은 이런 디테일을 더하겠지, 이분이 설계한 집에는 나무 기둥이 들어가겠지 하는 식으로 기분 좋은 상상을 하게 된다. 역시 많은 돈이 필요한 일이지만 열심히 꿈꾸고 부지런히 모으면 아예 불가능한 일은 아니지 않을까? 그 집은 2층집이 될 텐데 지금 우리 집 한쪽 벽을 터 연결하면 정말 근사할 것이다.

돈은 없으면서 집에 대한 꿈은 많아 예쁜 숲속에 오두막 같은 집을 세컨드 하우스로 갖고 싶은 바람도 있다. 수도와 난방, 단열만 신경 쓰고 세간과 가구는 없다시피 한 간소한 집.

낮에는 숲속에서 마음껏 놀고 휴식을 취하다 밤에 우리 네 식구 잠만 잘 수 있는 집. 캐나다에서 어학연수를 할 때 홈스테이를 했던 아주머니가 교외에 그런 집을 갖고 계셔서 봄가을, 날씨 좋은 날에는 그곳으로 자동차를 몰고 떠났다. 낮에는 바비큐 파티와 수영을 하고 밤에는 모닥불을 피워놓고 도란도란 이야기를 나누다 잤는데 그곳에서 보낸 시간이 집에 대한 꿈을 꿀 때면 가끔씩 떠오른다. 햇빛을 받아 반짝이는 호수, 숲의 정령처럼 듬직한 나무, 정말로 맛있던 햄 꼬치구이. 말도 탄 것 같은데 실화인지 꿈인지 기억이 뒤섞여 분별이 되지 않는다. 다만 아득하게 좋았다는 감정만은 생생하다.

협소주택을 지어 이사한 지 어느덧 1년이 되어간다. 우리 가족은 이 집에서 행복하다. 마음이 편하고 집에 있는 시간이 즐겁다. 창을 통해 듬직한 나무를 보는 것도, 한옥을 내려다보는 것도 좋다. 더 좋은 것은 또 다른 집을 꿈꾸게 됐다는 점이다. 지금도 충분하지만 내게 더 맞는 집, 우리 가족의 라이프스타일과 더 자연스럽게 어우러지는 집을 갖고 싶다. 이 집을 지을 때만 해도 단독주택에 대한 꿈과 설렘, 욕망이 크지 않았다. 만약 두 번째 집을 짓게 된다면 더 많이 생각하고 더 많이 반영해 매 순간 집에 있는 시간이 즐거운, 이를테면 집 짓기 시즌 2처럼 한층 업그레이드된 집을 완성하고 싶다. 집이 집을 부르는 경험을 하는 중인데, 앞으로도 집을 찾는 모험을 계속하고 싶다. 좋아하는 집에 살면서 한옥 구조를 차용해 지은 양옥도 좋지 않을까, 하는 식으로 계속 또 다른 집을 꿈꾸는 것. 집을 중심으로 펼쳐진 그간의 모험과 여정이 내게 준 또 하나의 선물이다.

마음에 간직하고 있는 선택지가 많으면 인생이 덜 초조해지는 것 같다. 회사에 가서도 하고 싶고 할 수 있는 일이 많으면 회사 생활에 덜 목매도 되는 것처럼. 집도 마찬가지다. 좋아하는 분위기로 인테리어만 잘하면 빌라도 충분히 좋은 집이 되고, 춥고 불편하지만 훨씬 많은 것을 주는 한옥도 좋은 집이라는 걸 알게 되면 오매불망 아파트만 바라보지 않아도 된다. 오히려 그 돈으로 작은 집을 지을 수도 있다. 내가 제일 부러운 사람은 지금 아파트에 살고 있는 이들이다. 가격이 많이 올랐으니 그곳을 팔아 단독주택을 짓는다고 생각하면 당장 3000만~4000만 원이 아쉬워 전전긍긍하던 우리의 모습이 오버랩되면서 그렇게 부러울 수가 없다. 작지도 크지도 않은, 딱 적당한 크기의 집을 지을 수 있을 테니 얼마나 좋은가. 고백하자면, 그간 계속 이사를 다니느라 돈이 많이 들었다. 아파트값이 바닥일 때 팔아 큰 손해를 봤고 한옥으로, 빌라로 옮길 때마다 인테리어를 해 또 몇천만 원이 날아갔다. 한때 그 돈이 아까워 속이 쓰리고 화가 치밀어 올랐지만 서서히 안정을 찾아가는 중이다. 그 돈이 날아간 것이 아니라 허공으로 번쩍 올라갔다가 다른 방식으로 내게 다시 들어온 것 같다. 돈은 잃었지만 집을 중심으로 다양한 경험을 했고, 나에겐 단독주택이 맞는다는 것도 확실히 알게 됐다. 이제 이 길 위에서 계속 꿈을 꾸면 된다.

이사를 다니고 집을 짓는 것은 아주 큰 경험이자 자산이다. 특히 인생을 조금 더 깊이 알게 되는 것 같다. 가슴으로는 이해하지 못하던 인생의 진리, 이를테면 "잃어야 얻을 수 있다", "나쁘기만 한 것은 없다", "모험에는 수업료가 들어간다", "오늘이 행복해야 내일도 행복하다" 같은 말들을 온전히 이해하게 된 것이다. 그리고 이런 경험이 나를 조금은 더 성숙한 사람으로 만들어줄 것이라 믿는다. '이사를 가는 게 맞을까?', '아파트를 파는 게 맞을까?', '인테리어 비용으로 몇천만 원을 쓰는 게 맞을까?' 진지하게 고민하는 독자에게 "하시라"라고 말하고 싶다. 다른 것도 아니고 집을 위한 것이니. 내 인생에서 집만큼 중요한 것은 없으니. 결국 더 좋은 쪽으로 돌아올 테니.

돌아보니 집을 찾는 모험은 나를 찾아가는 모험이기도 했다. 집의 모험을 통해 진정 나답게 사는 사람이 더 많아졌으면 좋겠다.

번외 편: 집 짓기를 위한 가이드

실패를 줄이는 마음가짐과 자세 10

'다음엔 더 잘 지을 수 있는데…'

협소주택을 짓고 살게 된 요즘 가장 많이 드는 생각이다. 집 짓는 순서와 어디에 더 많은 공을 들여야 하는지 프로세스를 겪어봤으니 처음처럼 조바심 내지 않고 차분히, 그리고 이성적으로 마음과 에너지를 쏟을 수 있을 것 같다. 집에 대한 좀 더 근본적인 질문과 생각이 부족했다는 것도 인정할 수밖에 없다. 그런 후회와 되새김 끝에 정리한 작은 집 짓는 마음가짐과 자세를 소개하자면 이렇다.

1 단독주택을 지으려고 하는 이유가 무엇인가

이 이유가 확실하지 않으면 설계도가 나오지 않는다. 작게라도 마당을 갖는 것이 중요한지, 관리하는 데 어려움이 있더라도 옥상에서 보내는 시간을 좋아해 단독주택을 지으려는 것인지, 높은 천고에 대한 로망이 있어서인지 단독주택을 지으려는 이유와 목적이 정리되어야 그 갈증과 바람을 중심으로 설계도를 그릴 수 있다. 이런 기준과 욕망이 확실하지 않으면 단독주택에 사는 동안 '괜히 지었나?', '이 것이 내가 원하던 삶인가?', '아파트가 좋았는데' 하며 계속 후회하고 흔들린다. 시행착오를 줄이기 위해 전세로 단독주택에 살아보는 것은 매우 훌륭한 방법이다. '연습 게임'이 괴롭고 힘들다면 굳이 집 짓기에 나설 이유가 없다.

2 내가 바라는 집의 모습과 좋은 집의 정의

'어떤 집이 좋은 집일까?', '나는 어떤 집에 살고 싶은 걸까?'에 대한 답은 내게 꼭 맞는 설계도의 자양분이 된다. 재미있는 공간이 많아 일상이 다채로운 집을 좋은 집이라고 생각한다면 다락방이며 발코니를 넣을 수 있고, 다도를 즐긴다면 작더라도 다실을 만들 수 있다. 그저 넓은 집이 최고라고 생각한다면 벽 안쪽으로 수납공간을 만들어 공간을 최대한 확보하는 것이 좋다.

내게 가장 중요한 포인트는 '자연'이었다. 한 뼘이라도 꽃과 나무를 심을 수 있는 땅이 있었으면 좋겠다고 생각했다. 단독주택에는 일정 비율의 '흙이 깔린 땅'을 넣어야 한다. 그 땅은 자연스럽게 정원이나 마당이 된다. 당신은 어떤 집을 좋은 집이라 생각하는지 곰곰이 생각해보면 좋겠다.

3 실력 있는 건축가를 찾는 데 집중하라

굳이 비싼 돈을 주고 실력 있는 건축가에게 설계를 맡겨야 할까? 그렇다. 그래야 한다. 그만한 값어치를 하기 때문이다. 전문적인 공법과 노하우, 실험 정신을 통해 실내 공간을 더 넓게 만들어주는 것도 가능하고 두고두고 즐거운 디테일을 더할 수도 있다. 이를테면 창문에 간결한 디자인의 눈썹지붕을 달아 창문이 더러워지는 것을 막고 집 안으로 들어오는 빛의 모양도 달라지게 하거나 건축주가 의자에 앉았을 때의 눈높이를 기준으로 세심하게 창을 내는 등 실력 있는 건축가는 실현 가능한 옵션을 많이 갖고 있다. 그 옵션이 당신의 라이프스타일에 꼭 맞는 것들을 충족해줄 것이다.

실력 있는 건축가에게 설계를 맡겨야 하는 이유는 비용 면에서도 그것이 낫기 때문이다. 마감이 마음에 들지 않아 인테리어를 다시 할 경우 비용이 추가되면서 전체 예산 역시 크게 늘어나는데, 실력 있는 건축가의 경우 내부 동선과 구조까지 면밀하게 검토하므로 인테리어 비용을 아낄 수 있다.

4 어떤 건축가가 내게 맞는가

"집을 지으려고 하는데 추천해줄 만한 건축가가 없을까요?"라는 질문을 많이 받는다. '음…' 잠시 생각하게 되면서 누굴 추천해야 하나 막막해진다. 묻는 이의 미감, 예산, 라이프스타일, 집에 대한 가치관 같은 것을 모르기 때문이다. 내게 꼭 맞는 건축가를 찾으려면 시간을 들일 수밖에 없다. 홈페이지와 언론 기사 등을 참조하는 것은 기본이고 그가 지은 건물을 꼭 둘러봐야 한다. 집이라면 가볼 수가 없겠지만 집만 설계하는 건축가는 거의 없기 때문에 충분히 답사가 가능하다.

건물을 둘러보거나 인터뷰 기사를 읽을 때는 그가 가치를 두는 건축 요소와 공간을 중심에 두고 살피면 좋다. 건축가가 중시하는 가치가 내가 중시하는 그것과 비슷하거나 일치할 때 내게 꼭 맞는 집을 만날 확률이 높다.

5 조금 무리해도 좋으니 설계에 투자하라

유명 건축가와 일하는 것을 주저하게 되는 이유는 거의 100% 예산 때문이다. 협소주택을 짓는 젊은 건축가의 설계비는 건당 약 3000만~4000만 원 선, 어느 정도 경험이 쌓인 건축가는 5000만 원을 기본으로 7000만~1억 원을 넘는 경우도 있으니 부담이 될 법도 하다. 하지만 앞서 말했듯 설계는 단순히 집 모양과 형태를 그리는 작업이 아니라 나에게 두고두고 좋은 시간과 공간을 선물하는 일이므로 예산이 허락된다면 조금 무리하더라도 투자를 하는 것이 낫다. 그가 책받침만 한 공간이라도 찾아내고 끌어내 집을 확장해줄 것이기 때문이다.

건축가를 정하고 나면 어떤 집을 원하든지, 꼭 필요한 공간은 어떤 것인지 이야기를 하고 건축가에게 충분한 시간을 주어야 한다. 첫 설계도가 나오기까지 집중해서 고민하면 좋은 것은 외장재와 단열 방법. 벽돌로 할 것인지, 노출 콘크리트로 할 것인지, 목재로 할 것인지 열심히 생각해봐야 한다. 단열 방법도 중요하다. 특히 집이 작을 때는 외단열을 택하는 것이 좋다. 집 바깥에 붙이는 단열재는 건물의 면적이나 크기에 포함되지 않기 때문이다. 가장 많은 시간을 할애해야 할 때는 첫 설계도가 나온 시점. 빠진 것은 없는지, 아쉬운 것은 없는지 최대한 시간을 두고 살펴야 한다. 하루키가 글을 써놓고 반드시 '발효'되는 시간을 갖는 것처럼 며칠간 틈날 때마다 들여다보며 차분히 생각하는 것이 좋다.

6 주말을 기준으로 나의 라이프스타일을 따져본다

좋은 집이란 내게 맞는 집이고, 내게 맞는 집이란 나의 라이프스타일에 최적화된 집이다. 오후 4시 너머 서쪽에서 황금빛으로 쏟아지는 햇살을 좋아하는 사람에게 남향으로만 창을 낸 집은 좋은 집이 아니다. 나의 라이프스타일이 애매하다면 주말 시간을 차분히 살펴보는 것이 좋다. 특히 유독 행복한 순간을 돌아보면 내가 어떤 사람인지, 무엇을 할 때 행복을 느끼는지 '답'이 보인다. 책을 읽을 때인지, 요리를 할 때인지, 멍 때리며 누워 있을 때인지. 답은 여러 개가 나와도 된다. 3~4개쯤은 설계에 충분히 반영할 수 있다. 그 답에 맞춰 최대한 방법을 찾아주는 이가 건축가이고, 건축가 역시 '함수'를 풀어나가는 데서 만족과 보람을 느낀다.

평소 좋아하는 스타일과 분위기만 확실히 알고 있어도 설계에 도움이 된다. 감성이 반응했던 공간을 차분히 떠올려보고 "비움의 미학을 느낄 수 있는 집이 좋아요", "실용적이고 따뜻한 집이 좋아요"라고만 말해도 된다. 그 말에 원하는 집의 분위기가 담겨 있기 때문이다. 일본 건축가들의 집을 탐방하고 쓴 도서 <건축가가 사는 집>을 보면 "나는 체육관만큼 큰 방을 원합니다" 같은 주문도 있다. 크기든 구조든 분위기든 '아, 이런 집을 원하는구나' 하고 건축가가 정확하게 캐치할 수 있으면 된다. 절대 하지 말아야 할 말은 "소장님만 믿습니다. 잘 지어주세요", "집 많이 지어보셨잖아요. 저희는 그냥 따라갈게요"다. 건축가가 창의력을 발휘하려면 몇몇 중요한 기준과 조건이 말뚝처럼 박혀야 한다. 그래야 그 말뚝을 기준 삼아 창의적으로 설계할 수 있다.

7 말을 아끼고 위시 리스트와 체크 리스트를 정리한다

어떤 집을 짓고 싶은지 의견을 너무 안 내는 것도 문제지만 너무 많은 정보를 쏟아내는 것도 좋지 않다. 이것도 좋고 저것도 좋은 건 애매한 집을 완성하는 지름길이다. 또 "이건 제대로 되는 거죠?", "이건 문제없는 거죠?"라며 수시로 확인하고 감시해도 건축가는 의욕을 잃는다. 정말 중요한 것 몇 가지만 확실하게 말하고 나머지는 건축가 스스로 생각하도록 여지를 두는 것이 좋다. 거기에서 좋은 아이디어가 싹튼다. 레고로 지은 집처럼 모든 것이 딱 들어맞는, 빈 공간 없이 옴짝달싹하지 못하는 구조에서는 재미있고 매력적인 집이 안 나온다. 중요한 것도, 걱정되는 것도 많거든 위시 리스트와 체크 리스트를 정리해서 한 번에 전달하자. 그래야 말과 태도에 힘이 실린다.

8 행복한 집 짓기의 키워드, 여유 자금과 공부

최초의 예산에 딱 맞춰 짓는 집은 거의 없다고 보면 된다. 있더라도 그건 나에겐 해당하지 않는다고 생각하는 것이 마음 편하다. 건축가와 불편한 관계가 되고 나 스스로도 괴롭고 마음이 시끄러운 이유는 돈 때문일 확률이 높다. 애초에 추가 비용을 생각하고 따로 몫을 지어놓으면 한결 편안하게 집을 지을 수 있다. 그리고 공부. 용적률 같은 기본 건축 용어와 집 짓는 과정을 어느 정도는 알아야 건설적인 대화가 가능하다. 건축가가 하라는 대로, 제안하는 대로 끌려가지 않고 더 좋은 아이디어를 낼 수도 있다.

때로 '무식'해야 용감해지고 용감해야 집을 지을 수 있지만, 공부하지 않고 집을 지으면 나중에 후회할 확률이 높다. "소장님, 그건 이렇게 하면 되잖아요" 같은 말은 조심해야 한다. '아' 다르고 '어' 다르다고, 내가 한 말이 건축가에게 어떻게 들릴지 한번 생각해보고 말하는 것이 좋다. 전문 영역을 인정하고 존중하는 태도는 정말 중요하다. 건축가가 '그만큼 많이 알고 똑똑하면 직접 짓지 그러세요' 하는 마음만큼은 가지지 않게 해야 한다.

9 좋은 사람이 좋은 집을 만난다

집을 지으면서 공사하시는 분들과 얘기 나눌 기회가 많았는데, 예전에는 아주 얄밉고 몰상식한 건축주가 있으면 의도적으로 골탕 먹이는 경우도 있었다고 한다. 하수 설비에 큼지막한 돌을 던져놔 시간이 지나면서 막히도록 하는 식으로. 지금은 건축 허가를 받을 때 특수 장비로 촬영한 하수 설비 사진까지 첨부해야 해서 그럴 일이 없지만 예전에는 있을 수도 있었겠다 싶다. 집 짓기는 사람과 사람이 밀접하게 유대하고 협력해야 하는 일이다. 레슬링처럼 몸만 부딪히지 않을 뿐 정신적으로, 감정적으로 엮일 일이 많고 그만큼 갈등의 소지 역시 높다.

행복한 집을 지은 건축주와 건축가들을 만나보니 공통점이 있다. "어떻게 이렇게 좋은 집을 지으셨어요?" 하고 물으면 서로 "건축가

덕분", "건축주 덕분"이라며 상대방을 추커세운다. 상대방의 전문성을 인정해주고 배려하는 마음은 말과 행동에 고스란히 묻어난다. 사람의 눈빛과 행동이 무서운 것은 잠시 사람 좋은 척을 하는 것인지, 진정으로 건축가를 배려하는 것인지 여러 번 만나면 결국 드러나기 때문이다. 불편하거나 걱정되는 부분이 있으면 그 자리에서 솔직하게 말하는 것이 좋다. 그래야 감정이 쌓이지 않는다. 좋은 건축주가 좋은 건축가를 만든다는 말이 있다. 같은 맥락에서 좋은 사람이 좋은 집을 만난다.

10 시간이 지나야 보이는 것도 있다

집 짓는 일이 힘들고, 막연하고, 골치 아픈 일이 되고 마는 이유는 뒷목 잡을 일이 그만큼 많기 때문이다. 우리 역시 그랬다. 그런데 지나고 나니 다 방법이 있었다. 이사를 하고 얼마 안 돼 비 오던 날이었다. 2층 계단참에서 누수가 있어 뒷목을 잡게 하더니 옥상과 연결된 3층 환풍기에서도 똑똑 물이 떨어지는 것이 보였다. 사정을 들은 소장님이 사람을 보내주셨는데 그 뒤로도 나아지지 않았다. 결국 그 문제를 해결한 건 시간이었다. 한 달, 두 달 시간이 흐르니 안에 고여 있던 빗물이 다 빠져나왔는지 더 이상 흐르지 않았다. 시간이 지나야 보이고 해결되는 것도 있으니 하자가 발생했을 때는 조금 차분히 생각해도 좋다.

설계 전에 좋은 건축가를 알아보는 법

집 짓는 과정을 낭만적으로 이야기하자면 건축가와 추는 춤이다. 집을 짓는 사람은 그 지난하고 복잡한 건축 과정에 대해 잘 모르니 리드는 당연히 건축가가 한다. 영화 〈여인의 향기〉 속 알 파치노처럼 '고객'을 신사적으로 정중하게, 그러면서도 전문적으로 생각하고 배려해주면 좋겠지만 현실은 그렇지 않다. 세세한 궁금증과 걱정을 다 들어주기엔 현장은 너무 거칠다. 소음 때문에 살 수가 없다는 민원부터 여기까지만 하고 나머지는 내일 하겠다는 인부들의 항의까지 해결해야 할 일이 많다. 문제는 막상 공사를 시작해보기 전까지 건축가의 스타일을 알기가 쉽지 않다는 것이다. 설계 단계에서는 친절했는데 공사를 시작하고 나니 까칠해져서 원하고 궁금한 것들을 꿀꺽 삼키게 만드는 건축가도 종종 있다.

그럼에도 실패 확률을 조금이나마 낮추는 방법이 있긴 하다. 남의 이야기에 얼마나 귀 기울이는지 유심히 살피는 것이다. 중간에 말을 끊거나 자기 이야기를 더 많이 하는 사람은 자기중심적이거나 자신감이 부족한 사람일 확률이 높다. 거의 전 재산을 쏟아 부어 집을 짓는데 바라는 것, 걱정되는 것이 얼마나 많을까. 건축주의 그런 마음을 헤아리지 못하는 사람이라면 내 집을 지어줄 건축가로 맞지 않다. 그런 면에서 임형남·노은주도 좋은 건축가다. EBS 〈건축탐구 집〉이란 프로그램에 출연하고 전국 곳곳에 수많은 단독주택을 지은 이들은 건축주의 마음을 잘 헤아린다. "전 재산 다 쏟아 부어 짓는 것이 집인데 하고 싶은 것, 궁금한 것이 얼마나 많겠어요. 그걸 제대로 풀지 못한 채 집을 지으면 평생 한이 돼요"라고 말하는 이들이다.

집을 짓기에 편하고 좋은 땅은 한국에 많이 남아 있지 않다. 세모 모양이거나, 옆집이 내 땅을 물고 있거나, 레노베이션을 하려 했더니 도저히 방법이 나오지 않아 허물고 새로 지어야 하거나, 맹지에 면해 있어 인근 토지 주인에게 토지 사용을 승낙받아야 하는 등 난관에 부딪치는 경우가 대부분이다. 이런 어려움을 앞에 두고 "해봅시다", "방법을 찾아봐야죠"라고 파이팅을 해주지 않으면 의욕이 꺾일 수밖에 없다. 집 지을 땅에 대한 조건은 부동산 거래 전후로 알 수 있으니 건축가를 물색하는 과정에서 이런 조건들을 이야기했을 때 건축가가 어떻게 반응하는지 살펴보면 함께할 만한 사람인지 아닌지 감이 온다. "방법을 찾아봐야죠" 하고 며칠 후 구체적 방법까지 제안한다면 베스트. 이런저런 이유로 "어려울 것 같은데요", "음… 불가능합니다"라는 이야기만 반복한다면 미련 두지 말고 다른 사람을 찾자. 열심히 방법을 찾아주는 건축가와는 집을 지은 후에도 계속 좋은 관계로 남을 확률이 높다.

우리가 전문가에게 일을 맡기는 이유는 나보다 더 많이 알고, 해결책을 알고 있기 때문이다. 건축가가 제시할 수 있는 옵션의 가짓수와 질이 바로 건축가의 실력인데, 실력에는 공감 능력도 포함된다. 남이 들어가 살 집을 짓는 것이니 공감 능력이 없으면 결코 좋은 집을 지을 수 없다.

가장 확실한 방법은 건축가의 작품을 둘러보는 것이다. 최근에는 '오픈하우스 서울' 같은 행사도 열려 예전보다는 건축가가 지은 집이나 건물을 들여다볼 기회가 많다. 건물은 거저 올라가지 않는다. 그 건축물에 건축가의 미감, 철학, 상상력, 현장 지휘 능력, 집에 대한 생각, 예산 운용 능력이 다 들어 있다. 좋은 집을 지으려면 발품은 필수다. 직접 눈으로 보고 한눈에, 혹은 느리지만 선명하게 매료되는 집이나 건물이 있다면 그 건축가에게 진심을 전하며 설계를 부탁하면 된다. 그런 진심이 전해지면 건축가는 설계비를 조금 덜 받더라도 건축주의 제안을 받아들인다.

"책도 읽고 공부도 하고 우리가 설계한 곳도 다 가본 사람한테 일단 마음이 가죠. 유명한 사람이라고 해서 '멀리서 왔는데…'라고 시작하는 사람과는 일하고 싶지 않아요. 취향도 모르겠고 공감대도 없잖아요. 우리가 설계한 곳을 가봤는데 그곳의 공기와 바람의 흐름이 좋았다거나, 자연을 품은 방식이 인상적이었다거나 하는 식으로 생생하게 이야기를 하면 끌리지요. 우리가 고민하고 중시하던 것들을 이 사람도 느꼈구나, 하는 마음도 들고요. 그런 마음이 확인되면 예산이 빠듯해도 일을 하게 되더라고요." 한국에서 설계비가 비싼 이 중 한 명인 조병수 건축가가 한 말이다.

그래서 내가 추천하는 건축가

구가도시건축 조정구

우리가 살던 서촌 첫 번째 집에서 채 30m도 떨어져 있지 않은 곳에 조정구 건축가가 설계한 한옥이 있다. 그 한옥은 첫눈에 봐도 기품이 느껴졌다. 환한 색 석재로 단정하게 쌓은 돌담, 창문 위쪽으로 올린 눈썹지붕. 한옥은 목재와 기와지붕의 선과 비율 등이 입체적으로 드러나 얼마나 완성도 있는 집인지 금방 간파된다. 잘 지은 집인지 아닌지는 한옥에 대해 잘 몰라도 알 수 있다. 지붕을 조금만 길게 빼도, 추녀의 선이 조금만 조악해도 비례나 균형이 흐트러지면서 '뭔가 이상하다'는 느낌이 드는 것이다. 조정구 건축가가 설계한 한옥은 한마디로 선비 같다. 잘생긴 얼굴이 두드러지는 선비가 아니라 옷차림과 동작, 표정에 자연스럽게 기품이 깃든 선비.

그 후로 그를 인터뷰하고 그가 지은 집을 탐방도 하면서 그에 대해 좀 더 알게 됐는데 볼 때마다 푸근하고 정겨웠다. 소탈하고 사람 좋은 동네 형님 같달까. 건축주와 통화하고 대화하는 모습도 여러 번 봤는데 건성인 적이 없었다. "소장님, 집이 너무 근사해요"라고 말하면 금방 만면에 미소가 가득한 채로 얼굴이 빨개졌다.

그의 장점은 구현 가능한 옵션이 많다는 것이다. '우리 삶, 우리 이웃들과 가까운 건축'을 모토로 20년째 수요 답사를 진행하고 있는데 길 위의 집에서 측량하고 공부하는 이 답사에서 그는 계단 폭과 창문 크기까지 일일이 실측하며 다양한 변주가 가능한 집의 구조와 역할, 가능성과 융통성을 직접 확인한다. 이런 현장 경험은 실전에 고스란히 투영되어 실용적이면서도 아름다운 집을 구현해낸다. 경주의 한옥 호텔 '라궁', '진관사 템플스테이 역사관' 등이 그가 설계한 곳이다.

어떤 공간이나 구조를 집 안에 넣으려고 하는지를 들여다보면 집에 대한 건축가의 생각이나 철학이 보이는데 그의 경우에는 마당과 한실이다. 마당집이 한국인에게 꼭 맞는 집의 원형이라 생각하기 때문으로, 어떻게든 작은 마당을 넣어주려고 하고 내부에는 한지 바른 창호문의 한실이 작게라도 들어선다. 한실에는 미닫이문을 짜 넣어 문을 열어두면 자연스럽게 거실과 연결되고 닫으면 고즈넉하고 평화로운 공간이 된다. 옛날 한옥에서 보던 '콩기름 바른 노란 장판'을 그대로 사용해 푸근한 맛이 있다. 그는 "사색을 할 수 있도록 이런 방을 만들어드리는데, 문을 닫으면 아늑한 방이 되고 열면 누구나 편하게 들락날락할 수 있는 정자 같은 공간이 돼 건축주들의 만족도가 높다. 전통을 그대로 적용하는 것 역시 즐기는 편"이라고 말한다.

그와 이천에 있는 '열달나흘'이란 집에 다녀온 적이 있다. 모녀가 각각 운영하는 도자기 공방과 자수 공방, 집이 한데 어우러지는 구조. 창문 프레임, 기둥, 서까래에 모두 목재를 사용해 환하고 따뜻한 기운이 집 안에 가득했다. 이런 목구조는 조정구 건축가의 인장 같은 것으로, 튼실하고 반듯한 나무가 집 안 곳곳에서 중심을 잡아줘 보기에는 물론, 심적으로도 편안해진다. 천장을 유리로 마감한 아트리움도 자주 적용한다. 베란다처럼 자연과 더 가까이에 공간을 만들고 천장을 유리로 마감하는데, 비가 오는 날 그곳에 있으면 집 안보다는 공기가 차갑고 사위도 어둑해 얇은 담요와 커피 생각이 절로 난다.

그는 한옥과 양옥 모두에 능하고 양옥에도 한옥의 특징과 매력을 절묘하게 버무린다. 그간 설계한 작품은 '구가도시건축' 홈페이지(www.guga.co.kr)에서 살펴볼 수 있다.

네임리스건축 나은중·유소래

'네임리스건축'을 이끄는 나은중·유소래 건축가도 추천한다. 이들 부부의 작품을 보면 건축물의 아이디어와 콘셉트가 입체적이면서도 디테일과 미감이 세련됐다는 느낌을 받는다. 경기도 광주에 지은 '아홉칸 집'은 아름답고 독창적이다. 단층으로 지은 콘크리트 하우스로 외벽은 물론 내부 바닥과 벽, 주방의 테이블과 욕조까지 모두 콘크리트로 마감해 인테리어 비용이 거의 들지 않으면서도 '거친 듯 세련된' 미감을 보여준다.

건축가의 미감이란 똑 부러지게 이야기하기 힘든 애매한 부분이 있다. 언뜻 잘 지은 것 같지만 어딘지 모르게 촌스럽거나 어설픈 부분이 있는 곳도 많다. 반면에 간결하고 기능적인 형태임에도 보자마자 높은 완성도와 세련미를 발산하는 곳도 있다. 나은중·유소래 부부가 짓는 건축물은 후자다. 그런 수준의 미감은 단순히 어느 한 곳을 세심하게 매만지는 것으로 완성되지 않는다. 구조부터 달라야 한다. 아홉칸 집을 설계하며 부부 건축가가 그린 최초의 도안을 보면 흰 종이에 '+' 표시가 한 줄에 3개씩, 총 세 줄에 9개가 심플하게 그려져 있다. 거실, 화장실, 주방, 아이방, 침실 등으로 각각의 공간에 뻔한 공식을 적용하지 않고 아홉 칸을 만들되 방문을 달지 않아 용도와 기분, 계절에 따라 자유자재로 활용하면 어떨까, 하는 아이디어였다.

안방을 포함해 몇 개의 고정 '칸'에만 합판으로 만든 심플한 디자인의 문을 추가했지만 나머지 칸은 처음 구상한 대로 남아 있어 건축주는 계절에 따라 다이닝 룸과 가족 서재의 위치를 바꾸어가며 매번 새로운 분위기를 누린다. 중앙 칸에서 식사를 하다가 어느 날 자연을 더 가까이 보고 싶으면 측면으로 테이블을 옮기는 식이다. 사방이 자연으로 둘러싸인 입지의 장점을 극대화하기 위해 모든 칸에서 자연을 만끽하도록 한 점도 인상적이다. 가운데 칸 위에 뚫은 천창도 마찬가지. 해의 움직임에 따라 천창을 통과한 빛이 계속 움직이는데, 이 집에서 키우는 강아지 코르뷔지에는 그 빛을 따라 이동하면서 일광욕을 한다. 볕 아래에서 졸린 눈을 간신히 뜨고 있는 코르뷔지에의 사진을 본 적이 있는데 어찌나 귀엽던지.

단열은 중단열을 택했다. 내단열은 구조체 내부에 단열재를 넣는 것이고, 외단열은 건물 외부에 단열재를 시공하는 방법이다. 그리고 중단열은 벽체와 벽체 사이에 단열재를 넣는 구조. 콘크리트 벽체 안에 단열재를 넣기 때문에 단열 효과가 뛰어나고 벽체를 그대로 노출하는 것도 가능해 전체 공사비의 약 20%를 절감할 수 있다. 아홉칸 집의 특징은 거푸집을 떼고 난 후의 거친 면과 질감을 매끈하게 연마하지 않고 그대로 마감했다는 것인데, 미완성 느낌이 들기는커녕 세련된 디자인의 조명과 가구를 담아내는, 군소리 않고 덤덤하게 받아주는 '츤데레' 같은 매력을 발산한다.

처음 땅을 보러 간 날. 나은중 건축가는 건축주의 네 가족을 밖으로 나오게 한 후 가족사진을 찍어주었다. 이제 여기서 살 거예요, 라는 의미의 손짓과 몸짓을 취한 행복한 네 가족. 건축주는 이 사진을 크게 인화해 집 한쪽에 걸어두었다. 나는 나은중 건축가의 이런 따뜻한 마음이 좋다. 빠듯한 예산 때문에 중단열 같은 공법을 찾아 적극 적용하면서도 사각지붕에서 물이 떨어지는 자리에 반듯하게 고랑을 파고 자갈을 넣는다든가, 시멘트 바른 면 한쪽을 반원으로 판 후 거기에 나무 한 그루를 심는 디테일도 잊지 않았다. 네임리스건축 홈페이지(www.namelessarchitecture.com)에 가면 그들의 작품을 더 많이 볼 수 있다. 아홉칸 집을 짓는 과정에서 건축주와 건축가가 나눈 생각은 도서 〈코르뷔지에 넌 오늘도 행복하니〉에 나와 있다.

스몰러 아키텍츠 최민욱

최민욱 소장은 협소주택을 지으려는 이들에게 추천하고 싶은 건축가다. 건축가 겸 건축주로 창신동에 직접 협소주택을 지어 살고 있는 덕분에 협소주택의 가능성과 해결해야 할 문제를 누구보다 잘 알기 때문이다. 그가 구매한 땅은 창신동 언덕배기에 있는 10평. 땅을 사는 데 1억 원, 공사비로 2억이 들었다. 본인이 건축가이니 설계비로 들어간 돈은 따로 없어서 10평 땅에 올린 5층집을 짓는 데 들어간 돈은 총 3억 원. 설계비로 3000만 원 정도 추가한다고 해도 3억 3000만 원에 5층집을 지은 셈이니 여전히 비현실적으로 느껴진다. 각 층의 면적은 5평. 크다고 할 수 없지만 막상 그 안에서 생활하면 딱히 불편하지도 않아 사는 데 아무런 지장이 없다. 건평은 총 25평이므로 두 식구가 고양이 '꽁띠'(부부가 와인을 좋아해 와인 명가 로마네 콩티에서 착안해 지은 이름)와 살기에 충분한 크기다. 그럼에도 어떻게든 정해진 용적률에서 최대 효과를 얻어야 하니 그 역시 치열하게 고민했다. 집을 설계하는 시점부터 모든 가구를 이케아에서 샀고, 그 가구에 맞춰 집 구석구석을 설계했다. 단열은 내부 공간을 잡아먹지 않고 연면적에도 포함되지 않아 협소주택에 특히 유리한 외단열 공법을 택했다.

'건축가의 집' 토크를 진행하면서 그의 집을 방문했는데 5층집은 매력 있었다. 처음에는 살짝 좁은 듯했으나 창밖으로 펼쳐지는 서울 성곽 아래쪽 숲을 들여다보고 있으니 금세 마음이 편안해졌다. 커다란 창으로 보이는 것이라고는 오로지 숲. 창문을 열고 손을 뻗으면 몇몇 가지는 직접 잡을 수 있을 정도로 가까워 그야말로 자연 한가운데에 있는 듯했다.

그는 이 터를 찾기까지 발품을 많이 팔았다. 서울시에서는 도시재생 활성화지역 선도 모델 13개소를 선정해 운영하는데 다른 곳과 비교해 낙후된 곳이 많아 상대적으로 땅값도, 집값도 저렴하다. 서울역 역세권 일대, 창동상계 일대, 세운상가 일대, 낙원상가 일대, 장안평 일대, 창신숭인 일대, 가리봉 일대, 해방촌 일대, 성수1·2가동 일대, 신촌동 일대, 암사1동 일대, 장위동 일대, 상도4동 일대가 그곳으로 가격 대비 입지와 전망이 좋은 '보석 같은 땅'을 만날 확률이 높다. 최민욱 소장 역시 창신동 일대를 탐방하다 이 땅을 발견했다. 그는 서울시도시재생기금에 대해서도 알려주었다. 도시재생활성화지역의 땅을 매매하면 최대 1억을 0.7% 고정 금리로 10년간 장기 대출을 받을 수 있다는 것이다. 건축 구조와 설비뿐 아니라 협소주택을 중심으로 한 부동산법과 금융 정보까지 많이 알고 있으니 협소주택 건축에 대한 종합 컨설팅이 가능하다.

5층집을 짓고 나서 가장 큰 수혜를 본 이는 그의 집 옆에 허물어져 가는 건물을 갖고 있던 사람. 옆으로 번듯한 협소주택이 들어서면서 가격이 크게 올랐다. 실제 비싼 가격에 매매돼 곧 3층집이 들어섰다. 옆으로 그 집이 들어서면 전망을 해쳐 답답하지 않겠냐는 질문에 그가 담담하게 말했다. "우리 집 창문 전망에서 살짝 비켜나 있는데다 우리 집 전망의 핵심은 어차피 뒤쪽이라 크게 상관없습니다." 이런 의연함은 건축주는 물론 집을 짓는 건축가에게도 필요한 자질이다. 집 짓기는 어떤 면에서 민원 해결의 현장. 담담하고 의연한 태도를 견지해야 갈등을 조정해나갈 수 있다. 그의 설계비는 협소주택 기준 약 3000만~4000만 원 선. 협소주택일수록 정교한 구조와 배치가 담보되어야 공간 활용을 극대화할 수 있기 때문에 충분히 투자할 만하다. 그의 작업물과 건축 철학은 스몰러 아키텍츠 홈페이지(www.smallerarchitects.com)에서 확인할 수 있다.

카인드 건축사사무소 김우상

이대규 건축가와 함께 '카인드 건축사사무소'를 운영하는 김우상 건축가는 '디테일의 왕'이다. 디테일이 뛰어난 사람 중에는 성격이 예민해 말을 걸기가 불편한 이도 있는데 그는 성격도 둥글둥글하다. 말투도 표정도 태도도 늘 잔잔하다.

그를 처음 만난 건 2019년 '오픈하우스 서울' 행사를 통해서다. 지인의 초대로 우이동에 지은 단독주택을 둘러볼 일이 있었는데 바깥 풍경을 세심하게 계산해 크기를 정한 창문이며 창가 아래 만들어놓은 평상, 바닥 높이를 공간마다 달리해 구현한 입체적 라인은 기본, 걸레받이까지 곡선을 그리며 안쪽으로 말아 넣어 더러워질 일도 없고 미관상으로도 빼어난 디테일을 보며 좋은 인상을 받았다.

'건축가의 집'을 진행하면서 그가 작업한 다른 공간도 살펴볼 기회가 있었는데 역시 디테일이 뛰어났다. 나무 계단이 끝나는 지점에만 돌을 사용해 새로운 공간의 시작을 발바닥의 감각으로 인지하도록 하고, 외벽과 조화를 이루도록 표면이 거친 돌로 벤치를 만들어 정원에 놓아둔 집은 구석구석 세심하게 조율한 악기 같았다. 이런 집에서 산다면 두고두고 행복할 것이다. 한 치, 두 치 꼼꼼하고 정확하게 구현하려면 극도의 섬세함과 인내심이 있어야 해 악마는 디테일에 있다고 하지만 천사 역시 디테일에 있다. 사용자가 더 편하도록, 더 오랫동안 새로움을 느끼도록 최대한 신경을 써 자재 하나, 마감 하나 허투루 하지 않는 태도. 그런 집에서 살면 '아, 좋다' 하고 느끼는 순간이 많을 수밖에 없다.

이런 디테일은 건축주와의 많은 대화를 통해 하나씩 결정된다. 건축주가 그와 집을 짓기로 결정한 순간부터 첫 설계도가 나오기까지 걸리는 시간은 대략 6개월. 2개월 만에 설계도가 나오는 곳도 많다는 걸 생각하면 지나치게 길게 느껴질 수도 있다. 하지만 한 번 더 생각하면 6개월은 그리 긴 시간이 아니다. 옷이 아니라 집 아닌가. 접합과 연결, 분리와 연대가 수학 공식처럼 정확하게 맞물리면서도 때로 어떤 공간은 시처럼 여유로워야 한다. 머리와 가슴이 동시에 필요한 작업.

본격적으로 설계 작업을 시작하기 전 감우상 건축가는 건축주와 가능한 한 여러 차례 '데이트'를 하며 어떤 집을 짓고 싶은지, 꼭 필요한 공간과 구조는 무엇인지 파악한다. 건축주가 좋아하는 공간에도 가본다. 또 어느 날은 건축가가 좋아하는 곳으로 건축주를 데려간다. 이런 미감과 구조, 자재와 디테일도 있다는 것을 보여주기 위해서다. 건축가와 만나 이야기를 나눌 때마다 꿈꿔오던 집이 좀 더 구체화되고 새로운 아이디어도 떠오른다고 생각하면 만날 때마다 기분 좋지 않을까? 그리고 이런 시간을 가지고 나면 집을 다 지은 후에 '내가 원하는 집은 이런 곳이 아니었는데', '그때 이 이야기를 했어야 했는데' 하고 후회할 일도 적을 것이다.

카인드 건축사사무소에서는 인테리어까지 직접 한다. 설계와 인테리어가 하나로 연결되는 덕분에 구석구석 더 정교한 설계가 가능하다. 그가 작업한 결과물은 카인드 건축사사무소 홈페이지(www.kindarchitecture.com)를 통해 살펴볼 수 있다.

'좋은 집이란 어떤 것인가'를 알려준 책

〈어디서 살 것인가〉

나는 정말이지 유현준 교수의 뇌가 궁금하다. 어쩌면 이렇게 통계와 숫자, 분석과 해부에 능할까? 마치 AI가 쓴 것처럼 늘 풍성하고 정확한 통계와 분석이 나오는데 읽으면서도 대단하다 싶다. 나처럼 감성적인 사람은 절대 쓸 수 없는 글이다. 이를테면 이런 부분.

"뉴욕 맨해튼의 경우 10km 내에 10개의 공원이 배치되어 있다. 이들은 센트럴 파크, 브라이언트 파크, 타임스 스퀘어, 하이라인 파크, 헤럴드 스퀘어, 매디슨 스퀘어, 유니언 스퀘어, 워싱턴 스퀘어, 워싱턴 마켓 파크, 주코티 파크 등이다. 이 공원들은 평균 1.04km 정도 떨어져 있고 공원 간 보행자 평균 이동 시간은 13.7분이다. 반면 서울의 경우는 15km 내에 인지도 있는 공원이 9개 있다. 이들은 하늘공원, 선유도공원, 여의도공원, 여의도 한강시민공원, 효창공원, 남산공원, 청계천, 서울숲 공원, 보라매공원 등이다. 이들 공원 간의 평균 거리는 4.02km이고 공원 간의 보행자 평균 이동 시간은 1시간 1분이었다. 이 데이터에 근거해 보면 뉴욕 시민은 자신이 있는 위치에서 7분 정도만 걸으면 어느 공원이든 갈 수 있으며 그 공원이 지겨우면 13.7분 정도만 걸으면 다른 공원에 갈 수 있다는 것을 알 수 있다. 반면 서울 시민의 경우에는 보통 30분 정도는 걸어야 공원에 다다를 수 있다."

학교와 사옥, 상가와 마을 도서관까지 우리를 둘러싼 도시의 건축 환경과 문제, 해결 방안 등을 중심으로 이야기하는 덕분에 좀 더 큰 관점에서 집 건축을 생각해볼 수 있다.

〈공간 공감〉

건축가이자 대학에서 건축을 가르치는 김종진 교수가 쓴 이 책은 시각, 촉각, 후각의 관점에서 우리 주변의 공간을 이야기한다. 단정하게 쌓은 벽돌의 면을 타고 흘러 들어오는 빛이 아름다운 국립 로마미술관, 천장을 장식한 목재의 아름다움이 눈부신 독일 성 토마스교회를 포함해 풍성한 기운과 '공기'로 깊은 인상을 남기는 세계 곳곳의 미술관과 성당, 예술품과 주택을 소개한다. 책을 따라가다 보면 빛과 어둠, 그 둘이 만들어내는 공간의 깊이가 모두 같지 않음을 알게 된다. 장소에 따라, 건축가의 손길에 따라 공간의 깊이는 종이처럼 얇은 것이 되기도 하고 동굴처럼 깊은 것이 되기도 한다. 그런 깊이가 있는 공간은 긴 여운을 남긴다. 도면이 입체적으로 나올 수밖에 없는 단독주택을 상상하면서 어떤 빛과 그림자를 갖고 싶은지, 그것들에 둘러싸인 일상이 얼마나 특별할지 떠올려볼 수 있다. 집을 중심으로 이야기하지는 않지만 오히려 더 큰 그림과 공감, 느낌을 선사하는 은유의 책이라고 할까.

〈작은 집 큰 생각〉

한국에서 가장 많은 단독주택을 지은 건축가를 선정한다면 이들 부부가 꼽힐 것이다. 임형남·노은주 건축가. EBS 〈건축탐구 집〉 제작진이 이들을 섭외해 프로그램을 진행하는 것도 그만큼 많은 집을 지은 '단독주택 전문가'이기 때문이다. 〈작은 집 큰 생각〉은 작은 집의 매력과 가치에 대해 쓴 책이다. 한 번씩 '집이 너무 좁은 것 아닌가?' 하고 흔들릴 때마다 이 책을 읽으면 이내 '그래 마음 편하게, 지금 행복한 집이 좋지' 하는 마음이 든다. 이들이 강조하는 것은 가격적인 부분에서 본인에게 '적절한 집'. 집이 13평인데 그중 마루 면적이 8평을 차지하는 대표작 '금산주택'을 포함해 다양한 프로젝트와 사료, 역사적 사실과 통계를 통해 집의 가치와 의미에 관해 들려준다. 재산 가치로서 집이 아니라 정서적 공간으로서 집을 이야기하는 덕분에 읽는 내내 마음이 편하다.

부부 건축가는 그간 다양한 집에서 살았다. 녹번동의 평범한 연립주택부터 통의동의 2층 단독주택, 북한산 자락에 있는 마당 넓은 집, 그리고 아파트까지. 다양한 집에 살면서 느낀 집의 의미와 가치에 대한 생각도 생생하게 담겨 있다. 이런 부분을 차례로 읽을 때면 '어? 나랑 비슷하네' 싶다. 그들의 생각도. "외풍이 센 집에서 사는 것도 문제 되지 않았다. 집 안에서 생활할 때는 양말을 신고 두툼한 스웨터를 입으면 되고 잘 때는 두꺼운 이불을 덮고 자면 해결되는 문제였다. 오히려 자고 나면 훨씬 개운했다. 요즘은 단열이 덜 되는 것보다 오히려 지나치게 단열이 잘되는 것이 문제였다" 같은 문장을 읽으면 꼭 내 마음을 보는 것 같아 친근하다.

〈작지 않은 작은 집〉

일본은 협소주택의 천국. 전국 각지에 작지만 스타일리시한 집이 넘쳐난다. 한 번씩 일본 교외로 여행을 가면 하루 정도는 주택가를 어슬렁거리며 집만 구경해도 시간이 금방 간다.

책에서 소개하는 집은 열네 채. 고양이를 키우며 사는 젊은 부부의 원룸부터 집으로 들어가는 길이 숲길처럼 울창한 크리에이터 부부의 2층집까지 사진만 봐도 '좋구나', '정말 근사하다' 감탄하게 되는 집이 차례로 펼쳐진다. 이런 집들을 보면 잠시 '우리 집하고는 다르네' 하는 생각이 들지만, '언젠가 이런 집을 짓고 싶다' 하는 마음도 든다. 그런 생각으로 보면 욕실 타일부터 거실의 전등, 2층집의 구조, 나무 계단, 주방의 수납함까지 작은 요소 하나하나가 다 참고 자료가 된다. 모든 집 이야기 마지막에는 설계 도면을 넣어 땅과 공간을 어떻게 활용했는지도 살펴볼 수 있다.

가장 좋은 부분은 역시 그 집에서 살아가는 사람들의 이야기. "골목 맨 끝에 삐죽 솟은 지붕이 보이면 '다녀왔습니다'라는 말이 절로 나와요. 가족 전원의 이름 머리글자를 넣은 문을 보면 세상에서 하나뿐인 우리 집이라는 실감이 나요" 같은 문장은 집이 그 사람들에게 얼마나 큰 위안을 주는지 말해준다.

〈건축가가 사는 집〉

어떤 건축가에 대해 알고 싶으면 그가 사는 집을 보면 될 테지만, 자신이 지은 집에서 살고 있는 한국 건축가는 생각보다 많지 않다. 한국에서 이런 제목의 책이 나오면 그 내용이 궁금해 당장 구매할 텐데 늘 아쉬운 마음이다. 일본에는 자신이 지은 집에 사는 건축가가 많다. 이 책은 건축가이자 건축에 관한 칼럼과 글을 꾸준히 쓰고 있는 나카무라 요시후미가 쓴 것으로, 책에서 소개하는 건축가의 집만 스물네 채다. 세상에서 제일 재미있는 것이 남의 집 구경이라는데, 그 끝에 있는 집은 역시 건축가의 집이 아닐까 싶다.

건축가가 건축가의 집을 소개한 책이라고 해서 어렵고 복잡한 이야기만 나오지 않을까 우려하지 않아도 된다. 나도 놀란 부분인데, 이 책에 전문적인 건축 이야기는 거의 없다. 대신 그 집의 분위기, 빛, 건축가와 나눈 소소한 대화, '꼭 이것만은 갖고 싶었어'라고 생각한 부분을 설계에 반영한 이야기가 주를 이룬다. 덕분에 건축가가 아닌, 그저 좀 크고 감각적인 이웃집을 구경하는 기분이다.

집을
쫓
는
모험

초판 1쇄 발행 2020년 10월 22일
초판 3쇄 발행 2021년 1월 22일

지은이 정성갑

펴낸곳 브레드
책임 편집 이나래
교정·교열 오미경
일러스트 배수경
디자인 성홍연
마케팅 김태정
인쇄 (주)상지사 P&B

출판 신고 2017년 6월 8일 제2017-000113호
주소 서울시 서초구 서초중앙로29길 28
전화 02-6242-9516
팩스 02-6280-9517
이메일 breadbook.info@gmail.com

ISBN 979-11-90920-03-2 03810
값 14,000원